八闽文库

要籍選刊

65

［清］郭柏蒼　楊浚　纂

陳叔侗　點校

全閩明詩傳

三

全閩明詩傳　卷二十六　嘉靖朝八

侯官　郭柏蒼　楊浚　錄

林敦復

字嗣翁，大輅子，見上。莆田人。嘉靖中以蔭授光禄寺正，轉工部員外郎，歷官都匀知府，以平寇功，晉兵備副使。有屏東集。

蘭陔詩話：屏東爲工部郎，時李太宰默起用，贈以詩云：「丹心戀闕八千里，玉署承恩二十春。」李大欣賞。一時傳誦之。

新店道中

野店何蕭瑟，晨興促馬蹄。雪深山棧滑，嶺僻澗橋低。勸客原本作「馬」，誤。侵晨發，寒鴉拂曙啼。白雲人跡少，應近武陵溪。

長至日次水西有感

佳節思鄉首重回，樓船何事泊江隈。遠山落日丹楓見，野水寒雲白鳥來。萬里相隨湘浦雁，十年長隔故園杯。應懷玉澗清流處，開遍山齋幾樹梅。

黄天全

字全之，莆田人。嘉靖中布衣。有黄山人詩集。

曹能始云：全之詩臻妙境，而古尤擅場，取其渾樸之氣，去三百篇未遠。

蘭陔詩話：全之與汪伯玉、王敬美最契，又嘗客戚南塘幕中。其論詩以漢魏爲宗，不作近體。後入木蘭吟社，社中人促其作律詩，始稍稍爲之，輒臻閫奥。張睿父觀察彙其五七言律梓之，陳肅庵尚書爲序，稱其可與開元、大曆諸子並驅。其墓在南山廣化寺前，近爲人所鏟，良可嘆也。蒼按，天全年八十七，猶以詩寄趙世顯。

别方景武

時景武同戚元敬赴薊門，予同汪開府南返。

北遊非失路，南返詎忘情。偃蹇憐同病，飄零負此生。醉來歌白雪，老去倚青萍。夢寐還相憶，何時遂耦耕。

生日泊舟翠光巖

浮生不滿百，六十尚飄零。物外雙蓬鬢，天涯一客星。又逢新月白，相對晚山青。小艇隨漁父，癡頑似獨醒。

鄭叔曉舟中貽詩見懷賦答

舉世嘲狂客，而君獨我思。閒情移晚棹，高誼見新詩。卷幔銀河出，行杯山月窺。追隨知劇樂，多病負襟期。

七十書懷

七十古稱稀，殘生傍釣磯。遠山青鳥度，新水白魚肥。老覺風波異，貧傷世事非。煩襟如可滌，偃臥亦忘飢。

桐江夕泛

關門西出少逢迎，千里孤舟一葉輕。落日掛帆潮正滿，片雲度海月初生。誰憐白髮耽幽事，自是青山有舊盟。病骨支離詩總廢，杖藜隨地聽鶯聲。

林潤

字若雨，一字九霖，莆田人。嘉靖三十五年進士。授臨川知縣，擢南京、山東道御史，遷通政司參議，累陞僉都御史、巡撫蘇松。著有願治疏稿。

蘭陔詩話：公上嚴世蕃、羅龍文逆狀，二人皆遣戍，已復亡之家，公馳至九江捕之。王元美、袁江流樂府所云「御史乘飛置，捕司空至京」是也，今傳奇猶演之。莆城陷於倭，公奏請蠲租三年，仍乞帑金修學宫，築東角長堤，里人德之。矢詩不多，調亦高爽。蒼按，嚴世蕃置酒别諸御史，潤獨高談上座，世蕃數目之。潤入南，首論祭酒沈坤，次論左副都御史鄢懋卿，皆嚴嵩近幸門士。後復持嚴世蕃、羅龍文大逆狀上之，御史鄒應龍亦以爲言，乃戍世蕃、龍文二人，復亡之家，潤疏發之，詔潤捕治。世蕃到家才二日，即鉗以行。潤復論其里居諸不法，上誅世蕃，籍其家貲二百萬，窮治黨與。

秋夜偶感

茅亭夜迫水聲凉，雲樹依依入望長。幾處寒砧催落月，誰家征婦泣遼陽。聞鷄欲舞祖生劍，對菊翻思陶令觴。三十來年猶潦倒，風塵易染鬢毛蒼。

陳環洲、陸懷川二春元寓居衢郡，邀飲池亭，有作

春日鶯花處處妍，習池情景更堪憐。音書久斷風塵裏，笑口初開斗酒前。陸贄寸心真耿切，陳蕃一榻豈虛懸。他鄉乍見仍分袂，薄暮衢川思惘然。

鄭雲鎣

字邦用，炤孫，瑋子，雲鎬兄，閩縣人。嘉靖三十五年進士。授户部主事，擢浙江按察司副使，領提學道，遷湖廣參政，晉河南左布政使。

柳湄詩傳：蒼曾於福州郡北大夫嶺砌墓，得雲鎣爲其女玘所作壙記，錄其文於竹間十日話，納石壙中。雲鎣祖炤，成化丁未進士，廣東南雄知府。按，雲鎣授户部主事，出爲提學，絶請託。張居正奪情假歸，道出於汴，雲鎣郊迎外無加禮。言官希意攻其短，調廣西。母林氏老，乞終養。以薦起四川左布政，曰：「豈有九十親年，而狥祿萬里者乎？」辭不赴，尋病卒。

送劉計部守成都

地稱分鼎舊，恩爲剖符行。雲雨過巫峽，煙花向錦城。握蘭違漢署，折柳戀王程。吊古詢遺俗，文翁有令名。

戴科

字朝賓，一字筠臺，莆田人。嘉靖三十五年進士。授户部主事，遷員外、郎中，出知敘州，改知廣州。有白湖詩草。

蘭陔詩話：公曾祖淑盛，嘗賑饑民，全活千餘人。公赴禮闈，同考殷棠川夢緋衣神人指几上卷曰：「此積善家子也。」起得公卷，遂拔之。知廣州日，飲冰茹蘗。因發提舉王某贓，忤直指，罷歸。與諸名流觴咏爲樂。閩中名勝，足跡殆遍。著作甚富，惜少流傳。

初夏同潘印川臺長集鎮海樓按，在福州郡治北。

五嶺乘驄日，層樓下榻時。風雲隨絳節，歌管雜黄鸝。煙樹開民舍，珠光照客巵。簡書同萬里，對酒意躊躇。

趙汝泉守荆州，以卓異晉參政，仍理荆郡，喜而懷之

少小才名動九州，循良不數漢諸侯。荆南每見長河潤，郢上時聞五袴謳。移鳳啣泥紅日近，紫薇分省綠陰稠。有懷千里同明月，何處琴尊續舊遊。

懷接筍峰二高士按，在武夷山。

接筍峰高不可攀，羽人長自閉玄關。梯連石棧雲中險，路入蓬門洞裏閑。把甕灌園遲白日，誅茅結屋駐紅顔。因知到處堪行樂，何用區區説買山。

張焯

字雲京，元芳父，見下。閩縣人。嘉靖三十五年進士。官崑山知縣。通志作「博平知縣」。有藻溪集。按，張焯子元芳。本卷張煒祖元秩。焯與煒非族人，明矣。

棄妾安所居

憶昔嫁君家，艷色如朝霞。今與君離別，玉筯啼紅頰。結髮成婚期百年，誰料鴛鴦中道折。明珠白璧空相持，誰言妾心君不知。篳門窮巷秋光迥，妾自悲傷妾薄命。君家廣廈千萬區，可憐棄妾安所居。

吴娃曲

吴宫夜宴飛清商，秦箏絃促春思長。銀蟾三五流素光，玉樓十二生微凉。青綃垂雲盤玉牀，博山爐中百和香。虎蒲龍棗及都粱，迴風流雪踏春陽。君王酒酣樂未央，蘭膏欲滅歸洞房。歸洞房，日初出。越兵來，入吴國。古來妖艷傾人都，當年破越猶破吴。君不見臨春閣，兵初起，擒虎入，麗華死。

睢陽歎

羯奴夜半乘御牀，延秋門上烏啼霜，公卿拜虜如驅羊。當時不識平原守，豈復知有張睢陽。江淮諸鎮瞋相視，獨倚孤城爲國蔽。男兒死作忠義魂，滿腔血灑睢陽地。

滎陽行

滎陽壘，高嵯峨。楚漢戰，何其多。已向敖倉奪芻粟，還臨鴻水割山河。大小一百一十戰，存亡呼吸倏飛電。轟轟烈烈紀將軍，志不可奪身可焚。城南夜半赤龍走，獨乘黄纛當虎口。君不見漢家社稷蕭曹力，殺身庇主誰能識。

過白沙驛按，在侯官縣西。

爲泛淵困櫂，乘風過驛亭。沙青惟鳥跡，浪白帶魚腥。山色愁中見，潮聲夢裏聽。不知滄海使，幾日下南溟。

暇日灌花偶述

只合山中隱，空勞世上名。逢人開竹徑，伴鶴過柴荊。老大詩猶拙，家貧累轉輕。灌花春事少，何似鹿門耕。

夏日舟泊金山寺，避暑林正卿山亭按，在侯官洪塘江。

金山山下俯江流，野樹陰陰銷客憂。孤磬僧歸雲外寺，夕陽人上水邊樓。習園草色生殘靄，碣石風悲起暮愁。爲避炎蒸歸去晚，松間明月滿江頭。

登鼇峰尋宋狀元陳誠之讀書處按，在福州郡治九仙山。

鼇峰依舊聳秋空，景物今來漸不同。雙塔仍臨千佛閣，七城絶少梵王宮。海邦倭退荒村寂，江樹潮歸夕照紅。愧我頻年浮宦跡，讀書終下古人風。

讀文文山公吟嘯集

零落孤臣志未酬，樓船無復駐崖州。風塵豈盡英雄淚，日月猶懸社稷愁。天祚不延身獨死，綱常無計道千秋。可憐萬古忠魂地，回首清風一小樓。

姑蘇夜泊

館娃宮外繫蘭橈，何處鐘聲月上潮。露落臺空春樹暗，隔江漁火照楓橋。

陳聯芳

字以成，一字青田，肇曾曾祖，見下。閩縣人。明進士題名錄作「閩縣人」，通志以聯芳居長樂，故入長樂列傳，詳本卷陳省傳。嘉靖三十五年進士。授金華推官，選監察御史，巡按宣大，再按廣東，擢太僕少卿，轉光祿卿，歷南京太常寺卿，致仕卒。有奉常集。

槐里令朱雲者，蕭太傅望之門下士也。望之不赴詔獄而自裁，雲實勸之。厥後欲借尚方劍斬安昌侯張禹，李西涯樂府疑其不爲太傅報恭、顯之讐。愚謂安昌侯身爲帝師，義同休戚，乃因災異之對釋成帝之疑，使王氏擅執朝綱，終移炎祚。是簒漢者王氏，而成其簒者禹也。雲急誅國賊，而姑緩師讐，其見卓哉

宦官外戚競持衡，漢家社稷泰山傾。剛方蕭傅朝建白，暮作金吾泉下客。安昌帝師屏人語，災異非由王氏使。槐里小吏憤不平，尚方借劍叱公卿，國賊爲重師讐輕。

渡揚子江

路遠三秋盡，江長一葦航。潮高黿出没，風急鳥迴翔。京口迷雲樹，瓜津入夕陽。王程萬轍廣，夢不到家鄉。

早起偶成

鷄聲催下榻，殘月在庭柯。老去諧心少，秋來白髮多。桔槔徒俯仰，歲月竟嗟咜。咄咄成何事，東山長薜蘿。

茶洋溪上按，茶洋，南平縣水程名。諺云：「大水大湘，小水茶洋。」大湘，南蛇也。茶洋水小，則灘險。

千里青溪半急流，嵯峨亂石礙行舟。沙汀寂歷惟漁火，蘆渚荒寒有宿鷗。明月家纔三日別，凉風夢又五湖秋。鷄聲亂唱農家飯，首石何人尚倚樓。按，首石，長樂山名。

吴江中秋

客裏飄飄似轉蓬，不知秋序已分中。吴橋水冷楓初落，澤國霜遲槿尚紅。對酒喜看蟾影動，聞歌愁憶鳳樓空。關山此夜休吹篴，幾處深閨思不窮。

閲報南都阮侍郎、沈侍御會疏謬薦述懷

歸來數載卧林邱，據此則曾致仕，後復以薦起。閑逐漁樵作伴遊。蹤跡已甘淪草澤，姓名何意達宸旒。自憐拙性繫匏似，恐負明時故劍求。正是相知懷報答，江湖廊廟敢忘憂。

忠兒奉命宴賞番王，歸自雲谷，談邊人有生民之樂，喜而賦之

倚門老叟自徘徊，盼到征鞍塞上回。使節今年初宴賞，邊庭昔日盡氛埃。窮廬共感天家惠，幕府兼資大將才。喜説邊民今樂業，全家欣舉洗塵杯。

邳州晚泊，遲陳文塘不至

停橈欲待故人來，望盡斜陽數雁迴。直恐夜深明月上，匆匆歸櫂復南開。

吴文華

字子彬，世澤子，承熙父，連江人。嘉靖三十五年進士。授南京兵部主事，遷郎中，晉湖廣按察司僉事，領提學道，轉四川參議，廣西副使。隆慶元年晉山東參政，擢江西右布政使。萬曆元年轉河南左布政使，陞應天府尹，晉右副都御史、巡撫廣西，遷户部右侍郎，請終養歸，起兵部右侍郎兼右僉都御史，仍撫廣西，召爲刑部侍郎，晉右都御史，總督兩廣，入爲南京工部尚書，引疾去，仍起原官。卒年七十八，贈太子太保，謚「襄惠」。有濟美堂集。

柳湄詩傳：文華授南京兵部主事，出爲湖廣督學僉事，端模範，絶請託，所拔士多至公輔。轉四川參議，定叛酋之亂，晉廣西督學副使，歷河南左布政使。萬曆初，旌天下異等者二十五人，文華第

一。以副都御史巡撫廣西，累著政績，事詳明史。家居十載，徜徉山水間。置學田，設義田。著有督撫奏議、留都疏稿。卒賜祭葬。

便道還里

十年驅宦節，萬里敢言歸。華髮難辭鏡，緇塵易染衣。松蘿閑自老，村郭事多非。舊侶時相過，無妨敞夜扉。

同孫侍御飲玉泉寺按，寺在連江縣。

海國烽烟後，猶存祇樹林。鄉閭秋稔候，客子故鄉心。鐵馬奔深澗，銀濤瀉遠岑。誅茅吾意得，共臥白雲深。

子陵釣臺

羊裘偶然著，祠宇至今開。白日雙臺古，青霄一鶴迴。郡名猶借姓，炎祚已無灰。入夜藤蘿月，清光到酒杯。

真定道中

寒威乍起怯征衣，漠漠同雲旅雁歸。日暮滹沱風正急，雪花楊葉一齊飛。

林有臺

字德憲，一字南山，元立從父，見下。閩縣人。嘉靖三十四年舉人，官户部郎中。有南山集。按，萬曆三十五年福清進士林有臺。柳湄詩傳：有臺與姪元立同鄉舉，元立乙丑進士。先福清人，籍福州，居郡治之玉尺山。詳烏石山志。墓在侯官西郊文筆山。國朝林御史士傳、林殿撰鴻年，道光甲午解元林廷祺，靖難雲南迤東道林廷禧，皆有臺後人。

送江、謝二大行奏使江右、湖南親藩

帝使親藩寵賚殷，翩翩錦節擁青雲。豐城劍合龍文動，衡嶽書傳雁字分。江筆夢時花爛熳，謝池臨處草繽紛。遥知應教多奇思，二妙於今復有君。

張煒

字德南，閩縣人，濬玄孫，天顯曾孫，元秩孫。俱見上。嘉靖三十四年舉人。官南京刑部郎中。有翼雅篇、江干集。煒善擘窠書。福州烏石山有題石。

秋熱多蠅

秋氣胡未肅，蒼蠅正復營。無由附騏驥，空自點瓊瑛。引領登牛鼎，貪香墮玉羹。風凉猶側翅，霜重苦爲生。

謝公墩懷古

笑談漫却西藩援，指顧看摧潁口師。晉室風流稱太傅，謝墩景物憶遺黎。野花似映綺羅色，山鳥如聞絲竹悲。自愧庸才隨俯仰，東南戎馬正奔馳。

秣陵別祝員外歸杭州

西湖秋水采蓮舟，回首三年憶舊遊。白髮重逢如夢寐，青山隨處足夷猶。馬遷縱跡探名嶽，方朔詼諧隱帝州。鍾阜雲烟霜落酒，醉來忘却別離愁。

高孝忠

字成甫，閩縣人。嘉靖三十四年歲貢生。官周府教授。

陪周殷達登玉女峰

遠伴金門客，來登玉女峰。九溪添曲漲，一寺閣寒鐘。蘭氣空中韻，泉聲雲外蹤。別君山色裏，此會恐難逢。

施世亨

號羅山，愛、可學父。見下。福州左衛閩縣人。嘉靖中布衣。

柳湄詩傳：世亨與鄭少谷、傅、高二山人遊，詩平易如説話，然往往有真意。

託拐僧歸南華，問丁戊消息

聞道南華寺，曾留傅子居。不知今在否，消息久何疏。乃弟初捐館，按，汝楫早死。無人莫寄書。雲邊倘相見，爲語好歸歟。

喜思泉北歸，得少谷兄行況

惜別每憐柔遠驛，悵歸重上特恩堂。人情且喜復安穩，世路乃爾仍凄凉。歲晏園林彌寂靜，春深花柳漫輕狂。朔雲結絮連山雪，鄭谷衝寒已到杭。

喜丁戊歸至崇安，寄此促之

丁戊仙遊十六年，魚書萬里每空投。雁將歸信傳澤國，人又尋真住建州。倭寇可無憂刀漆，按，倭刀漆，倭刀名。親朋又欲置詩郵。愧予衰老兼多故，面目如前但白頭。

林士章

字德斐，一陽從子，楚弟，漳浦人。嘉靖三十八年廷試第三人，以探花授翰林編修。歷國子監祭酒，遷禮部侍郎兼侍讀學士，補講官，進南京禮部尚書，卒年七十七，賜祭葬。

通志：士章補講官，以啓沃自效。張居正居憂，廷臣連名疏留，士章獨不署。言官餂居正意，摭其里居細事劾之，不報。時士章去祭酒已數年矣。太學諸生數百人群詬言者之門，而頌天子聖明，於是士章名益重。後以尚書致仕歸。蒼按，士章族人移居省會，支派蕃衍，建祠於郡治烏石山白水井。

寄陳以見按，以見名復升，長樂進士。

一几復一榻，二三友過從。得天皆悦懌，隙地亦從容。架上有舊帙，門前多遠峰。偶然腰脚健，村店亦扶笻。

林澄源

字仲清，一字二泉，莆田人。嘉靖三十八年進士。以户部郎出爲貴州參議，改按察司副使，兵備威清道，歷廣西按察使，四川右布政使。

蘭陔詩話：二泉由民部出爲貴州參議，以平蠻功，晉參政。時吉水鄒進士爾瞻以劾江陵謫戍，道由境上，二泉與盤桓彌日，人咸危之。二泉曰：「昔徐晦越鄉而別臨賀，后山出境而見子瞻，彼何人哉。以此獲罪，吾固安之。」後陞四川右轄，乞歸養志三十年。嘗與兄靜泉同著四書、書經講義、古易論，海内宗之。

遊唐山洞和蔡敬翁韻

白雲深處洞門幽，洞裹白雲自去留。山靜恍如遊太古，花開不復記春秋。烟迷石榻僧初定，徑抱寒泉水亂流。此去丹邱如可即，浮生何用鷫鸘裘。

程都護自瀘寄平蠻碑刻，答以是詩。程乃余提武闈所選士也

閩南忽報渡瀘師，不負當年國士期。破賊共推程不識，護軍猶憶魏無知。蠶叢路靖惟傳檄，越嶲烟銷正勒碑。莫更窮荒勤遠略，漢庭今議絶西陲。

陳省

字孔震，大濩子，見上。長濬父。嘉靖三十八年進士。授金華推官，擢御史，奉命按湖廣，復按廣西，引疾歸。起督京畿學政，陞大理寺少卿，晉僉都御史，以右副都御史巡撫陝西。萬曆初，再起巡撫湖廣，晉兵部右侍郎兼右僉都御史，罷歸。有幼溪集。

柳湄詩傳：省歷著宦績。張居正没，言者以省爲居正所用，糾省，罷歸。於武夷接筍峰築室，名曰雲窩，與諸生講學論文。又按，江田陳氏詩系仲進、仲完、登、全、航、維裕、聯芳、大濩、省，共九人。

八月十六日阮堅之司理開社鄰霄臺

玄鳥方北歸，旋鴻厲高翮。颯颯商飆鳴，靉靉浮雲白。烏山鄰九霄，六六簇奇跡。值此

仲秋時，風景玩無斁。遠江漾寒日，長天蕩空碧。阮公超神理，駕言往遊適。旌節肅山林，几筵依危石。遥矚汎潮帆，下看如鱗宅。公心邑陽春，萬物異光澤。更懷千古情，欲振風騷厄。列坐盡時賢，浩歌追郢客。下里合慇懃，燕石終慚璧。

登太和山

人言五嶽横高秋，天下萬山空自愁。太和復出名益盛，尊如王者視公侯。其神上帝儼垂象，高居直逼青冥上。星宫之君絳節朝，珮玉森森凛相向。黄金爲殿玉爲臺，千層萬落隔浮埃。一峰陡絶旋題繞，衆壑迂迴落井開。時時靈異滿人口，舟楫如飛車輛走。懺悔綈紈歲作邱，徼福金錢日盈斗。巨璫利窟渴垂涎，權稱鎮守此山巔。穢瀆寧虞鬼神怒，焂烋忽作風雨喧。一草未蘇十室六，單詞入寺百家哭。我方持斧入楚時，草疏激切動罘罳。外間止向避桓典，大内從教譖子儀。天生元后亶明聖，風雷自握乾坤柄。大憝乍離江漢傍，萬姓俱登衽席慶。重來欲問玉虚宫，七十二峰皆芙蓉。廣樂遥聞洞庭野，真氣上嘘天柱峰。

過馬鍾陽司徒塋 按，鍾陽即馬森。墳在福州長慶寺旁。

不佞原吾黨，前賢況里人。史才依晉乘，詩語落梁塵。異世傳經術，中原說鳳麟。更誇
焚草處，一字可回春。

庚辰春日偕鄭明府、周内史入鯉湖，遊客率叩山靈丐夢。自笑此生盡落夢境，乃更從夢中尋夢，不爲山靈揶揄乎。因爲竟日遊，夜宿水晶宮，齁然達旦矣

選勝尋仙窟，椶鞵趁鳥過。山深人語寂，洞古落花多。幾漈轟雷雨，群峰漾薜蘿。無心
問前路，但聽採芝歌。

石竹巖紀遊 按，即福清石竹山。

鳥道青冥絶，群峰次第飛。芙蓉開佛座，蘿薜掛人衣。海月傳燈過，巖雲作雨歸。乾坤
皆逆旅，何處得皈依。
到此人間異，偏從意外遊。試憑三島樹，一覽大神州。雷雨山腰出，星辰石上流。何當
婚嫁畢，日夕臥丹邱。

懷汪南明司馬

司馬當年鎮武昌，清風文采麗三湘。一從簪紱分畿甸，贖有辭華溢縹囊。縱跡漁樵關象緯，姓名朝野繫行藏。幾回北斗瞻喉舌，俄頃徵車出建章。

將發蘄陽，耿楚侗中丞相期見枉，且與李卓吾、周柳塘二君偕來，佘不能俟，賦此致意

九天納節任婆娑，漁海樵山日放歌。末路逃名吾計晚，江干逐客故人過。野夫正好從簑笠，冠蓋何當傍薜蘿。堤上鳥聲頻喚去，可教華髮怨蹉跎。

佘翔

字宗漢，一字鳳臺。嘉靖三十七年舉人。官全椒知縣。有薜荔園詩稿。

蘭陔詩話：宗漢作宰全椒，有異政，與御史左，棄官去，爲汗漫之遊。王元美爲司寇日，欲爲立傳，謝曰：「須公還山時也。」元美贈以詩云：「十八娘紅産荔支，蠣蟧舌嫩比西施。更教何物詩三絶，爲有佘郎七字詩。」晚年詩律益進。王百穀寄以詩云：「題詩千里問桑蓬，青雀西來信忽通。郢客陽春元和寡，絳人甲子偶相同。麒麟莫道生偏晚，鸚鵡爭誇老更工。曾赴瑶池春燕否，蟠桃可及荔支紅。」時宗漢、百穀俱年七十。宗漢性和易，里中少年召之飲，無不往。人比之陶靖節，談論玄遠；

於物無所臧否，又似阮嗣宗。斯足概其爲人矣。

柳湄詩傳：廣陵宗臣視學閩中，翔以詩贄，奇之。爲令，與御史左，拂衣去。談論玄遠，於人物無臧否，人比之爲阮嗣宗。按，屠隆序薛荔園詩，云翔所著有佘宗漢稿、遊梁新編、金陵紀遊文，又有唐詩選要、明大家近體詩選及崇基録、覆瓿集、隨筆雜記若干卷。

陳氏園亭宴集

北風蕩浮雲，天宇肅清朗。寒色淡庭蕪，開軒集吾黨。美酒滌煩囂，玄談恣洸瀁。蓬蒿只尺間，居然物外想。搦管鬬瑶華，張燈耀藴幌。自愛山林幽，寧知天地廣。仰視冥鴻翔，俯聽落木響。一結歲寒期，杖藜數來往。

送别方子韓

江湖雙别淚，天地一狂生。有客同王粲，何人識禰衡。綈袍風雨色，尊酒别離情。君自懷明月，終償十五城。

秋日薛荔園書懷

一簾黄葉雨，高枕白雲秋。天地甘貧病，蓬蒿自去留。魚腸空結客，猿臂豈封侯。所以

忘機者，臨流狎海鷗。選一

過蘭溪投贈胡元瑞、王元美二先生

十載交遊泠，新從瀫水過。上書違北闕，講道老西河。病久青雲薄，愁深白髮多。郢人今已矣，雪調向誰歌。

謁林和靖墓

停舟訪林壑，猿鳥若爲群。秋色西湖水，前朝處士墳。山含三竺雨，柳帶六橋雲。千古遺踪在，梅花夢見君。

滕王閣

高閣崚嶒四望開，凭欄秋色客遲回。城臨二水吴天合，雁帶孤雲楚澤來。翼軫何人懸彩筆，江湖有客罄深杯。霓旌不見風流盡，依舊西山暮雨哀。

懷仁甫 按，仁甫，趙世顯字。

歲暮柴門生事微，灌園久息漢陰機。湖邊流水烟初暝，樹裏斜陽鳥乍歸。中酒誰憐嵇叔夜，裁詩獨惜謝玄暉。雁鴻遥隔三山外，悵望江天片月飛。

秋日登揚州城樓

層樓百尺勢崔巍，形勝東南望裏開。建業山從京口斷，廣陵濤自海門來。浮雲千里飛鴻度，落日孤城畫角哀。錦纜邗溝今不見，秋風摇落正悲哉。

同邵夢弼、王重甫、林貞濟、陳振狂登烏石山作

望裏青山一片孤，登臨長嘯共吾徒。萬家烟樹還明滅，九月江鴻乍有無。滄海微茫虚蜃氣，白雲摇曳隱浮屠。尊前俱是悲秋者，憔悴何如楚大夫。

九日陳汝大招集林氏園亭，同陳幼儒、鄭性之、康孟擔、徐惟起、袁無競

招隱城隅一草堂，開尊正對菊花黄。臺邊薜荔寒秋水，檻外芙蓉弄夕陽。雲起三山藏古堞，風吹萬籟轉清商。相看不醉茱萸酒，鏡裏空餘兩鬢霜。

蒜嶺雨中

雨來馬上撲征衣，芳草淒涼去路微。況是江村寒食候，鷓鴣啼處亂花飛。

江上晚眺

竹林秋色入黄昏，溪水新添雨後痕。明月不來人語寂，數家漁火點江村。

徐　棉

字子瞻，自號相坡居士。熥、𤈦見下。熛父，延壽祖，鍾震曾祖，俱見下。閩縣人。嘉靖四十四年歲貢生。授南安府訓導，擢茂名縣教諭，陞永寧縣。卒年七十九，入祀茂名名宦。有徐令集。

陳薦夫徐永寧公像贊：猗歟先生，癯然者形，超然者情。三鱣則粤伯起，五十則楚淵明。是謂古之遺愛，是謂今之獨行。無田乎何損於季子，有子也更富於徐卿。吾安知其不爲金閨之彦，蘭臺之英。而益大乎先生之家聲。於戲先生，既曰茂名，亦可稱永寧。

柳湄詩傳：棉生於正德八年，卒於萬曆十九年，墓在福州西祭酒嶺，妻陳氏，生女，適謝汝韶。肇淛父。棉年四十九，妾林氏始生子熥，繼生𤈦、熛。熛早卒。

易水送人還鄉

匹馬蕭蕭去，燕山柳色新。自憐爲客久，那忍送歸人。杯酒莫辭醉，行裝寧厭貧。悲歌易水北，惜別淚沾巾。

錢塘懷古

靄靄吴山入望遥，行人空自憶前朝。萬家花柳春光暮，百戰山河王氣銷。湖上草深蘇小墓，江頭風急子胥潮。可憐一片錢塘月，不照繁華照寂寥。

落花怨

曉起西園望，空階散落紅。自嗟根蒂淺，不敢怨東風。

謝汝韶

字其盛，肇淛父，見下。長樂人。嘉靖三十七年舉人。初授錢塘教諭，歷武義、安仁知縣，遷承天同知。有天池山人存稿。

柳湄詩傳：汝韶，徐棉壻，互見棉傳。教諭錢塘，人稱得師。見錢塘志。令武義、安仁，以廉明著，遷承天同知，以持正與時忤，左遷吉府長史，又以張居正葬父，逆長官意，挂冠歸，年方四十餘。杜門著書，有碎金集，傳者天池山人集。詳福建通志、武義縣志，墓在福州蓮花峰。

憩靈源洞

靈源洞口石巉巉，九折盤紆喝水巖。八角蒲庵分碧蘚，幾重蘿幌抱青杉。龍頭捧玉纓堪濯，鳳尾遺基莽未芟。乘興不辭登屴崱，白雲靉靆半山銜。

袁　表

字景從，宗耀子，懷安人。嘉靖三十七年舉人。歷官中書舍人、黎平知府。有逋客集。

柳湄詩傳：閩書稱「袁表善聲詩，與里人趙世顯、王湛、吴萬全、林世吉在烏石、嵩山結社，又與張煒、馬熒相唱和。有落梅詩，爲世所誦。萬曆初徐中行爲閩臬，得閩中洪永十才子詩，囑表與馬熒選定，今傳本已尠。光緒丙戌，蒼依原本校刊。按，鄧原岳明詩選、通志、郡志皆誤「閩縣人」。

梅花落

妝樓夕掩扉，獨坐望春歸。忽見梅花落，猶疑隴雪飛。因風點瑶瑟，亂月影羅幃。欲折南枝寄，邊庭驛使稀。

明妃怨

旖旎三秋別，辛勤萬里行。那堪揮手處，翻作斷腸聲。部落腥風起，關山漢月明。愁心與孤雁，飄杳共南征。

送茅平仲之薊遼

征馬去嘽嘽，言趨上將壇。客心孤劍在，雪色萬峰看。野戍人煙斷，邊聲木葉乾。漢家終破虜，莫謂棄繻難。

春日登昇山憩玄沙古寺

按，昇山、玄沙，俱在侯官縣北郊。

探奇望碧岑，選勝到雙林。野燒千山暮，樵歌一徑深。春回祇樹綠，雲帶石臺陰。歸路沿溪水，泠泠清客心。

送蕭巡檢赴古木鎮

高人隱抱關，征馬去閑閑。驛路花應發，離筵柳可攀。川原踰八桂，謡俗雜諸蠻。行矣無嗟遠，官閑好看山。

秋日轉餉之永平鎮

秋風起北平，轉餉下西京。不作行邊吏，那知遠戍情。月中聞斷雁，天際見孤城。此夕龍泉劍，鏘鏘匣底鳴。

虎邱寺贈虚上人

闔閭城北遠公岑，金虎銷殘衹樹林。赤岸舍舟知寺近，青山載酒覺雲深。澄潭月照真如相，花嶼泉流不染心。慚愧十年稱白社，朝朝相送到溪潯。

越王臺送從道兄轉運赴河東

越王臺榭枕江濆，載酒看山送此君。疋馬曉衝姑射雪，雙旌遥指太行雲。紅亭落月征鴻斷，碧海清秋下葉聞。兩地相思萬餘里，惟應書札慰離群。

小箬溪舟中望摩天嶺

方舟小箬磎，遥見摩天嶺。雙峰散晴雲，孤川澄落景。江秋有餘清，月明夜方永。駕言遠遊遨，結束歷鄉井。遥遥望長安，中懷浩難整。臨流一躊躇，悠然悵嘉境。

淮上吟

楚天月照長淮水，獨挂征帆思萬里。蒼蒼露滴故沙河，冉冉雲開祝其壘。悲由中來不可期，古今萬事總參差。相逢不用盡知己，城下今存漂母祠。

子夜歌

七月火西流，蘋末秋風起。儂心不自持，隨風度江水。

題漁梁客舍

漁梁渡頭新雨歇，大竿嶺外飛雲没。遲回不見故鄉人，却見雲間故鄉月。

陳學麟

字尚經，侯官人。嘉靖三十七年舉人。歷官潮州府同知。有賢奕稿。

淮上吟

不盡興亡感，斜陽芳草多。惟餘漂母墓，猶占漢山河。

送沈參軍之甘州

甘州天險信如何，萬里看君躍馬過。山自殽函高紫氣，水從星宿下黄河。龍旗風動威聲遠，虎帳霜飛殺氣多。寄語匈奴休犯塞，邊城今已用廉頗。

林世璧

字天瑞，閩縣人，瀚曾孫，庭榻孫，炫子。俱見上。嘉靖中諸生。有彤雲集。

閩小紀：龔司成用卿招諸賓客及其壻林世璧同遊鼓山，風日恬朗，分韻賦詩，坐客皆逡巡遜讓，林時已醉，奮筆題詩，略不停思，文藻横逸。公及諸客讀之，至「眼中滄海小，衣上白雲多」之句，擊語也。

節嘆曰：「吾不及也。」遂不復題。林詩至今尚在壁間。寺僧寶惜，墨色如新。最後徐孝廉惟和讀之，有詩云：「閑尋老衲叩禪堂，墨蹟淋漓滿上方。一自題詩人去後，白雲滄海兩茫茫。」蓋引林

柳湄詩傳：世壁嗜酒，卒年三十六。有彤雲集六卷。

列朝詩集稱：世壁高才傲世，醉後揮灑，千言立就。嘗遊鼓山賦詩云：「眼中滄海小，衣上白雲多。」鼓掌狂笑，失足墜巖而死。小草齋詩話謂此二語不及徐熥「松際窺人孤嶂月，山中留客半牀雲」，嘆其遊於酒人，故不能篇篇盡美。

擣衣篇

謝在杭曰：「此篇精嚴有法度。」

西風白晝已漫漫，玉露凄清玉漏殘。冰簟銀牀秋弄色，翠幃羅幙夜生寒。年年秋夜何蕭索，幾度芙蓉楚江落。閨閣佳人團扇悲，關山戍客征衣薄。閨閣關山片月明，相思不盡擣衣情。欲知此夕凄涼思，請聽終宵斷續聲。凄涼斷續愁將暮，爲捲珠簾散香霧。翡翠樓邊旅雁過，鴛鴦沼上流螢度。流螢旅雁爲誰飛，飛去飛來淚滿衣。敢惜紅顔凋寶鏡，還將清夢繞金微。金微白雲三千里，寶鏡空懸照秋水。啼鳥飛花怨管絃，青苔緑蘚生羅綺。羅綺絃歌他日愁，春來秋去幾時休。盈盈巫峽悲雲雨，皎皎星河見女牛。星河巫峽傷心絶，天上人間有時别。寶幄空浮蘇合香，羅衣尚掩同心結。妾顔憔悴向誰嗟，落盡

秋霜萬樹花。寒衣結束且西寄，不知何日到龍沙。

折楊柳

榆塞年年別，蘭閨空復春。東風不相識，楊柳滿河濱。弄色黃金嫩，飄花白雪新。折來雙淚落，遥寄玉關人。

月

玉露晴初墜，天河迥欲流。誰憐今夜月，還似去年秋。影逐寒雲起，光緣暮杵留。關山千萬里，偏照漢家樓。

秋日神光蘭若晚眺按，在福州烏石山。

獨月秋山望，偏令野興生。澄池來鳥影，高樹集蟬聲。雨散香園静，雲依寶蓋清。頓看塵慮洗，蘿月夜虚明。

早冬寄懷

嬾慢陶元亮，經年獨掩扉。不知秋色改，但見菊花稀。落葉階前度，寒禽樹上歸。停雲那可賦，徒爾壯心飛。

九月八日陪晴山叔登平遠臺

返照仙臺迴，垂蘿古洞幽。登臨先九日，歡賞及高秋。風急催蟬響，天清恣雁遊。誰云竹林宴，千古擅風流。

奉陪大司成外舅龔公登鼓山按，世壁與曹學佺皆龔用卿婿。

仙島鬱嵯峨，乘閑此日過。山花迎羽蓋，谷鳥雜琴歌。梵宇依林樾，巖亭映薜蘿。眼中滄海小，衣上白雲多。曠野千峰暮，遥空萬象羅。翻慚賓從後，揮袂映星河。

鶴園秋興

綠窓叢竹早迎秋，苔徑千花送晚愁。樹密鳥從煙際語，月明人似鏡中遊。白雲影落青山暮，瑶草香生玉洞幽。更有神仙鳴錦瑟，併將詞藻答風流。

秋宮詞

碧山凉月澹悠悠，獨上高樓望女牛。昨夜西風何處起，宫中無樹不知秋。

秋　思

錦瑟瓊箏聲入雲，誰家哀怨不堪聞。懷人却望關山道，極目蒼茫鴻雁群。蕭蕭鴻雁歸何處，雲海江天忽飛去。颯颯風吹菡萏華，泠泠露滴梧桐樹。年年風景轉凄凉，况復相思秋夜長。起剔殘燈默無語，潸然空自淚沾裳。

少年行

鬭鷄金作距，駿馬玉爲韉。夕出平康里，朝遊京兆田。報讎身不死，行樂夜如年。轉瞬豪華盡，五陵生暮烟。

冬日遊西禪蘭若按，在福州西郊。

乘輿謁三天，長歌對石筵。山巖澄霽景，洞壑靄疏烟。講席天花落，香臺寶樹連。夕陽蘿徑晚，歸寄白雲邊。

鼓山禪寺晚眺

蓬峰開寶地，竹徑隱金沙。晝靜惟啼鳥，春深滿落花。淨心閑水月，幽賞澹雲霞。向夕登臨處，風煙渺萬家。

古別離

送君江水頭，愁見江水流。江水流難盡，思君無日休。

旅　夕

旅宿山城夜，天寒月度雲。誰家搗素練，風急不堪聞。

關山月

北塞西山青海灣，夜懸明鏡玉門關。那堪千里沙場影，十萬征人尚未還。

游日益

字宗謙，士豪兄，及遠父，子騰祖，俱見下。莆田人。嘉靖中布衣。

蘭陔詩話：宗謙曳裾王門，使酒罵坐。張幼于每以得其罵爲快，殆禰正平之流亞歟。屠赤水、王百穀推重之。詩已散佚。

柳湄詩傳：日益有未生曲序云：「嘉靖乙卯，倭寇莆中，大肆殺戮，村民已無噍類。壬戌城陷，慘不可言。吾莆御史林公潤疏請蠲租發賑，遺黎稍得殘喘。通判陳永者督編户口，僞增民數以媚上，責供軍粟以入槖，至立『夢生』、『望生』、『未生』各虛名登之版籍。遺黎流亡不暇，復遭荼毒。予卧病山中，孤憤啣劍，作未生曲紀之。」鄉人以日益有俠氣，愈推重焉。

嚴相公故居

丞相門前半草萊，陰風肅肅思難裁。九原空灑龍陽淚，千古偏勞庾信哀。昔日綺羅看不見，今朝車馬爲誰來。東門黄犬嗟遲暮，寂寞瀟湘雁自迴。

游士豪

字宗振，莆田人，日益弟。見上。嘉靖中布衣。

蘭陔詩話：宗謙、宗振兄弟俱有詩名，足跡半天下。嘗有詩云：「老憶弟兄馳遠道，貧愁妻子畏還家。」遺集不傳，僅從徐興公律髓中録得四首。

送朱獻昌遊留都

鼓刀朱亥隱屠間，公子經過日解顔。身上敝裘衝雨雪，馬頭明月度關山。鷺飛二水寒流白，苔掩前朝斷碣斑。回首舊遊如夢裏，烟蘿無計可躋攀。

句容道中

客路勞勞夢未閑，悲風吹斷戍樓閒。雲生古嶂收殘月，葉盡寒林見遠山。擣練霜前聞玉杵，思家腰下顧刀環。狐裘已敝無人問，不待鷄鳴夜度關。

柯光垣自吴中攜妾歸，戲贈

新刺鴛鴦製合歡，漢宫却嘆掩齊紈。美人妙舞名飛燕，高士風流字伯鸞。明月夢曾遊洛浦，同心佩已紉湘蘭。白頭莫遣文君恨，抱得瑶琴不忍彈。

方元浩

字景孟，號水雲居士，正梁子，見上。元淇兄，見下。莆田人。嘉靖中布衣。

蘭陔詩話：水雲有孝行。幼善病，遂棄舉子業，適情辭賦，與丁戊山人傅汝舟爲忘年交。後侍父趙府。趙王枕易愛其才，待以殊禮，與謝榛、鄭若庸、顧聖少、張書紳相唱和，如淮南梁苑故事。未幾，扶父櫬歸，卒於汶上，年纔二十有七。其詩丰神飄逸，音韻悠揚，固雋才也。

三臺懷古

魏武雄圖日，曾爲此地遊。三臺空古跡，一水枕寒流。風入鵶聲亂，雲迷樹色愁。獨憐舊時月，猶照鄴城秋。

早秋書懷

平楚凉風動，長林急暮蟬。客愁秋色裏，鄉夢雨聲邊。一葉辭高樹，孤鴻下遠天。遥聞北征路，關塞又烽烟。

對雨書懷

懷歸日轉切，何意滯南征。懶對殘花色，愁聞細雨聲。秋城千杵急，夜館一燈明。寥落自無語，寒蛩傷客情。

登天寧寺塔

梵刹凌空迥，登臨動嘯歌。諸天寒磬落，萬井暮砧多。樹色連中嶽，風聲起大河。潸然望南國，何計偃干戈。

送林五表叔曉江還莆

山城三月足芳菲，送別長亭已夕暉。陌上歌隨人共遠，天涯春與客同歸。征途風雨鵑聲劇，到日鄉園荔子肥。獨滯漳南歸未得，對君雙淚欲頻揮。

方元淇

字景武，一字浮麓，正梁子，元浩弟，俱見上。莆田人。嘉靖中布衣。

室。蘭陔詩話：浮麓爲人短小精悍，喜談兵事，尺牘楷書有晉人風致。新安汪伯玉開府閩中，辟爲記室。後居戚南塘將軍幕中，屢出奇計，佐南塘平倭，亦豪士也。其詩工近體。

送馬德馥爲商城王傅

三年遼海上，垂組復朱門。客豈齊竽至，王應楚醴存。談經亦勳業，從獵暫櫜鞬。雪滿鴻溝道，誰能賦兔園。

奉趙王殿下

君王騷雅古誰儔，絶代人稱子建流。授簡能傳鸚鵡賦，懷賢不惜鷫鸘裘。歌鐘夜醉三千客，舞袖春開十二樓。回首西園雲樹渺，何時獻頌共應劉。

病中示茂椿

向來心事恨俱違，不爲春寒獨掩扉。午夜關河偏有夢，丁年裘馬未能歸。日看白髮知親健，時放清歌和客稀。汝亦平生憐我病，薄遊豈負老萊衣。

閨思

遠道多辛苦，郎遊未知倦。終歲十寄書，何如一見面。

楊成名

字志完，建安人。嘉靖四十一年進士。武進知縣。有遂初集。

春日村居

一春無客過，細草長柴關。傍檻一泓水，鈎簾對面山。鳥啼情共適，雲淨意俱閑。千古陶彭澤，高風或可攀。

秋日閑居

村店楓初赤，溪橋蓼亦紅。牀頭聞蟋蟀，秋氣入房櫳。砧杵千家月，關山一笛風。早知時序易，肯使酒杯空。

病中寄陽明

山徑秋花發，畫梁燕欲歸。病因愁轉劇，事與願相違。自有是非在，方知毁譽微。新詩一再和，鬢髮近依稀。

溪山春暮

積雨暗前溪，雲深境欲迷。鳥啼春樹裏，僧度石橋西。風舞楊花亂，烟含草色萋。郊遊吾不厭，雙屐日沾泥。

江村物候新，風日正宜人。載酒期今雨，看花趁暮春。輕烟裊叢木，新竹過比鄰。尚有柴門樂，生涯未是貧。

送朱司訓之天長

石梁城畔湖邊樹，楚水盈盈只數程。官舍近連淮草緑，講壇遥對嶧山明。遶堤烟柳江亭暮，滿篋圖書客櫂輕。此去應爲吾道計，青氈端不負平生。

春日雜興

門掩東風寂不譁，閑庭曉日上牕紗。隔林好鳥相將語，傍檻繁枝次第花。宿雨又添絡石瀑，村烟更帶隔溪霞。野翁不放三春別，攜杖村南問酒家。

秋興

高樓一望思依然，日落孤城鎖斷烟。十里溪山秋色裏，幾家砧杵夕陽邊。汀雲合散見村樹，蘆葦蕭疏隱釣船。不向西風嘆摇落，任他衰鬢度殘年。

春暮遣懷

一春蕭索竟何如，芳草閑庭獨坐餘。簾捲落花梅熟候，鳥驚殘夢晝長初。杖藜久負溪山約，衰病真慚故舊疏。裘馬五陵曾結客，白頭甘分老樵漁。

秋日遊城南山寺次魯少沂韻

攜笻獨自訪招提，貪看青山路欲迷。修竹叢中驚犬吠，白雲深處有僧棲。松房倚澗泉聲細，石徑穿籬塔影低。晚院鼓鐘催客散，夕陽已過野橋西。

春興

萬峰重疊倚天晴，檻外風光劈面迎。傍水樓臺低掠燕，繞牆杉栝靜啼鶯。心閑漸覺凡緣淨，地僻時從野老行。隨意盤餐忻一飽，筍蔬連日試新烹。

復登歸宗巖

按，在甌寧縣溪口，俗稱小武夷。

峭壁摩空紫翠濃，滿林寒瀑濕芙蓉。石門似隔人間世，烟霧蒼茫鎖萬峰。

秋日宿歸宗巖

泛舟到溪口，衆壑在烟霧。崇仁殿宇高，榛栗漫山樹。石門倚雲深，曲徑依蘿度。古洞吹陰風，天水蒼遊歸宗巖，見天水從巖壁側落如練，遊人以口承之。勝瀑布。巖幽結侶探，亭聳借雲護。翠嵐閟壑宅，好鳥鳴朝暮。我本猿鶴姿，屢遊愜情愫。一臥神思清，初覺月入户。戀此清虚境，忘却塵寰務。營營名利徒，羞覓山間路。

全閩明詩傳　卷二十七　嘉靖朝九

侯官　郭柏蒼
楊　浚　錄

林　烴

字貞耀，瀚孫，庭機次子，俱見上。閩縣人。嘉靖四十一年進士。授刑部主事，移南京兵部，歷郎中，出爲建昌府，調太平，遷廣西副使，歸養。復起浙江，歷廣東參政，遷南京太僕少卿，告歸。復以舊官起南京，陞正卿，轉大理，遷北京刑部侍郎，擢南京工部尚書，致仕。有覆瓿集。

報功祠歌爲馬司徒賦 按，馬森以平衛卒有功，郡人立祠在福州郡治九仙山。

憶昨城頭啼夜烏，帨巾白晝三軍呼。憑陵攘臂氣已麤，達官走匿如避胡。萬姓倉皇憂剝膚。司徒高臥鍾山隅，按，鍾邱園在郡治鍾山。安車捧擁向路衢。公若不出變須臾，營門森森列劍殳。角巾張目叱群奴，汝曹作計何大愚。胡爲竊弄干天誅，不念父母與妻孥。司徒忠信衆所孚，紛紛感泣公生吾。一時解甲安無虞，身履虎尾捋虎鬚。干城屹屹敵萬夫，單騎退賊功何殊。朅來厭世朝清都，里人懷德思鬱紆。九僊崒嵂形勝區，經營不日開榛蕪。山川環帶列畫圖，朱甍碧瓦雄規模，巍巍廟貌奠清酤。歲時伏臘父老趨，公神在天庶來娱。雲車鶴駕時有無，千秋萬祀永不渝。

東麓亭

憑高初載酒，秋色正蒼然。鍾阜含殘雨，江城起暮烟。遥空時見雁，疏柳不聞蟬。故國千山外，鄉書誰爲傳。

滁陽中秋有感

今夜中秋月，他鄉只獨看。登樓空有興，對酒不成歡。砌冷蟲聲急，風高雁影寒。寂寥又驛館，那得旅愁寬。

江北道中即事

林鳥暮啾啾，征鞍何處投。烟村三户少，土室一燈幽。混跡親傭保，從人應馬牛。笑看爭席罷，世事總虚舟。

登攝山絶頂

山寺春深鳥亂啼，絲蘿百丈躡丹梯。雲霞縹緲諸天近，草樹迷茫萬壑低。王氣長浮鍾阜北，江流斜抱石城西。啣杯不盡登臨興，落日疎鐘送馬蹄。

王應桂

字子英，佐玄孫，鼎曾孫，見上。懷安人。嘉靖四十年舉人。官安慶府通判。有存愚軒稿。

送戴司理之都勻

文旌辭古皖，霜旆出江干。列郡瞻周典，諸苗仰漢官。猿啼梅洞曉，雲度石門寒。蜀相豐碑處，經過駐馬看。

康　誥

字寅湖，時父，見下。長汀人。嘉靖四十年舉人。官和州知州，改南安同知。有仕學軒文集。

秋　興錢虞山謂閩人七律如出一手，皆以聲律圓穩爲宗，其源導於晉安十子。汀人惟康寅湖近之。

惟向西山挽落暉，更憐玉露轉霏微。紅蓮落盡黄花綻，來雁時逢去燕飛。政事賈生空太息，天人董傳信睽違。披衣謾自驚時變，憶即兵樊禾麥肥。

王維琬

字德潤，閩縣人。時有神童之目，後不壽。

閩中錄云：維琬矢口成詩。郡守吴崧召至署中，試看竹詩，大加贊賞。邑人林世壁愛而奇之，有詩贈云：「山人甘遯跡，童子解賡歌。即有風雩興，誰云闕里過。海霞開秀色，雲日俯滄波。别有蘇門嘯，餘香天外多。」試之春日曉望詩，有句云：「春圃雨來花落早，曉隄風急絮飛忙。」人占其不壽。

柳湄詩傳：閩中神童，自宋蔡伯俙以下皆不壽。

吴太守令詠看竹

爲愛淇園種，冰霜許此心。雲收開鳳尾，風動作鸞音。散地玲瓏玉，穿簾瑣碎金。明公乘政暇，翹首發高吟。

林朝儀

字宗嚴，閩縣人。嘉靖中布衣。有草洲集。

尋隱者不遇

緩步過林壑，斜陽半有無。入山尋野老，迷路問樵夫。竹裏丹爐静，雲邊草屋孤。采芝猶未返，歸鳥自相呼。

程鎰

字則謙，閩縣人。嘉靖中布衣。

送董仲恭之官岳陽

巴陵物候新，五馬逐征塵。遠道愁分竹，明時嘆積薪。雁迴衡岳曉，猿嘯洞庭春。莫向江潭上，行歌作楚臣。

詹仰庇

字汝欽，源子，見上。安溪人。嘉靖四十四年進士。授南海縣，拜御史，隆慶初以累諫廷杖，除名。萬曆初除廣東參政，尋乞歸，家居十餘年。以薦起江西，晋南京太僕少卿，入爲左僉都御史，陞右副都御史，遷刑部左、右侍郎，移疾歸。卒，賜祭葬，贈尚書。

來憩亭

面擁琪林翳，耳喧玉髓鳴。一時天幾色，半榻鳥千聲。佛室雲長護，禪牀月自明。重來支遁僻，更得故山情。

送俞虚江應召北上按，俞大猷，字虚江。

廟堂紓北顧，簡命出平津。授鉞聲華重，登壇號令新。别家寧避夏，去路不生塵。豈羡封侯貴，將酬許國身。

青林巖

千峰松檜蔭諸天，一澗紆迴瀉百泉。遊客自來春草徑，住僧爲掃暮山烟。玄猿將子穿林過，白鹿馴人傍石眠。榮辱已知身外事，欲依此地學參禪。

林元立

字宗介，一字中齋，閩縣人。有臺從子。見上。嘉靖四十四年進士。授刑部主事。後謫新會知縣。

贈吴文洲守秦州

翩翩五馬擁朱幡，豪傑偏宜守隴關。不爾專城居虎竹，誰當西顧慰龍顔。訟庭落葉知衙静，隴樹啼烏覺吏閑。早晚渭南先奏績，漢庭車劍爲君頒。

六虚閣

虚閣飛空十二闌，漆園傲吏足盤桓。不緣作賦悲王粲，却爲登山愧謝安。漢闕雲來春色早，秦淮月上夜潮寒。眼前無限題詩處，都付青樽醉裏看。

施愛

字欲周，世亨子，見上。可學兄，見下。福州左衛閩縣人。嘉靖四十四年進士。歸安知縣。有息庵集。

廣寧公署

歲暮未歸客，天涯尚此身。隴雲時帶雨，邊樹不知春。烽火明照堞，笳聲悲向人。元戎專閫職，何日靖邊塵。

同張北臺飲陳雲塘池亭

銀甕新浮竹葉香，東風池館倒霞觴。晴明春色無多日，歡笑人生有幾場。花大蝶蜂迷曲塢，曲終星月滿高堂。習家池館從來好，笑我空隨馬足忙。

施可學

字欲行，世亨次子，愛弟，俱見上。福州左衛閩縣人。嘉靖中布衣。

送別周少溪

故鄉千里客，江上泛歸槎。別恨同流水，離愁共落花。錦山雲自靉，粵水月空斜。相見知何日，徒懷萍梗嗟。

舟中漫興

韶石溪山秋暮時，金風颯颯向人吹。菊花未遂陶潛趣，荒草長增宋玉悲。趣到呼童頻酌酒，愁來對客强圍棋。南華聞道多佳景，何日遊看漫賦詩。

金鉉

字邦晁，龍溪人。嘉靖四十四年進士。官刑部主事。有律選。

江行即事呈傳國毗用杜韻

長行辛苦住艱難，千里江東兩日還。微雨隨人醒宿酒，暮雲結絮護寒山。津亭吏散方繫纜，墟落兵過尚閉闗。昏旦風光時變滅，短篇吟望破愁顏。

登紫玉山

每遇名山輒舍舟，東來紫玉跨南州。孤峰直觸青天立，三水爭馳大海流。樹色遠涵僧寺曉，月痕清照客衣秋。人生浪跡何嘗耳，且向殊方結勝遊。

林如楚

字道翹，春澤孫，應亮子，俱見上。侯官人。嘉靖四十四年進士。歷刑部郎中，擢廣東按察司副使，提督學道，遷布政司右參政，歷廣西左布政使，陞工部右侍郎。有碧麓集。

柳湄詩傳：林春澤人瑞翁集二册，子應亮少峰草堂集一册，孫如楚碧麓堂集一册，稱旗陽林氏三先生集。

會江驛

停舟異昔年，城郭尚依然。樹影浮天外，江流會驛前。暮帆懸海月，清磬出山烟。稍喜春來近，居人話種田。

采蓮曲

鏡湖春水緑，越女顔如玉。桂楫木蘭舟，齊歌采蓮曲。翠鈿窈窕明空沼，纖手徘徊弄清曉。薄采那妨馬上郎，含嚬郤望雲邊鳥。年年采蓮湖水邊，清歌艷舞無人憐。蘭燈寂寞青樓晚，掩淚猶看並蒂蓮。

江上春興

雪霽金焦淨，沙明瓜步遥。天開京口樹，地折海門潮。挂席鄉心淡，乘風酒興消。江妃不可見，春思滿蘭苕。

春　情

鳳樓十二倚牕開，楊柳和烟拂鏡臺。瑶瑟夜深還獨奏，舞衣春至爲誰裁。雙雙乳燕穿簾入，點點飛花入户來。織得錦紋無用處，夢魂空繞白龍堆。

溪源宫按，在侯官縣西。

萬松春蔭洞門寒，路遶青溪更鬱盤。瑶草和烟棲古殿，紫霞抱月影空壇。泉聲靜似琴中聽，山色晴疑鏡裏看。不寐夜來塵思遠，鶴笙縹緲出雲端。

劍　浦

劍浦城頭落暝烟，蓼花飛浪下灘前。笳聲月色沙汀外，無限西風送客船。

林偕春

字孚元，一字警庸，漳浦人。嘉靖四十四年進士。授翰林檢討。萬曆改元，同修世宗穆宗實録，晋編修，出爲湖廣按察副使，致仕歸。起浙江副使，領提學道，遷湖廣參政，罷歸。有雲山居士集。

漳州府志：林偕春，漳浦人。嘉靖辛酉舉人，乙丑進士。翰林院編修。直諒多聞，與修武廟、世廟實録，典制誥，撰江陵相國之父制詞，江陵欲增改之，偕春執不可曰：「王言不可易也。」江陵銜之，出憲楚臬，遂拂衣歸。江陵敗，録所廢斥者，起兩浙督學，所取士不徇俗譽，始若疑駭，終皆懸驗。然竟以骯髒自許，忤臺使者，爲所劾。後復起南贛兵備，遷楚藩，直道難合於時，乃嘆曰：「宇宙許大，莫能我容。」遂歸。日與故人轟飲，絶口不談時政。里中有不平事，無問搢紳士庶，輒怒目苛責，

不少含茹。人皆曰：「此古道也。林公操此以往，屢起屢躓，何怪哉。」所著有雲山文集行於世。蒼

按，明進士題名錄：「偕春，漳浦人，墓在雲霄。」乾隆福州府志誤入閩縣列傳。島居三錄：漳浦雲霄離城二十里有馬山，一曰飛蛾嶺，林太史墓在焉。相傳爲飛蛾穴，自明至今無敢樵採。偶刈其草，腹即作痛。光緒甲申，陸電興樹竿塚上，太史示夢於鄉，匠人多病死，急移徙。於是遠邇稱靈，謁者日以千百計。道旁蓋棚售楮蠟，至數十家。更於雲霄溪尾建廟祀之。近且笵像羅列市肆，爭相構奉，幾與廣澤尊王同一肸蠁。

歸過富春嚴陵

世情多嶮巇，落井翻下石。丈夫各有志，安能受驅迫。所以嚴子陵，翛然爲漢客。雖欲諫議之，堅臥不可得。九鼎賴垂絲，七里存遺跡。始盼釣臺勝，復躡西臺石。兩山縈如帶，俯夾一水碧。帝祚屢變更，州名永無極。高風動我襟，千古此矜式。

癸巳人日入河溪巖

仙蓂七葉報韶華，景物隨人處處佳。萬頃晴光來海嶠，一簾春色足山家。浮生已覺前因是，衰鬢還慚樂事賒。悟入招提無住着，欲將初地問毘耶。

陳經邦

字公望，一字肅庵，言子，見上。翰臣父。見下。嘉靖四十四年會試第二人。改庶吉士，授編修，轉諭德，掌坊事。萬曆十一年分校禮闈，進侍讀學士，掌院事，擢禮部侍郎，加太子賓客，轉詹事府詹事，教習庶吉士，陞禮部尚書兼學士，贈太子少保。有群玉山房詩集。

蘭陔詩話：神宗在東宮，肅庵爲講讀官。及登大寶，日侍經幃，寵遇甚渥，嘗命咏御前筆墨硯劍，立成千秋歲、萬年歡、慶春澤、齊天樂四闋，又應制諸詩賦，皆稱旨。上大悦，書「責難陳善」四大字賜之。及典春曹，盡反張江陵操切之政，士氣爲之一伸。後與柄臣論事不合，年四十賦歸，築西巖精舍，與里中諸名士唱酬，優游林泉三十餘年。其詩格律宏雅，氣度春容，質而不浮，麗而有則，足稱名家。

卜隱巖西有作

緬懷故山賞，决策謝軒蓋。偶然卜兹隱，靈勝如有待。誅茅發奇石，疏澗得清瀨。林壑秀相挹，峰巒鬱如帶。升高一縱目，海色迴明昧。有田在巖阿，分水注畎澮。課僮習農務，倚杖立牛背。秋深秫已熟，客至魚可膾。落日閉松扉，寥寥息群籟。兀然坐其中，了與幽意會。即此託冥棲，何必懷方外。

秋風吟

蓐收總新轡，四序已半過。驟景去不返，芳辰來無多。玉露沾野草，金飆振庭柯。仰視河漢流，皎皎生涼波。常恐荃蕙晚，離思將奈何。徘徊不能寐，慷慨還自歌。

乞休後

宦情元偃蹇，世路況艱虞。短杖惟三徑，扁舟自五湖。詞應裁棄婦，論可著潛夫。聞道東園竹，依然覆酒罏。

新　寒

水上蒹葭玉露涼，西風蕭淅灑衣裳。日臨大野荒荒白，山隔浮雲渺渺蒼。千户寒砧驚落葉，百年短鬢恨繁霜。莫言宋玉偏悲切，秋士由來意自傷。

魏體明

字用晦，一字瀛江，侯官人。嘉靖四十四年進士。授吴縣知縣，擢刑科給事中，歷兵、工二科，出爲江西按察司副使，轉山東參政，晉雲南按察使，轉右布政，陞四川左布政使，歸卒，年六十八，祀學宫。

柳湄詩傳：體明先世居鶯山，遷福清之後瀛，十一世而體明生。爲吴令，聽斷如流水，掊擊豪强，繩猾黠之吏。以薦爲給事中，陳時政十二事、兩廣六事，穆宗嘉納。劾趙炳政，罷之。糾恭順侯違命，正内豎李進法。萬曆十一年卒，葬於塘頭。時三山有三方伯：鄭公邦用、陳公道良與體明，皆以剛正不阿聞。

送林茂勛之南寧

知君爲州牧，定可見丰裁。道從窮日得，官自夢中來。小草群趨濕，寒烏稱集梅。今晨盡盃酒，臨發莫徘徊。

趙世顯

字仁甫，侯官人。嘉靖四十三年舉人，萬曆十一年進士。官池州府推官。有芝園稿，山居、闕下、入蜀諸集。

竹窓襍録：趙仁甫分考棘闈，每詩成，吟罷輒投草屋瓦。尹位甫見而戲咏曰：「許多詩句鵲聲中，天籟鳴來自不同。」仁甫隨戲續之曰：「爲語傍人休掃却，春來留伴落花風。」相與大噱。

柳湄詩傳：世顯風度秀整，詩宗盛唐。任池州推官，左遷，稍起，知梁山縣，轉通判，以母老不赴。自負才名，恒鬱鬱不得志，杜門却軌，讀書學畫爲樂。築芝園，中闢賓嵩堂、侶雲堂、水竹居，以文酒自娱，達官罕識其面。世顯，嘉靖四十三年舉人，時年甫冠，教授生徒。越二十年始成進士，宦又不達，故其詩語牢騷。與徐熥、鄧原岳、謝肇淛、王宇、陳价夫、薦夫、徐𤊹結社。萬曆癸卯，世顯集郡人於福州東之桑溪修禊，隸書題曰：「郡人趙世顯、王崑仲閩縣，見三十一卷、陳仲溱懷安，見三十一卷、陳价夫閩縣，見三十一卷、馬欻懷安，見三十一卷、王毓德侯官，見三十七卷、徐𤊹閩縣、袁敬烈閩縣、王宇閩縣，俱見三十八卷、曹學佺侯官，見三十四卷、王繼皋、鄭登明俱未詳、高景侯官、林光宇閩縣，俱見三十九卷、康彦揚侯官，彦登弟，見三十九卷、黄應恩福州府學庠生，天啓間貢生，後官中書舍人會觴於此。」石刻尚存，郡志未收。道光間重修通志，蒼墨拓呈局，近桑溪磳石爲圃，溪流幾絶。二十年前，村人廁於「癸卯題刻」之旁，官若不禁，恐桑溪不久湮塞也。蒼於趙仁甫題刻之旁，勒石紀遊，使村人不得汙穢。又按，萬曆癸卯至甲寅，前後十二年，世顯與詩人曹能始、徐興公、林子真、袁無競、鄭思闇、王玉生、王粹夫、黄伯寵、王元直、林子直、康季鷹、陳惟秦、陳伯孺、陳幼孺、高敬和、董叔允、陳履吉、陳振狂、陳平夫、馬季聲、商孟和、王相如於芝園結芝社，又結玉鸞社、瑶華社。直社者或假勝地，或集園亭，人司一局，拈題分詠。又按，世顯著楚遊稿，武塘李自華爲之序即楚遊漫稿；香雪齋詩草，吴國倫爲之序；鎖院同聲錄，王世貞、潘大復爲之序；玉鸞社詩集，豫章蔡文範爲之序；閩中稿，雲間莫是龍爲之序；其山居、闕下二稿先刻，丁應大爲之序。後世顯乞歸養，復將諸稿删潤之，名芝園稿。卒年六十餘。

江行寄友

念予自束髮，與子結交親。促膝道今古，揮絃和陽春。偶爾罥世網，十載飄風塵。昔如膠與漆，今爲參與辰。返棹夷陵道，長歌楚江濱。荏苒歲雲暮，行役多悲辛。耿耿雙龍劍，何時會延津。歸心與離緒，悽悽難重陳。

大安道中懷高二

曉起北風寒，披裘事行役。忽憶山中人，羈懷轉淒惻。欲寄雙鯉魚，念無南歸客。高嶺復深林，望望秋雲白。

送　客

送客出西城，城秋客行速。驪駒曲未終，數數戒僮僕。紛紛馬頭塵，湛湛杯中醁。勸君更盡觴，後晤杳難卜。

大安道中贈别

整駕度林莽，引領情内傷。氣肅日晷短，川紆道路長。遘子話宿昔，涕下霑衣裳。把臂問去路，言將返舊疆。贈子千金劍，侑以萬年觴。貴賤各有極，寸心安可忘。

上巳同友人桑溪禊飲

按，此即桑溪題石時作。

陽春耀晴景，選勝偕朋儔。嘉木周迴溪，碧草彌汀洲。羽觴泛緑水，引酌激浮漚。班荆借蒲席，興寄清且幽。遠駕洛濱會，詎羨蘭亭遊。日昃未言返，新詩欣倡酬。相期鏤石壁，一旦垂千秋。只此愜襟愫，焉用尋丹邱。

中秋同屠緯真集子脩空水園汎舟翫月

凉飆起天末，玉露委層林。矯矯同懷子，悠悠雲水心。既揮座上麈，亦鼓邱中琴。窮探名理窟，暢披物外襟。移櫂泛緑水，皓魄懸高岑。素秋倏已半，蘭桂紛陰森。舉觴發浩唱，山水諧其音。把臂未忍分，對景樂難任。達士尚玄討，鄙俗虞升沈。鴻鵠横寥廓，卑杪集凡禽。偉矣蘇門嘯，清聲流至今。

對雪成歌寄呈海内諸知己

長安雪花大如斗，河上層冰三尺厚。款段怯凍不肯前，且向故人索沽酒。故人相向酣醇醪，試問誰曾贈寶刀。只今先輩不揖客，節俠輕棄如鴻毛。眼前俗子空自豪，患得患失心忉忉。豈知賢達能自立，壯士肯顧人綈袍。君不見昔時五侯權貴氣焰可炙手，一旦消亡復何有。又不見渭水垂綸一野翁，千古勳名滿人口。丈夫生世卓犖不可羈，泥蟠天飛自有時。富亦不足慕，貧亦不足悲。鵷鶵豈畏鴟梟嚇，駑馬苦笑驊騮遲。古來百川同到海，秪恐桑田有時改。請君試看雪消時，萬里長天明月在。

天王山下聞鶯

縣前流水清且閑，水光倒映天王山。山頭好鳥叫垂柳，我一聞之涕潺湲。九十春光過已半，百卉競發花零亂。欲歸不歸可奈何，鬢邊白髮愁邊多。嘻吁噫，黄金白玉縱足貴，夢魂肯負南山阿。君不見范蠡扁舟五湖水，留侯終戀赤松子。誰俟河清河不清，無情杜宇催春去。

對鏡看寶刀

千金寶鏡明如雪，可惜年年照離别。忽見迴鸞意轉迷，載睹蟠螭心欲折。憶昔都城初買時，娟娟桃李正相宜。那知荏苒風塵裏，對爾旋驚兩鬢絲。腰下佩刀光未歇，稜稜夜貫青霄月。萬里邊庭氣欲吞，九天風雨聲相聒。拔刀攬鏡憾難平，四海誰堪託死生。不忿鯨鯢猶未滅，可容魑魅尚縱横。世間俗子何草草，浪説功名須及早。馬援猶當破敵歸，誰能對鏡空愁老。

山中曉行

奇峰崒嵂煙冥濛，攬轡一似騰秋空。遠山近山失顔色，千樹萬樹迷西東。須臾杲日升暘谷，一掃陰翳分川陸。客子豁然懷抱開，笑倚層巒看修竹。

留别吴門文休承、周公瑕、王百穀、莫廷韓、張伯起、幼于諸遊好

輕雲天際浮，落葉忽驚秋。計日趨新命，揚帆别舊遊。遠山横野岸，清吹起中流。日暮淒風發，煙波幾處愁。

月夕同諸子遊平遠臺

地僻仙臺古，微茫草徑横。月移巖樹影，風送石泉聲。遠渚波光動，孤村燈火明。狂歌下山麓，餘響繞層城。

攀磴上武夷接筍峰因憶王徵君承父

險磴高千仞，攀躋未覺遥。放歌移白日，醉眼望青霄。石筍雲中接，天花竹外飄。猶驚仙窟裏，笙鶴下王喬。

尋僧

幾欲隨流俗，才疎愧未能。狂因多病減，痴向罷官增。勝友花前洽，名山雨後登。不知人世外，是處有高僧。

鄭明府招宴光禄吟臺按，在福州郡治閩山。

昔賢吟咏處，臺館至今存。竹影摇蒼嶂，槐陰覆緑樽。晚風山郭静，秋雨石林昏。不厭清狂客，頻來共笑言。

雨集曹能始吴客軒有懷按，吴客軒以吴人沈野得名。

勝地開三徑，高朋聚一時。客歸吴市隱，人繫故情思。曲沼冰含玉，空庭雨散絲。明朝倘開霽，莫負看梅期。

主祭高賢祠因憩仁王禪寺

俎豆敦先哲，香花禮法王。客緣逃俗至，僧爲出家忙。山色屏空界，榕陰扇晚凉。坐憐二三子，相對發清狂。

秋日同蔡伯華、王汝存、吴子脩集林天迪叢桂堂

愛爾草堂堪坐嘯，無勞載酒出芳郊。世途自昔多皮相，藝苑從今有石交。賦就雲霞生筆底，醉來烟月滿松梢。千秋盛事還吾黨，落拓何須解客嘲。

奉贈王懋復太史按，王應鍾字懋復。

早從禁苑侍先皇，旋製東山薜荔裳。裁賦鄴中誇七子，臨池江左數諸王。花明湖水春移櫂，月滿江樓夜舉觴。自愧淺才非陸贄，歡縱時廁丈人傍。

平遠臺社集和王懋復太史

何處登臨一散愁，長松密篠野亭幽。風前霧氣青於掃，雨後山容翠欲流。睥睨近依孤嶂轉，帆檣遥逐大江浮。莫因暮靄頻辭醉，新月前林已似鈎。

初晴同諸子集臺江樓

新晴結侶眺江干，百尺江樓共倚闌。橋外水聲當户聽，雲邊山色捲簾看。近筵落日窺絃管，繞徑薰風送蕙蘭。入夜不須催秉燭，好邀明月盡餘驩。

送陳履吉北上

朔風飄葉滿汀洲，才子臨觴賦遠遊。萬點雲山供客興，一帆烟雨灑離愁。吴江露下丹楓冷，越海天長白雁秋。早晚子虛逢睿賞，文園聲譽遍皇州。

巴中值雨

險道馳驅日欲昏，綠陰深處響啼猿。關山萬里來秋色，巴蜀千峰帶雨痕。世路艱危雙倚劍，旅懷蕭瑟一開樽。百年未卜榮枯事，安得君平與細論。

同王太史、周武昌、王茂才、吴孝廉、林太學社集張比部山館，因憶袁舍人

東風披拂柳條長，重結詩盟向草堂。星聚一時追潁里，風流幾度憶田郎。近簷好鳥調春色，覆檻疎花媚夕陽。同調況當沉醉後，樽前詎厭禰衡狂。

歷陽贈尤子輝刺史

漢宫題柱舊仙郎，忽訝分符向歷陽。五馬頓增畿輔重，雙龍應射斗牛光。政餘白雪歌中滿，海上青山夢裏長。聖代即今收放逐，肯令才子久瀟湘。

同單少淮郡丞、王鼉磯司理遊齊山

萬峰晴色照池陽，百丈丹梯入上方。雨後諸亭皆蘚碧，春深無處不花香。江吞西北風濤壯，地瞰東南天漢長。落日更移山屐往，翠微深處勸飛觴。

酬王元美司馬見贈

建業池陽道路分，雙珠投贈慰離群。由來作賦推司馬，誰更揮毫逼右軍。籬下秋花拚共醉，尊前歸雁豈堪聞。朝來試鼓長江櫂，回首天都隔綵雲。

過吴門呈周公瑕、王百穀、張伯起、幼于諸知己

輕帆五月度長洲，一望烟雲萬里浮。把臂論文知己在，攜筇覽勝故情投。清霄興洽樽中蟻，白日機忘海上鷗。賈誼長沙空嘆息，仲尼知命復何憂。

重上謫仙樓

危樓長倚大江濱，樓外芳洲綠草新。今古總多投杼憾，乾坤誰是獨醒人。夜郎謫去名逾

重，天姥吟來筆有神。逐客愧無蘋藻薦，穹碑讀罷一沾巾。

巴東道中

迢遥百里巴東路，十五年來復此行。幾處人家非舊主，一江流水是前聲。良宵宿客談三楚，落月鄰雞下五更。際曉驅車向西去，垂楊夾道聽啼鶯。

畫蘭贈來瞿唐

塵世爭先看牡丹，誰知深谷有蘗蘭。幽香九畹隨風發，翠色三秋帶雨攢。不競紛華來上苑，獨留清氣向巖巒。天香國色那堪並，千載令人憶考槃。

初晴懷王百穀

雲歛遥空雨乍晴，周遭山翠轉分明。巖前偃蹇孤松色，竹外嚶鳴布穀聲。曲沼波澄心共寂，小亭烟靄夢初生。迴思半偈庵頭侶，西北關河重愴情。

陳履吉、振狂、平夫、徐惟和同集侶雲堂

綠蘿深處絶風塵，乘興相過意轉真。千古論文追左馬，一時下榻並徐陳。林開雨色花饒笑，徑掃烟容竹更新。畏路十年勞夢寐，邀歡詎厭往來頻。

重遊羅山有感

山故法海禪林，既爲藍侍御別業，予曾讀書其中。今故侶星疎，而兹山復爲蘭若，蓋不勝舊遊之感云。按，羅山復捨爲寺，詳謝肇淛詩中。

不到羅山二十年，重來此地倍凄然。巖花似喜曾遊客，徑草猶含舊日烟。滿目林亭非故主，一時鐘磬又諸天。不禁一掬山陽淚，灑向清泉白石邊。

寄酬黄全之徵士按，莆田黄天全，字全之。

勞君頻寄越溪魚，念我山中水竹居。老去詩篇仍色澤，狂來交契未蕭疎。風生曲檻花陰動，月上寒窓竹影虚。烏石壺公俱夢寐，幾時相對話樵漁。

佘宗漢過訪山亭留酌按，莆田佘翔，字宗漢。

長夏園林暑氣微，故人清晝款柴扉。十年夢寐今重見，夙昔交情遠不違。池上竹松彌草榻，尊前風雨濕荷衣。淺斟深酌休辭醉，白首同聲海内稀。

同鄭吉甫孝廉、陳振狂徵士集林大合參軍别墅

清秋林謂數開樽，翠竹蒼松喜共論。藝苑才名稱鄭谷，芳筵逸興羨陳遵。杯擎白墮風生席，書就黄庭月滿園。愛爾山堂饒勝概，不妨十日醉平原。

穀日過集陳振狂吸江亭

無諸城南春事繁，白龍江上鳥聲喧。朱樓翠館斜通徑，水色山光直到門。松帶濕雲穿石罅，梅將殘雪擁籬根。留連不厭歸途晚，馬首娟娟月滿村。

寄懷袁景從舍人按，袁表字景從。

對酒忽不御，中心悲以傷。悲傷以何爲，行子在他鄉。昔往春草緑，今兹霜葉黄。豈無一札書，欲寄愁路長。思君如飢渴，涕下沾衣裳。願言樹徽猷，惠我以末光。

登鼓山絶頂望海

空山岑寂客來稀，千仞峰頭一振衣。滄海霧消諸島立，碧天秋淨片鴉飛。巖前古樹穿崩石，竹外清泉瀉落暉。幾欲驂鸞從此去，東溟遍覽十洲歸。

江行即事

惆悵南來道路長，扁舟幾日滯江鄉。天邊草色連秋水，林外潮聲帶夕陽。隔岸烟霞横北固，沿城風土接維揚。傷心故國音書杳，目斷遥空雁幾行。

蜀中寄友

巴水東連江漢流，長天萬里白雲秋。征途未卜歸何日，遥寄相思巴水頭。

宿中山署亭

柏葉青青蕉葉黄，蕉花開盡桂花香。征人重向孤亭宿，一夕西風憶故鄉。

楚江懷友

春來夏口起層波，秋到衡陽少雁過。獨夜短橈何處泊，江風蕭瑟月明多。

送曹能始廷尉之留都

澤國風高露氣寒，翩翩征旆動江干。棘庭明允推黄霸，藝苑才名數建安。幾處秋聲雲裏聽，千峰晴色馬頭看。平反暇日饒清興，應有新詩問考槃。

春園晚眺

藜杖閑行綠水邊，人聲寂寂鳥翩翩。醉吟昨日同今日，花事今年勝昔年。繞舍濕烟寒食候，滿庭芳草夕陽天。晚來更覺風光媚，笑聚花茵伴鹿眠。

壬寅紀事聖諭既傳復止。

俄傳丹詔下蓬萊，萬國歡聲動地迴。圜土縶囚同日釋，普天中使一時回。風清黄閣絲綸重，日麗彤庭講幄開。更喜逐臣連茹起，清光仍得望三台。

予花甲重新而逢閏二感而賦之

危樓一望緑迢迢，獨把青罇慰寂寥。百歲喜看雙甲子，一春難遇兩花朝。雨晴苔色無邊好，柳暗鶯聲分外嬌。廿載塵勞成夢幻，厭聽人説紫宸朝。

葉進卿少宰、翁兆震太史同集山堂話别

澹蕩東風散碧桃，一時雙璧耀蓬蒿。承恩簪紱中朝貴，命世文章北斗高。梓里朱軒看畫錦，綺筵銀燭醉葡萄。歸朝咫尺承清問，應説徵輸四海勞。

黄徵君全之居莆，春秋八十有七，寄予詩札，不異壯年，賦此答之

晝長慵戴鹿皮冠，把酒狂歌獨倚闌。千里襟期憐鶴髮，一緘書札問漁竿。壺公山迥松風滿，薛老峰高竹露寒。秖益相思情脉脉，不堪凝睇路漫漫。

簡張德南社丈按，閩縣張煒，字德南。

又過春風一月餘，苔痕鳥跡滿庭除。世情總向閒中見，遊好都從病裏疏。趙嘏倚樓懷獨

切，張衡作賦興誰如。何時花底能相過，掃徑歡迎長者車。

題高賢祠按，在福州郡治烏石山

三十六峰高倚天，芳祠恰與翠微連。乾坤事業神仍繫，山斗才名世共傳。紫氣終宵騰碧落，丹巖百丈瀉清泉。翩翩同調成今昔，薦罷椒觴一泫然。

全閩明詩傳　卷二十八　嘉靖朝十

侯官　郭柏蒼
楊　浚　錄

鄭日休

字德卿，閩縣人。嘉靖四十三年舉人。任海寧教諭，擢惠州推官，攝博羅縣。卒年五十一。有司理集、洛游草。

福州府志：「日休，萬曆初任海寧教諭。士以非公溷有司者，召而呵之；遭枉抑，必力爲剖白。復祀典，飭祭器，葺學宫，賑貧士，掩枯骼，海寧士鐫諸碑。擢惠州推官，爲部士白冤。攝博羅縣篆，清稅弊，蘇民力，以丈量勞瘁，卒於官。陳勳爲撰墓志。」日休性孝友，林世和卒京邸，爲歸其喪。子元烈、元勳，俱詳府志。

長平旅邸

弭棹長平道，輕車此暫停。灘聲懸夜雨，月色澹煙汀。蛩切鄉心碎，鷄催旅夢醒。十年蹤似梗，拔劍指明星。

周仕堦

字民晉，一字用晉，文㦤子，閩縣人。嘉靖四十三年舉人。順昌教諭，出知蜀之達州。按，志作贛州府同知。有天寧集。

平遠臺九仙觀

鼇亭深處絶塵埃，獨夜扶笻步月來。萬井風烟浮上界，一天星斗落平臺。碧桃花下青芝草，白玉樓前紫石堆。何必尋仙皆九漈，超然人已在蓬萊。按，九漈即九鯉湖。

釣龍臺

越王臺下草萋萋，臺上花飛鳥亂啼。近市魚鹽千舸集，凌空樓閣萬山低。杯銜夕照狂歌發，馬踏春雲歸路迷。惆悵釣龍人已遠，獨留風景客來題。

林達材

字德高，一字柱峰，閩縣人。嘉靖中諸生。

靈巖寺

五月靈巖寺，霏微對雨看。溼雲封石斷，流翠落峰寒。孤塔明金藏，諸溪靜涅槃。百年雙慧眼，空色竟誰安。

杉 關

客裏年將暮，中途雨雪霏。誰云鄉井近，尚覺信音稀。山響鼪鼯嘯，江空鸛鶴飛。此生渾潦倒，何事未能歸。

懷楊子玉坡

南國論才調，天涯隔往還。高名雙白璧，生計一青山。夜雨春將暮，浮雲晚自閑。不知問奇客，誰到劍溪灣。

淮上秋興

倚杖江頭憶舊題，飄蕭箬笠野雲低。空林寒影凋芳樹，遠澗泉聲下碧溪。騷客杯傳淮水上，美人歌徹楚天西。歸來吟望村前月，霜冷芙蓉翡翠棲。

月夜泛江

午夜行舟賦采蓮，中流擊楫羨晴川。長風萬里客殊健，明月一江秋可憐。水氣蕩空飛素練，露華凝靄淨寒烟。風流似是袁公艇，寥落終逢謝尚賢。

林象泰

字德交，一字舒吾，閩縣人。嘉靖中布衣。

夢成山行句，醒來足爲一律

杖履穿雲入，仙蹤何處攀。短衣風色裏，詩窖酒泉間。野趣懸清夢，窮愁破碧山。歸來村市暮，囊剩一錢還。

答陳玉山

朋簪一別歲如流，幾度逢人問太邱。江樹半紅霜落後，村醪初熟雁來秋。劇談作夢偏驚枕，逸興牽情更倚樓。已信鶡鵬非燕雀，定當奮翮鳳池頭。

鄭　節

字亨之，閩縣人。嘉靖四十四年歲貢。

仁王寺宴集次林天宇員外按，仁王寺在福州郡治烏石山。

雙林初對酒，萬樹已驚秋。潭水禪心寂，齋堂寶相幽。臺江侵几席，城郭背山樓。對坐塵言寂，何須汗漫遊。

陳輔之

即朝鉅，字卿仲，閩縣人，達子，見上。价夫、薦夫父。見下。嘉靖中庠生。卒年二十五。按，輔之，百歲翁林春澤壻。

秦中懷古

咸京天府地，東面控諸侯。廢寢無秦樹，殘碑有漢邱。乾坤三輔險，風雨二陵秋。莫問前朝事，傷心渭水流。

送人從軍

送子無家別，孤身向朔方。霜華兼草白，風色帶沙黄。漢骨荒殘壘，秦魂哭戰場。所揮生死淚，不獨爲他鄉。

王應山

字茂一作「懋」。宣，一字静軒，侯官人，肇玄孫，佐曾孫，杲子，俱見上。毓德父。見下。嘉靖中諸生。有帚言摘録。入祀烏石山高賢祠。

閩書：王應山字懋宣，喜讀書，以春秋教授烏石、武夷閒，從者如雲。詩宗大曆，婉而多致。監司守令常式其廬。老益苦心編摩，著作甚富。有閩大記，以識閩中文獻之盛。

徐熥序帚言摘録云：先生七齡受經，千言倒覆。年當髫齔，擬冠棘圍，竟以稺年見擯。兹年已近耄，而口不絶吟，其神益王，信知虞卿之作，窮而後工。

柳湄詩傳：應山著閩都記，福州郡守江鐸見而賞之，藏帳中二十五年。應山子毓德稍復潤飾，太守喻政爲之就梓，謝肇淛爲之序。又著閩大記，起萬曆戊寅，迄萬曆辛丑，以疾輟，壬寅起皆其子毓德足而成之。分世家、儒林、名臣、名賢、名宦、武功、貞節，從兄應鐘爲之序，惜其書罕傳。

溪山漫興貽陳丈

閩山秀南服，清溪千萬曲。曲曲瀉紅泉，山山蔭蒼木。幽人嘯歌生白雲，峰頭波面遥相逐。有時理釣鼓蘭橈，尤喜挾書坐茅屋。輞川盛傳華子岡，睿陵豈薄王官谷。世間萬事總浮漚，安用微名被繩束。愧我城市作山林，思侶鷗鷺友麋鹿。與君結伴歸南山，庶得清心避俗目。

茶洋夜泊按，茶洋，南平水驛。

岸火燭洪流，孤舟近驛樓。星文動龍劍，露氣濕貂裘。嚴鼓回鄉夢，寒砧入客愁。何因息塵鞅，高臥冶山秋。

哭陳鳴之

誰言陳正字，肯受世人憐。造物已如此，平生大不然。泣麟空有恨，歸鶴定何年。愴矣同袍侣，臨風淚若泉。

移居烏石麓

著書習靜不知愁，又向城南占一邱。長挹巖巒雲作伴，獨依林薄竹當樓。賓朋未滿孔文舉，鄉里多慚馬少游。欹側柴門閉芳草，避人猶自憶滄洲。

過丁戊山人墓按，墓在侯官西眠狗山。

桑户當年已返真，傷心交誼自先人。荒邱誰復瞻霜露，斷簡能無泣鬼神。采藥尚淹蓬島月，種桃空爛故山春。幸然委蛻依良友，何必要離類隱淪。墓與鄭子少谷依邇。

董伯章

名彭，以字行，廷欽父，養斌、養河祖，俱見下。謙吉曾祖，閩縣人。嘉靖中布衣。以子廷欽贈官。

送人之咸陽

勞歌唱渭城，行子赴西京。闕月聞鷄落，秦雲帶雁横。花香樊曲夢，柳色灞橋情。莫令歸期晚，秋風白髮生。

送客

湖上初驚木葉飛，天涯遠道悵多違。已憐芳草迷征路，况值秋風上客衣。渺渺江天鴻影斷，依依洲渚荻花微。知君到處堪乘興，嘆我浮生未息機。

林文豪

字君駿，莆田人。嘉靖中歲貢生。官榮府教授，卒年九十三。有醒心亭漫藁。

贈盧文學歸沛上

旗亭別思動驪駒，酒綠山青把袂初。此去登臺看戲馬，諸生何地望啣魚。路經淮海濤初壯，天入青徐柳欲舒。多少風塵車馬客，幾人解傍子雲居。

懷方三户部

萬里蒼梧客，童年憶並驅。風塵分楚越，離恨滿江湖。望岳詩應秀，浮湘思不孤。春風有芳芷，何得慰潛夫。

過木綿庵

獨客驅車度越關，逢人解説木綿庵。支離不盡乾坤恨，竄逐方知道路艱。白日有顔過劍水，黄龍無地借崖山。千秋葛嶺須臾事，蟋蟀西風野草斑。

林兆誥

字懋揚，一字曉江，垠曾孫，富孫，萬潮子，俱見上。莆田人。嘉靖中諸生。有青蓮集。

蘭陔詩話：曉江少負才藻，與姚文煒、佘翔結詩社。其妻陳蕙卿亦能詩，門内極唱酬之樂。嘗輯莆中先輩詩，始洪武，訖嘉靖，共六十二家，爲壺華毓秀集。嘉靖壬戌倭亂，曉江負母縋城而走，倉卒中盡棄珠玉，獨懷此書以行。已而被執，賊見其負母袖書，義而釋之。予從方有容家見先生手録草本，採其論詩數則，庶不没先生之雅志云。

雜詩

涼氣臨疏籬，輕飈吹空林。白露肅百草，素光忽西沉。仰聽鴻雁響，俯聆蟋蟀吟。行人多離憂，感此思愈深。延佇發長嘆，清淚沾衣襟。

真州天寧寺秋感

不得南來信，重移北去舟。逢人惟有淚，聞雁即生愁。煙雨迷古寺，蒹葭帶遠洲。濯纓愛漁父，獨自弄清流。

寄陳言布衣見本卷。

閩海陳摶作賦才，淹留南國老塵埃。涼風草閣開黃菊，秋雨衡門長綠苔。青鳥不從雲外至，孤舟空向夢中來。何時斗酒長松下，相對高歌坐碧臺。

華清宮

宮闕峨峨擁紫煙，夜深龍炬帶遥天。君王閑按霓裳譜，合得新聲不忍眠。

黄　默

字伯玄，莆田人。嘉靖中諸生。有海漁集。

題楊山人隱居

隱居臨白水，幽僻見青茅。湖闊惟漁艇，林深獨鶴巢。夜寒猶點易，門外不論交。時論歸清隱，無由擬解嘲。

夏　至

梅子黄時晴雨多，柴門無客掩烟蘿。野塘水滿浴鳬喜，僻巷泥深語燕過。書味每於閑處得，絃琴還向潤中和。階前新緑知多少，我亦添來兩鬢皤。

夏日郊居

老去荒郊自索居，草深門巷不教鋤。無才敢接乘軒客，學圃閑抄種樹書。風入深林歸枕簟，溪分流水過庭除。眼中無物心無慕，倚杖閑吟意有餘。

宿靖海寺至公房

尋幽曾就遠公招，獨宿虚齋夜寂寥。禁寺鐘聲清近郭，當牕月色帶回潮。夢魂只繞禪三界，醉客何堪酒百瓢。蓮社原當高士結，可能隨意及漁樵。

懷蔡從卿

夜靜懷人首自搔，秋深無雁過江臯。詼諧堪擬東方朔，骯髒誰憐北郭騷。千里雲停吴地闊，萬重山挾楚天高。論文對酒知何日，莫使夢魂兩地勞。

陳　言

字于庭，莆田人。嘉靖中布衣。有藝草。

閩書：于庭善詩，善集句，評者謂其裁錯揉合，匠意經營，若八金在爐，五絲就軸，無牽比析凑之狀。抱奇不偶，落魄江湖。一日過滁上石惟信郡齋，商訂風雅，吐露胸中之奇。已而放舟東下，道潯陽，望匡廬，經采石，吊李謫仙，探靈谷、牛首奇勝。石口占贈之曰：「西華山人海上來，獨騎黄鶴楚江隈。秣陵秋興三千首，又駕天風過鳳臺。」

柳湄詩傳：閩時莆田有兩陳言。于庭自稱豐山鶴侶，早尚遊俠，結交七子輩。林懋揚稱其立詞設意，取格發調，皆迫真初唐。

旅　夜

沙岸依孤泊，江村屬杪秋。斷雲兼雁宿，亂葉帶螢流。露薄蒹葭渚，霜清杜若洲。濁酤聊自遣，何處是鄉州。

九月八日東濱宅對菊有懷寒松

孤城寒菊傲晴霜，太守園籬傍草堂。千里此身猶是客，一年明日又重陽。丹楓欲下關雲冷，白雁初飄海日黄。因憶去年攜手伴，清尊何處醉花旁。

香奩次張南湖韻

雲屏幾度對仙蹤，作賦才高失士龍。碧海有心終悵望，紫霄無路更相逢。傷春空掩花前淚，怨别驚看鏡裏容。惟有多情歌舞月，長隨飛夢到巫峰。

九陌風花

九陌風花亂作團，一年芳事又闌珊。翠消麟帶香猶在，紅沁鮫綃淚未乾。楊柳樓臺鶯語漇，靡蕪簾幕雨聲寒。錦鱗青羽無消息，無限幽情欲寄難。

月　夜

獨坐空齋冷，悲歌淚滿巾。唯餘城上月，偏照異鄉人。

寄劉紉蘭

南客江城坐寂寥，玉人回首思迢迢。春風兩岸垂楊柳，疑是尊前舞細腰。

獨　酌

兀坐茅堂下，獨酌對疏雨。孤村不見人，沙禽自來去。

江南曲

郎披彩雲裘，蹀躞黃金馬。相逢紫陌頭，結意綠楊下。一解

郎在越江頭，妾在楚江尾。思郎如江流，日夜千萬里。二解

郎身若浮雲，聚散無定跡。妾心如春花，雖妍竟何益。三解

別郎江草青，思郎花如練。俛仰一含情，流光遞如箭。四解

采采江南花，欲寄江北去。日暮不逢人，馨香向誰語。五解

獨上合歡牀，惻惻不成寐。看取翡翠衾，濕盡胭脂淚。六解

秋夜有懷林五兆誥

玉露悴野草，金風揚清波。美人渺天末，相望阻山河。幽期曠難諧，芳辰坐蹉跎。撫此時物變，涕下將如何。

寄　友

美人別我來，倏忽歲華改。野曠鴻雁遠，悵望渺滄海。山中有紫芝，馨香誰共采。

相逢行飲方吉甫揮使宅作

憶昔相逢尊酒前，將軍豪興真翩翩。揖客曾攜白玉劍，尋芳每并青蓮錢。一別悠悠隔江海，壯懷暗逐朱顏改。往來倏忽二十年，惆悵舊游幾人在。百年日月如飛梭，東流之水無迴波。烏鳶螻蟻各自適，青邱白骨將奈何。萬里由來等芻狗，鳳凰麒麟逝已久。屈原

忠義沉汨羅，蔡澤棲遲空白首。攜君手，登君臺。舞長劍，歌莫哀。不見古人歌舞地，寥寥落落生黄埃。吁嗟天地間，誰能煉金液。相逢且典紫綺裘，與君共醉三千日。

將進酒

將進酒，黄金甌。炊紫鳳，烹蒼虬。紛趙舞，發齊謳。肅焉命駕，於以解憂。及時不爲樂，朱顏成白頭。良晤非易，勞生若浮。矧彼黄鳥，嚶鳴相求。熏天氣勢，倏如斷漚。西飛之日，誰能縶留。不見蘇仙鶴，一去經千秋。促膝對君且歡笑，何須更識韓荆州。拔我長劍，脱我綺裘。呼童换美酒，縱飲登高樓。翩然揚袂發大叫，目送雲濤天際流。

關山月

關山月，挂雲端。多少征人望鄉邑，幾回見月增長嘆。披甲晨趨青海道，彎弓夜走白狼山。胡笳一拍凄風急，夢魂欲度關山難。關山月，摧心肝。

飲朱文叔宅

天風吹雲雲飛飛，天涯客子愁沾衣。雲飛隨風倏千里，人生蹤跡亦如此。誰能跨飛雲，長嘯飛雲裏。相逢且醉金屈巵，聽我斫劍歌短辭。西湖臺殿翳荒草，雷塘荊棘埋殘碑。由來富貴如翻手，百千萬事空搔首。羲皇不復作，喬松果何有。君不見陳孟公，一生嗜酒稱英雄。丈夫取適須大酌，奚必往往悲途窮。撞鐘捶鼓吹玉篴，一餉懽娱莫虛擲。頹陽翕霍似隙駒，郿塢黃金總何益。

客　愁

客愁驚歲暮，踪跡類飄蓬。三處存亡裏，孤身夢寐中。親朋殊地少，花鳥故鄉同。欲寄新愁淚，溪流不向東。

獨客誰相問，浮蹤只自憐。風烟催短髮，梅柳入新年。淚落猿聲外，心懸雁影前。美人關塞隔，消息轉茫然。

對　月

風露清疑墜，山河冷欲流。圓光晴寂寂，素影夜悠悠。妝閣飛銀鏡，潛鱗避玉鈎。佳期猶萬里，空憶大刀頭。

秋暮宿天寧寺

旅宿依山寺，歸心折海潮。百年雙鬢短，多病一身遥。野岸丹楓下，沙洲白雁飄。羈懷如暮葉，入夜更蕭蕭。

懷徐子與

風流徐比部，别爾動經年。猶記談詩夜，曾同載酒船。塵埃消短鬢，貧病傍烽烟。何處滿鴻鵠，冥冥隔遠天。

揚州懷古次程篁墩詹事韻

臥聞津鼓起新晴，山色迢迢隔岸横。廢苑有基留寶刹，寢園無主傍孤城。垂楊日暮寒鴉起，破堞春深蔓草生。回首興亡何處問，棹歌聲裏不勝情。

登多景樓

江頭樓榭鬱嵯峨，獨客登臨感慨多。三國兵戈空壁壘，六朝冠蓋盡邱阿。楚關煙樹雲邊斷，估客風帆鳥外過。倚徧層欄傷往事，夕陽漁唱起滄波。

清明日書懷

黄鳥翩翩綠樹濃，忽驚節序嘆飄蓬。江村日暮梨花雨，茅屋春寒燕子風。寂寞馬卿愁臥病，猖狂阮籍泣途窮。閩山粵岫渺何許，回首風塵夢寐中。

陳　昂

字爾瞻，又字雲仲，莆田人。嘉靖中諸生。有白雲先生集。曾士甲閩詩傳作「萬曆中布衣」，誤。

宋比玉云：白雲詩錯綜變化，不可名言。自謂得工部矣，而未始無青蓮；得右丞矣，而未始無襄陽。其間有初、盛矣，而何必不中、晚，皆李唐矣，而何必不宋元。他如郊島、元白，謠謔、仙鬼，無不爐錘而出之，以自滿其志。乃其苦吟險覓，若號若笑之狀，於楮墨外更有可思焉。

靜志居詩話：昂於詩尤嗜五言。家貧無書，誦王右丞作，即師右丞；誦杜工部作，即師工部。可謂多師以爲師者也。

閩中錄云：白雲容貌奇古，縱酒狂歌，值倭變，率妻子賣卜織屨於秦淮間，兼爲人傭作詩文。有人誦其句，流涕悲咽失聲。卒竟窮死。後伯敬、茂之、比玉始輯其遺集以傳，名曰白雲先生集。蒼按，白雲集六卷，鍾惺爲之傳。商家梅讀其集，係以詩云：「一生多難裹，孤往意焉如。淚向人空落，身無家可居。依僧猶織屨，垂老尚傭書。寂寞詩名處，方知天所餘。」

柳湄詩傳：昂容貌枯奇，衣冠古拙，好飲酒，喜怒任真。值倭變，率妻子奔秦淮間，自榜片紙於扉，爲人作詩文。與懷安馬熒友善，曾招入鍾邱園。熒死，昂愈流落。其詩情景聲色皆奇窘。遺集卒賴林茂之、宋玨以傳。可謂人窮詩窮矣。按，昂著排律一卷，他體十六卷。萬曆己未清淵汪大年已選刻昂詩於建安，題曰：織屨翁雲仲詩。可見知昂者，不獨鐘伯敬、林茂之、宋比玉也。昂嘗賣卜，或雜以織屨，故汪大年稱爲織屨翁。又按，林茂之挽陳白雲詩：「白下成抔土，壺山空故鄉。」則昂葬於白下矣。

風色

風色一以變，林光反不禁。黄姑依淡月，白帝動清砧。萬里無家客，孤燈獨坐心。余行且濡滯，舟楫恐難尋。

小艇

小艇下青灘，長江較漸寬。千山梅正雨，四月麥初寒。世態用情薄，關山行路難。子規聲頗慘，客淚可能乾。

宿雙溪鋪

不有雙溪鋪，能知孤客情。山川沉月色，天地變秋聲。華髮明殘燭，疏星滯五更。出門純鳥道，肯信馬蹄輕。

夜宿艾亭望汝陰

不辨艾亭色，安能辨汝陰。潭空星欲繫，壑靜夜如沉。水氣凝寒露，秋聲聚遠砧。明朝州裏去，馬度白雲岑。

閩南登樓

切莫登樓望，令人更慘凄。戰場多鬼哭，息壤聚烏啼。黄霧埋城郭，寒風死鼓鼙。深樓巢燕子，來往亦啣泥。

移居巴陵

此即巴邱戍，相傳魯肅城。古今餘往事，兵火剩殘生。楚水爲漁便，湘江結室平。地靈如獲託，亦足寄遐情。

垂　白

垂白還多事，安能與世疏。家貧思寄食，歲暮且傭書。赤甲悲歌後，烏蠻瘴癘餘。干戈未偃息，萬里嘆吾廬。

白帝城七夕

忽聽長年說，今宵七夕臨。客邊慵曝腹，夢裏等穿針。新月黄牛峽，西風白帝砧。天河正相對，脈脈寄情深。

巫山放舟

落日過三峽，狂濤戲一舟。浪高迷白狗，雲俯罩黄牛。目炫蘆花色，神隨竹箭流。寒威鍾此地，風氣冷颼颼。

寓寺寄友

野寺無人到，青山在眼前。閑聽黄鳥叫，空擁白雲眠。老矣愁無益，何哉興不先。杖頭耐相訪，正有賣文錢。

冬日雙林寺

可見無人境，門前與世分。鐘聲停半壑，水面湛孤雲。宿火灰中焰，鄰舂雨外勤。豫章二百里，消息不相聞。

羈旅無聊自嘲

世態久方見，人生已浪過。長鳴師蜀帝，善淚學湘娥。雨掩春山重，江埋宿霧多。紫貂裘敝盡，季子不歸何。

拙在不能養，愁稀反自尋。窮如闗鬼使，命敢怨書淫。落日沉山影，空村寂鳥音。長途鞭老馬，三嘆世斯今。

朝二首

夢醒孤笻在，朝來四壁空。枯魚懸欲斷，老馬困無終。鶴髮絲絲雪，鶉衣片片風。自天奪吾友，道遂入奇窮。謂馬用昭。

茅屋朝難出，寒生事事哀。籬傾風有祟，薪盡火無媒。駛雪一何甚，歸嵐慘不開。夜深天亦憤，破柱數聲雷。

靜坐

靜坐衡門下，悠然白日閑。一身猶是寄，萬事不相關。峰色雲初抹，溪心月正還。問余所最切，沽酒醉青山。

宿潁上亭

雙扉何自掩，木葉亂虛庭。雲濕懸鶉褐，燈翻相鶴經。行藏安苟簡，淡泊順飄零。堂靜虛生白，天空寒更青。

鏡中

鏡中雙鬢雪，相見更相憐。偃蹇居牛後，敲推敢馬前。一家寒露葉，萬事暮秋蟬。開口不曾笑，人間八九年。

夢入蜀

夢刺夷陵艇，千峰仰面看。雲開神女廟，浪湧使君灘。赤甲猿聲廣，黄陵水氣寒。自余涉世後，蜀道不爲難。

砧聲

砧聲何太急，獨客步江墟。星月銀河外，湖山白露初。一貧仍壯老，多難是詩書。誰料殘生在，浮萍亦不如。

夜

客似倦飛鳥，逢林即宿林。三更殘雨冷，孤館一燈陰。道遠添貧病，朋疏費嘆吟。無端東海角，濡滯到而今。

江南旅情

日落青溪栅，潮平白鷺州。林深常似雨，江靜易生秋。涼月來天外，明河俯渡頭。飛飛鴻雁影，不見尺書留。

晚發邗溝

晚發邗溝艇，夜過揚子橋。半村紅燒野，一望白江潮。荷葉珠堪數，蘆花雪漸饒。歸帆無所事，乘月且吹簫。

一路

一路頗幽閑，行行又幾灣。微茫聽竹籟，次第較花顔。林壑千層瀑，茅堂四面山。卜居如得此，日日閉柴關。

病

葉落多於雨，狂風欲作天。三秋來日少，一病幾時痊。量水兒教熟，聽鐺婦得傳。臥多神恐損，扶起小牕前。

初歸寄鄰友王懷治先生

誤識人間世，何方可閉關。堆雲藏白屋，就日看青山。竹暖吟風細，松陰布地斑。鄰如張仲蔚，談笑兩忘還。

東還南浦落日道中

雖見歸雲白，其如落日黄。乳鴉喧古木，饑獺坐空梁。時序何蕭索，煙嵐漸渺茫。漁歌終有意，興況指家鄉。

無　題

不見當年萼綠華，坐深日影過鄰家。西風欲剪江蘺葉，零露初彫石竹花。眉染遠山終慘淡，妝慵高髻任夭斜。可憐秋水冰將結，猶有何人事浣紗。錦字雖成欠羽翰，谷風空送雨聲寒。無由似月能相照，倘化爲雲亦易殘。寶鏡多情離即暗，銅壺非淚滴應乾。夢魂不怕峰峰隔，只覺人間行路難。新凉如沐過花陰，風捲鈎簾月正臨。一點流螢隨小扇，半庭芳草落疏砧。牕明孤燭蛩先泣，天倒長河夜共沉。愁繞流蘇更又轉，夢魂飛到五雲深。凉滿晴窗雨氣先，香殘古鼎尚微煙。闌干草碧嵐初惹，河漢風高月未妍。漏轉三更天在水，夢回孤燭夜經年。關心欲寄青鸞信，淚濕新題一幅箋。

歸天馬山草堂

溪上春潮帶雨渾，行歌歸去浣花村。白雲芳草全無恙，萬壑千峰獨閉門。豈有詩囊羅海岳，分明生計付琴樽。倚欄料理新篁色，滿樹東風鳥自言。

漁浦舟中

渺渺江門一野航，大江東去海天長。鷗眠鷺浴依漁釣，水白山青近筆牀。乍響松濤雲欲渡，何來秋色月皆香。浮生到處滄洲好，消受匏樽送夕陽。

途窮書憤

有書不得上，行亂遂途窮。痛哭逢河洛，徘徊笑華嵩。漢朝疏賈誼，隋代屈王通。天問安能得，溪山負二公。

散　愁

王粲何濡滯，嚴遵强應酬。下簾先讀易，懷土一登樓。素有履霜操，今無禦雪裘。人間純逆境，似與道爲讎。

暮春題瀼西新賃草堂

却近千年勝，先尋五百弓。西山看大小，瀼水愛西東。把釣晴溪上，編茅春色中。心無堪怪事，不必擬書空。

過洞庭

垂楊堤外風泠泠，萬里烟波載客星。海鶴遠含孤雨白，江門無數亂峰青。興來作賦酬明月，睡起吹笙過洞庭。人代不知何甲子，滄洲魚鳥已忘形。

坐上方寺

久失題詩處，兹行趣尚存。鶯花醫病眼，泉瀑爽吟魂。林古啼黄鳥，巖幽挂白猿。所貪惟佛日，枕石就芳蓀。

尋五桂山避暑

燒春未易沾，酷暑應須避。散髮入幽林，解衣挂空翠。花間鳥語添，山頂鐘聲墜。消受冰溪風，徐徐凉夢寐。

江日德

字世高，文沛父，見下。閩縣人。嘉靖中諸生。以子文沛贈行人司正。

阻水汶上

汶水湯湯日，愁登萬里船。迷津方自悔，爭渡正紛然。作宦終何補，懷歸意已便。船艙燈火暗，夢在掛帆前。

謝　元

字未詳，連城人。嘉靖中貢生。官寧洋教諭。

九日與邑侯陳公登蓮峰宴飲

按，蓮峰山在連城縣。

山郭靜朝暉，秋聲滿原野。乾坤肅以清，登眺屬政暇。攜杖入蓮峰，載酒憩層榭。芝山雲影中，衆瀑臨空瀉。鐘聲煙外沉，落日雁邊下。振衣共徘徊，今古成代謝。

吴上瓚

字亦山，更名贊，字助卿，桂芳從弟，連江人。嘉靖末布衣。

柳湄詩傳：上瓚以家難貲絶，寓金陵，與福清林古度善，每作詩必商訂而後脱藁。久之，貧落而歸。詩皆散佚。

秋　寒

浪遊春復夏，秋更滯陪京。片雨欺貧病，浮雲薄世情。已知蓬鬢短，不逐客愁生。忽聽南征雁，空思寄遠聲。

同林興祚登臺城

寺側尋山徑，荒涼古堞平。蕪湖舟不繫，野彴水無聲。落日寒秋壑，飛煙薄暮城。歸鴉聲不住，相與愴游情。徐興公云：「此亦山之佳句，情意悲凉，殊可誦也。」

黄喬棟

字以藩，晉江人。嘉靖末官參將。

半峰庵聽秀上人彈琴

高僧抱孤桐，古調超俗耳。濤生松下風，龍起潭中水。聽罷獨泠然，月出疏篁裏。

全閩明詩傳　卷二十九　隆慶朝

侯官　郭柏蒼　楊浚　錄

黄鳳翔

字鳴周，又字儀庭，應曾孫，淳中、潤中父。隆慶二年廷試第二，以榜眼授編修。世宗實錄成，晉修撰，遷南京國子祭酒，補北監，遷禮部右侍郎，兼翰林侍讀學士，改吏部右侍郎，拜禮部尚書，以養親歸。卒贈太子少保。天啓初謚「文簡」。有田亭草。

柳湄詩傳：鳳翔祖禮，有孝行。詳通志。鳳翔卒於萬曆四十二年。據他書稱「年六十」，是登第時，年僅十四。且篇中有「七十初度」之作，稱「六十」者誤也。又按，泉州前明科甲極甚，然未有登鼎甲者。先時有「四眼開，狀元來」之謡。隆慶戊辰，晉江黄文簡鳳翔宗伯以榜眼及第；萬曆癸未晉江李文節廷機相國，丙戌晉江楊文恪道賓宗伯，壬辰晉江史繼偕相國，俱以榜眼及第。己未會試，泉州登進士者十一人，莊際昌少詹魁天下，果符「四眼」之謡。

寓潞河驛

客路常苦長，曦晷常苦短。凄風日以急，歸期日以緩。明發方戒途，須臾雪花滿。寒鴉噪屋角，門外人跡罕。欲把掌中盃，羈孤無酒伴。去住各有時，吟嘯自蕭散。

塘棲夜泊

浙水通津處，揚舲片月斜。帆檣多賈客，燈火是人家。風勁洲鶩鷺，雲深樹噪鴉。笙歌連夜起，今歲足桑麻。

送陳山人

柏酒迎新歲，鶯花送故人。野橋猶積雪，岸柳已知春。疋馬千山路，孤蓬萬里身。壯懷無別淚，到處有芳鄰。

途中有感

疋馬扁舟寄一身，棲棲閩越復燕秦。茅堂野老時爭席，煙艇漁翁夜卜鄰。萬事驚心還作客，半生牢落不由人。碧山何日焚魚去，九曲磯頭把釣綸。

舟中對雪

北風吹雪下澄灣，玉樹瓊花頃刻間。倚棹忽驚垂白鬢，停盃無處覓青山。幾家烟火柴門閉，一片關河夕鳥還。最羡袁安能僵臥，三竿紅日半生閑。

送范太史歸豐城

芸閣藜燈午夜幽，西風萬里送扁舟。一樽易水應愁別，十載長安已倦遊。雨後黄花燕塞暮，雲中白雁楚山秋。最憐寶劍分攜去，空向樓頭望斗牛。

宿黄氏山莊

雨過山莊翠黛横，青樽閑對白鷗傾。欲攀松桂吟招隱，却話桑麻學偶耕。溪碓喧時秋水急，樵歌歸處暮雲平。空庭花鳥堪心賞，何必驅車問化城。

天津阻風

客心日摇漾，客程日追逐。戴星夜未休，聞鷄晨戒僕。舟子已揚橈，郵卒尚宵柝。迅飄蹙艦來，翻投河干宿。空有匏繫嘆，頻向竿旌卜。來者如飛騎，去者如藏壑。天公隨愛惜，世事相倚伏。行人紛往還，各自計遲速。順逆任所遭，聊且醉醽醁。

泛黄河

滔滔黄河水，斗水三升泥。澄之末爲清，持作食飲資。深山有寒泉，一呷誇夷齊。如何濁流中，樓櫓紛交馳。害匪由飢渴，性豈懵澠淄。五味令口爽，先民永垂規。

風拔樹

扶疏老樹凌蒼崿，大可蔽牛蔭蒲壑。群鳥爲巢最高枝，求友呼鶵欣有托。一旦飄風刮地來，千尋巨幹俱摧落。毁巢破卵委塵沙，折翅驚魂空夜哭。君不見鷄鶋遠徙能知風，鷦鷯一枝亦不惡。兒童頻探屋下鶵，鄰火延燒堂前雀。

芋原逢舊

蕭蕭羈旅地，何處問交親。候館新春色，居停舊主人。盃臨江渚酌，坐與野鷗鄰。追話當年事，君今一老身。

送秦舜峰給諫

帝座分飛一使星，征袍曉發五雲扃。相如暫許遊梁苑，汲黯終須重漢庭。雨過烟臺芳草緑，天連吴會故山青。猶餘華省封章在，夜夜光芒映北溟。

燕子磯夜宿，同趙瀔陽、習豫南

危岑縹渺斗牛邊，極目空江擁暮煙。天上德星今夜聚，尊前明月幾時圓。松蘿風裊傳僧磬，蘆葦雲深泊釣船。對爾長吟招隱賦，寒衾藉草正堪眠。

游彌陀巘

梵殿清鐘日暮時，尋幽一徑轉逶迤。杖隨谷口泉聲入，榻向巘頭樹影移。疏雨平原人去盡，高風絶頂鳥歸遲。凭欄解得無生趣，蓮社還應問遠師。

無　題

莓苔深處鎖衡門，落葉飄揺宿鳥喧。塵世奕棋難自料，少年軒冕幾人存。絶交祇恐爲生累，禁酒終須聽婦言。惟有睡魔麾不去，擁衾高枕竟朝昏。

七十初度同親朋宴集用杜句起韻

人生七十古來稀，樗散餘生願不違。壯歲已甘林臥穩，幽居莫問世情非。笑將白髮窺青鏡，閑憶丹方訪翠微。但得壺公堂上醉，何嫌竹杖駕雲歸。

田一儁

字德萬，琯從子，大田人。隆慶二年會元。選庶吉士，授編修，進經筵起居官，修累朝實録，告歸。起故官，修大明會典，復引疾歸。起攝南京國子監，召爲北祭酒，擢禮部左、右侍郎，兼侍讀學士，掌翰林院，辭疾歸，未行卒。贈禮部尚書。有鍾臺遺集。

柳湄詩傳：一儁上建儲、理財、回天變、正人心諸疏，直聲振朝野。萬曆丁丑，張居正奪情起服，箝制言者。同官趙用賢、吴中行劾之。居正矯旨予杖。一僊與趙志皋謀抗疏論救。時王錫爵視院篆，戒以「毋累聖德，姑過張所諷勸之」。於是一僊偕錫爵、志皋及張位、習孔教詣張所，首爲杖者解。張默不應。一僊等奮氣昌言，責以綱常大義，且曰：「天地鬼神其可欺乎？天下萬世之口可盡箝乎？」語峻直甚。張慚憤，顧左右，欲引佩刀自裁。一僊大笑拂衣出。張大恨，於是志皋、孔教被逐，而一僊與錫爵先期告歸。居正敗，起故官，同修大明會典。數月，復引疾歸。久之，以宫寮攝司成事。居二年，召修玉牒，擢國子監祭酒，晉禮部右侍郎，兼侍讀學士，旋轉左，教習庶吉士。以病請歸，弗允。卒贈尚書，予祭葬。時董其昌爲庶吉士，走數千里護其喪歸葬。

遲鄭郎不至

幽齋淨朝塵，祟館紛晝靄。涼葉陰已深，疏花落猶在。美人期不來，搔首空相待。渺渺望河干，青山出雲外。

醉翁亭

群峰迴合帶晴暉，瀌瀌泉聲遠却微。巘轉好風常拂面，日高空翠尚霑衣。雲深亂嶂猿聲落，梅老孤亭人跡稀。薄暮下山群從笑，此翁何事醒時歸。

送傅御史謫戍定海

獨戍海雲東，扶桑遠掛弓。劍花吹蜃氣，人語雜龍宮。世事偏頗日，乾坤浩蕩中。莫言驄馬步，不及古人工。

方沆

字子及，一字訒庵，良節曾孫，攸躋子，俱見上。莆田人。隆慶二年進士。歷南京户、刑二部郎中，出爲雲南提學僉事，謫寧州知州。有猗蘭堂集。

蘭陔詩話：子及少時避地昭武，學詩於吴明卿。在南曹日，與陳子野、朱秉器結青溪社，詩律益進。五言如「山合松楸晚，沙寒橘柚秋」，「暮雲檐際薄，西日竹間微」，「瘴深青草候，地控白狼西」，七言如「華表月明疑鶴下，孤臺風起有龍吟」，「江魚愁阻經年字，檣燕低窺隔水簾」，「曲水暗通花下艇，群峰晴擁竹西樓」，「徵歌子夜供清賞，結客丁年佐勝游」，「方池萍破魚初躍，幽徑花飛鳥共啣」，固是中唐人語。按，沆以湖廣僉事致仕歸。宦橐如水。獨於湖上構一亭，吟咏其中。有猗蘭堂集二十卷。

雨花臺

説法留初地，當年散雨花。江濤仍捲雪，海氣尚蒸霞。萬刦不離死，一身長在家。可知寰宇内，生滅等摶沙。

度盤江新橋

曲逕橋疑逼，寒煙路轉迷。千山井絡外，一水夜郎西。絶壁玄猿挂，荒林白鳥啼。飛虹垂百尺，應待長卿題。

奉答吴明卿先生見懷之作

賦罷初衣萬事慵，縱横綵筆舊詞宗。秋風尺素驚烹鯉，落日空江有臥龍。緑綺自孤春雪調，青山暫借野人筇。傳經曾是侯芭輩，肯許玄亭載酒從。

青陽道中望九華山作

當年供奉有遺蹤，馬首西來紫氣重。絶壁翠分千岩崿，連屏青削九芙蓉。天垂瀑布晴猶涇，風卷巘雲晝自封。秀句驚人稱謝朓，憑誰攜上最高峰。

送閔生廖讀書金焦

金山一柱鬱岧嶢，羡爾藏書到沉寥。兩岸疎鐘江寺月，六時高枕海門潮。俠從借客新知季，隱似徵君舊姓焦。老我風塵淹短髮，可堪東望白雲遥。

登昆明觀海樓

高閣憑虚混太清，西南形勝帶昆明。望來潮勢浮金馬，似有秋風動石鯨。岸闊帆檣當檻度，夜闌星斗入杯傾。相攜謾擬枚乘筆，八月觀濤賦未成。

咏古

叔夜稱龍性，貽書絶良朋。當其鼓鍛時，意氣良自矜。養生慕松喬，絶響託廣陵。嗟彼冥鴻翮，竟嬍羅與繒。援琴赴東市，咄咄愧孫登。阮公性至慎，世累澹無營。恬曠饒理郡，沉冥乞步兵。窮途信所適，慟哭豈人情。諒哉廣武歎，豎子胡成名。一飲醉三日，羈羅安能嬰。

周侯洛下士，雅謔擅江東。醉多醒日少，狂奴乃火攻。清標蔭數人，抗志薄三公。百口理茂宏，鈇鑕竟相蒙。何似阿奴痴，終得碌碌躬。

擊筑歌寄俞羡長薊門

慶卿之客高漸離，狂傍酒人游燕市。霜飛易水寒蕭蕭，擊筑悲歌聲變徵。昔我倒屣東吴生，俠氣翩翩無乃是。自言結髮登詞場，弟畜元父兄君揚。金陵並驂七君乘，下筆往往含清商。當筵芳草賦鸚鵡，選勝春花臺鳳凰。興來一舉累百觴，白眼問天天蒼茫。相如佳人白紵曲，經過少婦鬱金堂。擔簦猛下洞庭艘，屢醉吴郎白玉缸。左奉司寇右司馬，西走大鄣東蔓江。片刺禰衡豈漫滅，龍門元禮意自降。游揚一字堪金石，國士如生應無雙。揖生上座傾杯斝，晨夕高談總風雅。矯志直溯皇虞前，握管寧居枚乘下。大言江海翻波瀾，小語泬漻勇可賈。里耳語辨巴歈多，國士轉覺陽春寡。世情反覆賤布衣，那知詩名歸山野。好奇走問武陵桃，二酉之峰突兀高。南盡桂嶺躡衡嶽，七十二峰落采毫。生平欲畢向平志，薄游關隴西臨洮。中丞周國雍，醉生五斗涼葡萄。烏烏何客擊秦缶，字字驚人但楚騷。才情謾引蕭史鳳，筆力健掣任公鼇。悲風忽送思歸引，間關燕市游荊軻。我來謁帝承明廬，與生班荆傾濁醪。舊盟縞子吴縞帶，歧路贈予秦復陶。燈前幽咽披肝膽，悲喜無乃兒子曹。病客避喧臥東郭，翛然劍舃逃蓬蒿。匡牀手生詩過日，眉間颯颯廣陵濤。吁嗟乎，俞生之筑莫悲哀，且抱嵚崎磊落之奇才。宋子主人骨已朽，祖龍王氣空塵埃。鹿門妻子將皆隱，栗里田園恐污萊。陽羨山川信美哉，重湖九九東西開。生歸隱結張公洞口之精廬，遲我扁舟訪戴來。

豐城趨進賢宿袁家渡

嚴程趨漢署，旅夢隔滄洲。世自猜鴻鵠，人從喚馬牛。寒煙疑露白，霜月抱江流。何處村燈亂，歸舟響渡頭。

寄　書

牢落天涯客，誰知澤畔心。官貧愁俯仰，書去畏浮沉。交態償金見，危途抱璞深。空餘懷土夢，夜夜到楓林。

林户曹朝介邀同俞山人公臨集雨花亭

選勝到僧家，祇林一徑斜。竹添新雨籜，梅吐故年花。問法青蓮社，邀賓白鼻騧。共憐春事劇，歸路起城鴉。

登鷄足山

路轉香臺出，林幽竹徑迂。晨鐘披霧響，檐鐸帶風呼。雜樹低飛蓋，群山遠覆盂。上方秋色晚，恍惚見尼珠。

送李於田司封奏最

金陵稱吏隱，文酒日相過。虚左詞名舊，留中啓事多。離歌含白紵，寒色度黃河。側想燕臺畔，春風響玉珂。

懷寄朱重慶秉器

別離猶憶帝城東，西去巴山指顧中。消息三秋疏雁字，襜帷萬里入蠶叢。政成應下黃金詔，賦就還傳白雪工。知爾高齋時北望，五陵佳氣鬱蒼蒼。

送張中丞肖甫開府鉅鹿

楊柳春城醉濁醪，翩翩征旆太行高。舊知開府三朝望，新領材官六郡豪。食客如雲操趙璧，懷人明月照并刀。即看絶塞無烽火，草檄從容試彩毫。

三山送李子行之茶陵

朔風吹雪動驪歌，慷慨如君啓事何。循吏已傳神爵異，流言爭似樂羊多。主恩半刺過湘浦，詞賦千秋吊汨羅。屈指龍門誰意氣，肯將生計怨蹉跎。

游廬山下圓通寺

候館斜陽駐馬勞，諸天樹杪見秋毫。到門縹緲經聲遠，倚杖菁葱嶽色高。勝地山形標石耳，寒林僧供但溪毛。年來曾向空王座，牢落浮名是處逃。

宿百丈山寺

遥尋百丈大雄峰，天際芙蓉秀幾重。荒殿久無龍象跡，靈巖猶説野狐蹤。沉沉空翠迷深竹，謖謖濤聲挂暮松。一榻祇園消萬慮，從教支許未相逢。

陳嚴之

即朝鉄，字泰仲，叔紹曾孫，見上。堪子，閩縣人。隆慶二年進士。永昌知府，擢雲南副使，逮詔獄，除名，卒年六十五。有筆山集。

度鬲犂墳

邊隅遠何極，一嶂隔西天。攀捫窮永日，始克躋其巔。空林無鳥雀，風景入雲烟。萬壑稀微綠，雙流瀑布懸。樹交陽不照，泉湧石頻穿。一線通單騎，層巘不旋肩。嵐深晴亦雨，藤老木全纏。過此動幽意，令人苦世緣。公程徒物役，策駑敢揮鞭。

季札墓

千古誰無塚，殘碑聖藻懸。長風疏老樹，秋露泣寒蟬。守節君心苦，窮兵後嗣偏。元聲發天籟，似播入重泉。

謁孔廟

肅簡隨鵷列，時禋謁聖林。櫺星疏戟動，璧月映池深。遺籍終天啓，無言寄道心。陰森松檜裏，如有鼓絃音。

竹笆鋪

褰帷驅宿霧，寒谷滿塵沙。馬足行林杪，人家護竹笆。烽烟猶寄譯，雨露足桑麻。絶塞思歸客，清霜上鬢華。

送楊芝亭之易州司炭

春明楓陛散鳴珂，使節乘風拂絳河。内帑轉輸燃桂易，中郎懷祿積薪多。金臺事遠尋遺跡，易水歌寒過逝波。爲問梁園衆賓客，幾人詞賦子雲過。

送林南山輸餉遼陽，時適有捷音按，南山，有臺字。

雪晴初日絢微紅，河柳苞含凍漸融。節使遠經孤竹國，羽書新奏萬年宫。九天雨露垂玄苑，千里江流入混同。塞外獨行遊自壯，戰功元屬轉輸功。

余離括蒼閱八年矣，都人士來以山城尸祝告，用答其意

南來鴻雁尺書傳，猶憶花陰意宛然。溪上飛鳧新刷羽，意中流水舊鳴絃。姓名常恐羞良吏，俎豆何勞並昔賢。爲報蘆棲隱君子，須知帝力等青天。

劉文成先生祠

豪傑由來意匪夷，子房端合帝王師。塵埃真主占先識，草昧奇勳策素期。天啓龍雲扶泰運，孰令魚水間暌離。芝田薄税分封並，仰誦螭文淚峴碑。

慰蕭宇陽郡丞待命山寺

疲馬垂鞭轍復西，翠微相見覺如迷。雨滋碧蘚留行色，佩解青萍問鼓鼙。怒水春愁花飲恨，哀牢龍臥鳥空啼。斗間夜識豐城氣，會有雲雷起建谿。俎豆談兵事已暌，驊騮蹤跡滯雕題。流光近見迴朱鳥，落月猶懸照碧鷄。問字獨尋揚子宅，逢人誰解范生綈。由來晉國容遺直，羊舌前知不見奚。

余從事滇南，星霜五易，屢度碧雞，欲一登太華，率被物役，未暇也。今秋釋負候代，買舟獨往方丈一宿，因成

頻年夢寐華山遊，此日清秋棹獨浮。西照夕陽分島嶼，東來雨色度林邱。青蓮花發空王相，白馬經爲竺院留。縱目南天懷渺渺，千山如黛入高樓。

裴應章

字元闇，清流人。隆慶二年進士。授行人，擢吏科給事中，遷兵科都給事中，太僕少卿，太常少卿，户、吏二部侍郎，引疾歸。起南京工部尚書，又乞歸，復起南京吏部尚書。卒年七十三，贈太子少保，謚「恭靖」。有嬾雲集。

柳湄詩傳：應章由行人給諫，陟南大司空，再起南太宰，歷著宦蹟，丁父憂。後神宗即家起應章爲少宰，而心有憾於銓臣，令應章甄別以聞。僅擬兩人，上悉黜之。應章通籍，即與少司馬李應春、大參蔡夢説定交，李、蔡皆剛正，人目爲「三酸」。卒時，按、撫以訃聞，天子輟朝一日，進贈，遣官營葬，諭祭，崇祀鄉賢，復請建專祠，有司春秋特祭。著有編蒲彙餘、諫草焚餘、莊子摘語、左傳纂傳世。

下棋峰

攀石尋棋跡，懸巉一竅幽。更無山上下，惟有日沉浮。風馬雲車逝，苔枰蘚磴留。不須論白黑，一局幾春秋。

途中閏十二月立春

陽回十二月，旅客早逢春。爆竹聲初動，梅花色未勻。尚餘今歲臘，已是隔年人。柏酒聊沉醉，應酬物候新。

渡　江

浪跡飄零恣遠遊，那堪回首動鄉愁。千門砧杵三更月，萬里江天一雁秋。捧日寸心懸魏闕，瞻雲孤夢繞清流。人從此水分南北，去住無憑海上鷗。

金　山

萬頃風濤砥柱流，東南勝概望中收。琉璃影碎波心日，瓊玉晴堆水面洲。梵宇雲開三島近，海門潮湧一螺浮。乘槎登眺歸來晚，絶似天河八月秋。

焦　山

白銀盤裏一堆青，萬里洪流似建瓴。勢控金陵雄帝業，山從焦姓爲人靈。派分遠浦江如練，雲擁滄洲海若扃。鶴瘞人歸天渺渺，潮回江畔獨遺銘。

王懷亭都閫招遊西湖晚歸

藍輿穿徑訪山僧，柳外歸帆夕共登。樽酒論文雲樹合，樓船説劍斗光騰。湖天煙薄前村暝，水國星疏隔岸燈。幽興已闌歸騎促，寺鐘風外度崚嶒。

送葉臺山宗伯之任留京

翩翩文彩鳳凰標，覽德來儀識聖朝。心事傳經仍抗疏，官階南省又東寮。牙檣帆掛秋風迅，金馬門虚曉漏遥。見説秦淮多勝概，可能攜手一逍遥。

葉九金

字廷相，莆田人。隆慶二年進士。均州知州，累遷江西按察司僉事。

方景武自薊過訪賦贈

蕭條裘馬薊門煙，握手還驚契闊年。詞客狂歌千古興，故人心事一杯傳。青萍有氣還相合，明月無因豈至前。擊筑不知天欲曙，吾曹肝膽向誰憐。

送沈二丈下第南歸

握手臨流共醉歌，相看意氣竟如何。河橋柳色愁中盡，禁闕鐘聲夢裏多。此日琴樽清夜短，幾時湖海客星過。古來白璧終須獻，豈向荊山泣卞和。

程拱辰

字仲星，莆田人。隆慶二年進士。鎮江府推官，遷户部主事，轉員外、郎中，江西按察司副使，擢江西布政司右參政，晉雲南按察使，歷廣東右布政、廣西左布政、應天府尹，陞南京通政司通政使。

登妙明塔

褰衣登妙明，縹緲入空翠。悠然俯塵世，一片春光媚。亭亭臺榭對湘山，湘水茫茫不復還。綠竹有情遺舊恨，年年春到自生斑。

張履祥

字考吾，長汀人。隆慶元年解元。歷官曲江石門知縣。

登奎印樓因懷從姑山

奎印樓頭望從姑，菁葱野色竹并梧。洲明宿鷺聯拳靜，山峙鳴凰對眼舒。府治有鳳凰山。抱郭斜暉偏浸酒，拂檐花霧宛圍廬。半醒半醉留餘興，會有蟾光滿太虚。

江騰鯨

字于潛，建陽人。隆慶元年舉人。即墨教諭，銅陵府推官，遷萊州府通判。

柳湄詩傳：騰鯨性恬介，不邀上官辭色。官暇輒稱詩，曰：「不敢以區區俗吏荒廢吾心也。」其論詩見聞書，詩無傳，僅見題畫二首。

題方方壺春雨掛帆圖

片帆明滅中，山氣與江通。獨客向何處，春流生夕風。汀莎翠灩灩，洲樹暗濛濛。湅酒無人共，石潭一釣翁。

雷半牕秋山訪友畫

攜琴望寒翠，倚杖坐楓林。江上暮帆集，山頭雲氣深。人情無可與，世外有知音。今夜一山月，定來照枕衾。

盧應瑜

字叔中，兆子，順昌人。隆慶元年舉人。授遂溪縣，掛冠歸。

閩書：盧應瑜爲遂溪令，撫綏流移。遷潮州貳守，治河有功，掛冠歸養。著書闡明格致一貫、中和夜氣之旨。

與徐丁晦夜坐

人玩庭樹花，我望庭樹實。人撫來日辰，我惜今日日。物候與歲華，衰老若轉疾。與君無盡情，相勉在抱膝。

林兆箕

字懋巘，一字警庵，富孫。見上。隆慶元年舉人。官高州通判。有學適堂集。

關山月

孤劍懸霜影，沙明聽鼓鼙。光生玄兔北，暈落白狼西。桂闕鸞誰舞，榆關鳥自啼。庭階梧葉下，此恨向誰題。

有憶

醉後長歌對玉除，誰憐客鬢二毛初。病當落日愁逾劇，老向他鄉計轉疏。海上白雲天不斷，湖中明月夜何如。應知別久深相憶，朱雁飛來有報書。

葉朝榮

字良時，福清人，向高父。見下。隆慶元年恩貢。官江西廣信志作「九江」。通判，入郡志儒林傳。有芝堂遺草。

道南源委：朝榮，隆慶改元恩貢，授九江通判，潔己卹民，負逋畢登。佐榷關，秋毫不染，免商緡無算。臺使者賢之，令攝瑞昌令，有疏河功。再攝彭澤，有修城功。擢知養利州，築城建學，鑿塘墾田，暇則與諸生談説經術，敦勉理學，州俗一新。卒之日，書卷數函、衣裳數襲而已。士民立祠祀之。生平淡泊勤苦，惟讀書宗理爲務。四書五經、性理、綱鑑默誦如流，至老無一字遺忘。

登石鐘山

幾過鐘山下，不曾一登眺。今值風波惡，停舟上石嶠。攝衣陟巉巘，引觴發長嘯。因知拂逆途，天意有玄玅。有緣終必及，勿躁乃其要。

送夏兩峰之咸寧

客裏難爲别，相逢少故人。左江樽酒舊，南浦柳條新。旌馬期重會，杖藜可再親。君今遊漢曲，花縣正陽春。

題堂母舅澤山郭公傳後

蒼按，葉臺山《籧編》載：繼母林氏，避倭於廁中，生臺山，故其父以「廁」爲小字。嫡母澤朗郭氏，早卒。臺山爲舅氏撰楹聯曰：「海濱村落許多，此處見衣冠家文物；吾鄉縉紳無數，惟君爲清白吏子孫。」至今後洋族人家懸此扁。據此詩則朝榮母亦郭氏，家譜不載，殆澤朗之山前郭矣。

明明清介宦，特行世希聞。守道杜關節，懷忠欲獻芹。恩波流百里，浩氣壯三軍。投老辭黃綬，閒居共白雲。鳳飛元快覩，鴻舉有誰群。遺後關西業，流聲卓茂勳。向來敷政地，清淚灑碑文。

寓澤朗寨公舍懷母按，明時，澤朗寨設巡檢。

官堂旅宿景將秋，曲磴回巒足勝游。吟榻夜凉邀月共，客心更寂付波流。山浮海畔風長惡，路盡城南景更幽。對酒未忘明發念，芳樽信不解真愁。

登鐘山

滔滔浪跡負平生，不爲尋常覽勝行。俗冐頓清風漸冷，吟眸乍豁酒初醒。鳴鐘不入忙中耳，流水偏添物外情。感慨欲爲棲隱計，故山雲水更誰盟。

京口汶上念何西泉

鼇橋把手期重會，今日思君不果來。白酒共誰邀月飲，黄花空自帶霜開。忍看舊牘曾留草，深憶初陽特訪梅。汶上肩輿過柳徑，鶯聲一囀淚盈腮。

過東平州，時己卯入覲，高兒以計偕隨侍。憶己巳應選，兒九歲同行，今十載矣。遇故遊處，兒悉記能道之，感時光迅速，賦此

憶昔攜兒上帝京，轉看十載復同程。夙游鄒魯能談故，此日風烟更繫情。萬里客心傷夜雨，一杯山茗對寒檠。東平城下雙溪合，派出源頭一樣清。

周良寅

字以衷，茂中子，晉江人。隆慶五年進士。授户科給事中，轉刑科，出爲浙江參政，謫靖州州判，遷寧國知縣，致仕歸。

柳湄詩傳：良寅善書法，工聲詩，惠安黄克晦推重之，致仕，卒於家。

夜泊始興江口

繫纜荒山下，挑燈細雨前。客心共流水，搖盪不成眠。

吴中立

字公度，浦城人。隆慶五年進士。授禮部主事，歸籍。起尚寶司丞，卒未任。有吴音。入通志隱逸傳。

柳湄詩傳：中立疏請歸養，服闋，喟然曰：「古人爲禄養，今禄不逮親矣。」入武夷杜轄巘，構養恬庵，隱焉。蒼游武夷，見三厂峰下馬頭巘有吴中立二刻。題幔亭峰詩曰：「溪流寒玉山圍翠，飯熟青精石乳茶。怪得曾孫貪住世，不離烟火是仙家。」又游凝雲庵曰：「一逕桃花繞竹林，石樓高結萬山陰。人間自有桃源路，不用漁郎别處尋。」中立詩有道味，二作遜於平昔。又案建寧舊志，吴中立有文集。

卧雲歌

仙子卧雲歌九曲，春草茸茸映波緑。波光草色兩相妍，指點群峰作臣僕。曉晴高爇百和香，一卷黄庭峰半束。胸中只許貯烟霞，眼底那知有勞辱。爐香裊裊入青冥，散作霖膏九垓沃。終朝嘿嘿兀無言，自運天經守任督。呵氣爲雲吸爲露，靜則冰凝動春燠。化權舒卷在掌中，天機反覆由吾欲。積氣成神百鍊功，委志虛無九年足。沓沓溪山若點埃，大千火界青蓮浴。吁嗟世人不識真，將謂神仙定天籙。不思盤古未分時，誰把乾坤辟亭毒。回心至道亦無難，不蹈人間一塵躅。

浪吟

危機不可觸，觸之嬰其鋒。狂瀾不可遏，遏之勞無功。枝葉日以剪，根株亦何容。百步穿縞末，拂之如飄風。人情大率然，萬變靡所窮。風霾任舒卷，不離太虛中。哲士善藏用，達人慎圖終。嗟嗟竟誰語，遥謝雙飛鴻。

楚歌

楚歌鳳兮鳳，孔操麟乎麟。空爲世所瑞，胡不全其真。三山有若木，百歲無故人。去覓逍遥子，清湘采白蘋。

懷　古

司空能耐辱，退居在中條。緬想千載下，高風猶可招。忍過事有味，躁奔路逾遥。偃息山牕曉，雲芝長翠苗。

挽葉靈巘

我哭靈巘侣，生平翰墨仙。豪吟天亦妬，殘楮世爭傳。臨化猶中聖，斯人真可賢。神遊空八極，獨鶴叫蒼煙。

舟行白下

江天澹秋色，斜日照孤篷。漁艇沿門繫，蒹葭到處通。鳥飛帆影外，人在鏡湖中。始覺烟波叟，浮家趣不同。

醉　吟

世棄道爲侣，衰顔酒借紅。此身猶是幻，何物不成空。閃閃目前電，悠悠耳畔風。嗒然吾喪我，游衍太和中。

進　酒

白日悠悠去，紅塵滚滚催。莫愁千古事，且進百年杯。泡影空禪觀，乾坤等刼灰。鷦鷯棲正穩，誰問大鵬來。

請告樓居

青衫一别賦歸與，三十年來老蠹魚。樗散豈容繩禮法，病夫終是愛清虚。已從歲早開三徑，不待功成學二疏。悵望蓬壺採芝侣，白鸞何日控飛輿。

薛夢雷

字汝奮，侯官人，福清籍。隆慶五年進士。授江山縣，入爲御史，出爲廣東按察司僉事，轉布政司參議，陞浙江副使，擢雲南按察使司，歷左、右布政，陞右都御史，贈工部侍郎。有綵雲集。

烏石山志：夢雷初知江山縣，明興江山有三賢令，夢雷其一也。擢御史，視盔甲廠，奏劾巨璫冒破狀，爲政府所忌，出爲廣東僉事，歷官雲南按察使、左布政。時武定守某，失諸酋心，酋長鑾阿克爲亂。守逃入省城，委其印於藩司。克追至，求予印，夢雷不許，鎮臣與中丞陳用賓卒予之，以舒禍。事聞，用賓坐逮，以夢雷巡撫其地。無何，言者以予印事連及夢雷，比勘得白。尋卒。天啓中遣官諭祭，贈工部侍郎。夢雷性耿介，具經世才，嘗從福清薛港移居烏石山之西園，即侯官王應時池館，築别墅以養志。又於烏石山之薛老莊成小構，觴詠其間。萬曆丁未，山居之暇，尋倒書「薛老峰」，於天秀巖鐫石曰：「壁立巉巉一片峰，銀鈎倒掛玉芙蓉。居人何處窮遺墨，薛老當年此寄蹤。嘯咏衹留明月在，摩挲應被古苔封。卻同姓氏緣非偶，異代風流得再逢。」

游玉華洞

聞有三華勝，最幽此洞天。已過含雲寺，按，寺在將樂縣治。再訪玉華仙。石筍森凝露，瓊英倒簇蓮。恍然夢初醒，矯首見村煙。

同藩臬諸公汎昆明池，憩羅漢寺，冬風驟發感賦

昆明池上碧山頭，攜手登臨極遠眸。煙遶佛燈蘿薜洞，雨來官舸杏花洲。上方梵唄空中聽，萬里烟波眼底收。富貴浮雲君不悟，茅檐高臥勝瓊樓。

初晴同寅游湧泉寺

瘴海煙消曙色開，青山晴湧碧幢來。巘懸寶刹迎仙佩，地湧珠泉泛客杯。萬樹法雲鋪錦繡，諸天佛力絢樓臺。勝遊可許開懷飲，躄躠苔階弄月回。

次韻答别孟賓竹僉憲

留别新詩信絶倫，頓添行色向楓宸。雲連金闕青天上，日照銅標黑水濱。驛路寒風催木葉，山城夜雨送車塵。蕭條不復增愁恨，展玩瑶華即故人。

武林訪范原易方伯追韻江干

寤寐錢塘訪舊藩，綢繆投轄枉高軒。江山共識西湖長，津邸頻開北海尊。水漲六橋浮桂棹，雲深三竺護薇垣。那堪月上催分手，愁絶寒潮萬馬奔。

曉渡杉關

匹馬如飛不暫閒，半天飛旆渡閩關。無端卻羡東流水，千里家山一日還。

題陳中丞平蠻册

一從旄鉞下雲霄，千里妖氛次第銷。飲馬蘭津青海静，掛弓霜野碧天遥。道通百濮虚銅柱，威振千秋冠鐵橋。勒石殊勳誰得似，漢家惟有霍嫖姚。

抵家，嚴汝愚、黄汝振、陳子相諸同社過訪小集

落花飄錦襯莓苔，却喜求鶯入徑來。緑綺清當流水奏，青樽香傍密林開。向人欲問乘槎事，愛客偏憐草檄才。深谷紫芝明月夜，相從黄李日徘徊。

送黄楙新太僕之平凉

碧雞遥捧紫泥褒，分陝何妨似馬曹。天際黄河環積石，城頭白草繞臨洮。行邊春滿金魚佩，考牧寒生鐵豸袍。自是玉門須鎖鑰，卿雲耀日擁旌旄。

賓蓮堂偶成呈舊同社按，賓蓮堂即賓蓮塘，在西園池館中。

世上浮名孰我親，懸車蚤已厭風塵。歸無薏苡裝行槖，居有芙蕖入釣緡。揮麈得逢青眼

客，盟車俱是白頭人。誰知山水餘生在，薛老峰前許卜鄰。

餞别鄧汝高

高懸明月武昌樓，江漢湯湯檻外流。不淺胡牀清嘯興，知誰能與庾公遊。

江文沛

字良雨，日德子，見上。閩縣人。隆慶五年進士。官户部郎中。

通志文苑傳：文沛十歲工文章，逾冠舉鄉試，益讀書山寺，究子史百家言。成進士，授行人，遷司副，出使楚藩。武岡王素以詩文自豪，見文沛詩，嘖嘖歎服，至以「神龍」、「赤驥」擬之。再遷司正，終户部郎中。

九龍池

映空泉滿九龍池，聖駕乘雲向晚移。碧漢恍疑天上落，玉潭全似鏡中窺。樹縈御幄涵清浸，花拂行麾點碧漪。盡説靈源通太液，從容宸玩幸歸遲。

王夢麟

字惟振，閩縣人。隆慶四年舉人。歷官吉安府通判，卒年七十。有金粟稿。

維揚吊古

扁舟遥泛廣陵西，此是隋家舊御堤。暗草曾迎香輦過，飛鴉不傍錦帆棲。通宵笙鼓花前度，蔽日旌旗柳下迷。回首不堪惆悵處，空山十里鷓鴣啼。

陳朝錠

字元之，閩縣人，烓孫，達子，俱見上。朝鉅兄，邦注父。俱見下。以恩貢入成均，中式隆慶四年順天舉人。善化教諭，陞定海知縣，遷崖州知州，改肇慶通判，進永寧府同知。卒年七十二。有公餘稿。

柳湄詩傳：朝錠以世家子能詩，好遊覽。乾隆福州府志選舉載：「朝錠，永福貢生，隆慶四年順天中式，有傳。」閩書：「朝錠字元之，達子，順天中式。」乾隆府志襲萬曆府志之誤，須改正。

送穆居兄赴荊州省津南太守三兄

思君千里赴荊門，九日攜書别故園。潮上六灣浮去艇，菊盈三徑對離樽。看雲好寄衡陽雁，落日休聽楚塞猿。莫道漫遊江漢上，要從三峽探詞源。

暮冬雪後舟次阻風

巑岏茫茫雪未消，放舟又欲趁寒潮。青陽已隔年華暮，颶母還愁江路遥。短櫂不離洲外寺，三餐空對竹邊橋。買魚沽酒邀鄰舫，長夜高談伴寂寥。

送别謝于谷之高州府幕

城西十里梅亭路，馬上啣杯一送君。山意放寒天釀雪，海風初起雁離群。紛紛霜葉隨征旆，杳杳郵亭對夕曛。他日郡齋如遠憶，好憑雲樹記初分。

挽傅丁戍

蓬萊弱水杳難求，寶籙金丹志未酬。今古有書皆遍覽，埏垓何地不曾遊。人間字法留羲獻，天下奇文識應劉。閑却西湖一片席，浮雲逝水共悠悠。

登滕王閣

長途凍雨溼征袍，暫假登臨息遠勞。三楚煙消帆影没，九江天遠雁行高。詞人郢曲留春雪，帝子鸞笙醉碧桃。别後松雲馳夢想，東風倚檻看江濤。

同季西洲、余夢竹、祁一亭、高琢齋四博士遊嶽麓

水陸洲前汎碧波，纖桃弱柳正融和。石門人静啼山鳥，雲洞春深暗薜蘿。二絶唐碑留草莽，千山禹篆寄嵯峨。欲尋往日朱張跡，嶽皋亭亭湘水多。

春津歸詠送新寧周博士還粤西

春風窈窕瀛洲曲，岸柳垂青芳杜緑。離情不盡似潮生，湖海翩翩羡黄鵠。五年松菊念邱園，一朝鼓櫂辭江門。六平桃李花千樹，首石山前酒滿樽。一樽酒盡長歌發，十里青山望南粤。思家漸聽故山猿，懷人獨對他鄉月。明明日色照行舟，路出閩關楚水流。衡嶽峰前數過雁，湘江渡口伴眠鷗。林泉情重簪纓小，何日天衢歸倦鳥。勸君早掛神武冠，紫綬黄塵空擾擾。按，六平、首石、長樂山名。

陳朝鉅

字卿仲，閩縣人，烓孫，逵子，朝錠弟，俱見上。价夫、薦夫父。見下。隆慶中諸生。有曲江漁唱集。

按，朝鉅，林春澤壻，卒年二十五。

秦中懷古

咸京天府地，東面控諸侯。廢寢無秦樹，殘碑有漢邱。乾坤三輔險，風雨二陵秋。莫問前朝事，傷心渭水流。

約羅浮僧遊溪源

溪源聞道勝桃源，幾欲乘真叩許渾。宛轉澗流通古刹，參差雲樹出前村。不將塵事詢仙夢，且把羈愁付酒樽。羅隱近來多野癖，何時杯榼共攀援。

邵　傅

字夢弼，閩縣人。隆慶四年歲貢生。官王府教授。有村巔集。

舟中夜雨同陳以文賦

篷背雨聲急於地，舟子酣眠客不寐。孤燈相對説鄉閭，夜半春寒生翠被。人生萬事無後期，前途漠漠誰能知。今朝且盡杯中物，明日相看兩鬢絲。

答林天宇員外

俸薄堪銷日，官閑任索居。長年如獨客，多病亦看書。隨地生佳想，冥心悟太初。君看此庭樹，何事不乘除。

同郭東皋諸丈游將軍山九曲泛觴

按，在福州郡治，即冶山麓。蒼少居冶山將軍廟左，廟祀陳觀察巖。其時冶山已被劉姓侵入，園林後又被洪姓迫山砌牆，「娘子石」三字没入厨下矣。

楚楚集群賢，閩山三月天。風宜花草徑，酒稱果蔬筵。倚杖晴登石，浮觴曲引泉。因詢郭有道，何異永和年。

狎鷗塘贈鄭友湖

愛爾狎鷗塘，主人頭未霜。因思結茅楝，同此著荷裳。濯足水雲動，垂竿煙月長。何須尋范蠡，遥挹五湖光。

醉登天章臺漫興按，在福州郡治烏石山。

醉眠欹短榻，晚霽躡層臺。塔雁排空出，江虹截雨來。幾多臨眺意，都付淺深杯。吾道青山在，何嫌白髮催。

九日都下送林右卿回閩

新朝初問長卿才，一夕名高郭隗臺。緑水忽從沙上别，黄花空向客中開。寒隨旅雁銜殘雪，路入仙霞趁早梅。傳語閩山萬溪水，明年相送錦帆迴。

舟過宿遷懷古

經過何處不堪論，淮甸風煙接海門。鯨激大河千疊浪，鷄啼寒店幾家村。馬陵道下飛塵暗，項羽城邊落日昏。回首百年征戰地，逢春浮客總銷魂。

宿雙溝東岸

戲馬臺前正夕暉，吕梁洪下片帆飛。夢魂更急黄河水，萬里關山一夜歸。

義谿即景送陳桂雲北上

萬里扶桑振曉光，欣欣雲樹發春陽。離人馬上添行色，楊柳煙青驛路長。

全閩明詩傳　卷三十　萬曆朝一

侯官　郭柏蒼
　　　楊　浚　録

謝　杰

字漢甫，一字繹梅，廷袞子，廷柱從子，見上。長樂人。萬曆二年進士。除行人，册封琉球，歷兩京太常少卿，遷順天府尹，以右副都御史巡撫南贛，進南京刑部右侍郎，擢户部尚書，督倉場。有文集七種。

柳湄詩傳：杰萬曆間累上直言，事蹟詳明史、郡縣志。曾士甲閩詩傳云：「杰爲人寬容忠恪，博學洽聞，爲儒者宗。使琉球，見彼國所讀書獨無經，而以杜律虞註當之。先生羡毗陵氏擯黜虞解，衹傍籓籬，未入杜氏堂奥，故爲之詞，名曰詹言，以便習學。其才情典雅，未有不先質後文、吐華含實者也。」文集七種，有蕉鹿、白雲、皇華及棣蕚、北牕吟。

濟水歌

青草橋西風色起，白龍祠下分流水。滔滔東去不暫停，一夕舟行一百里。南來景物漸繁華，不似冀北長風沙。浮雲半掩青山色，輕飆亂落白楊花。大堤曲曲羅芳樹，千枝萬枝青帶雨。堤外長湖如練平，素光隱隱迷烟霧。牙檣錦纜疾於梭，爭移蘭槳泝清波。沙頭漁父滄浪曲，陌上遊人白苧歌。東風暮抵濟城下，兩岸紅妝鬭妖冶。寶炬銀缸迴白日，嬌歌急管喧深夜。白皙誰家美少年，三三五五相流連。桃花扇底添紅頰，楊柳樓心落翠鈿。豪華過眼如驚電，相逢何必邀相見。明朝風便片帆開，又作東飛伯勞西飛燕。

淮上感興

孤舟閒不奈，試讀種魚經。水帶蘆花白，山連岸葦青。燭殘當乙夜，簾卷見三星。嘆息乾坤裏，勞勞一草亭。

煙　柳

芳草萋迷倚畫橋，春雲漠漠望中遥。黄勻不辨金爲縷，綠遍那分玉作條。啼溼尚沾遊子淚，影低空鎖舞人腰。翠樓咫尺成千里，知是相思恨未銷。

過東沙山

一綫峩眉入望嬌，芙蓉雙黛削岧嶤。看從日際晴如畫，失却風前翠轉遥。碧落無垠波接漢，滄浪有信月隨潮。探奇不用燃犀照，海怪年來已盡銷。

秋夜寫懷

可憐孤枕度寒宵，幾陣蛩聲伴寂寥。風起誰家飛落葉，月明何處教吹簫。黄花有意開陶徑，潭橘無媒寄洛橋。自是宦情清似水，不妨衰鬢日蕭蕭。

明妃曲

指撚柔絲臂繫紗，白龍堆裏怨琵琶。聲聲彈出思歸怨，八月胡天落雪花。

春　閨

人去京華日倚樓，數聲羌笛動離愁。寒梅可是相思樹，一夜花開盡白頭。

宫人斜

埋玉空山土一抔，落花飛盡水悠悠。年年灑作啼鵑血，遠恨春風十二樓。

林纘振

字公悦，漳浦人。萬曆二年進士。官工部主事，卒年二十七。有海雲館集。

柳湄詩傳：纘振少即過目成誦。初任，習典故爲經世資。大司農覆奏條議，必以相屬。都下修辭之士無不把臂呼爲「文工部」。

讀東溪遺事

此去先生五百年，精英疑傍列星躔。播遷萬死廣西路，涕淚頻揮塞北天。疏比渡瀘同激烈，心懷洗日竟迴邅。古人風節今人仰，只恐無能效執鞭。

官軍來

官軍來，官軍來，昨日江頭賊已回。將軍逐賊踵賊後，將臺穩藉江邊開。皎皎戈矛耀白日，轟轟鉦鼓震奔雷。執戟指賊奴，恨不蹴爾成塵灰。父老向前陳，將軍幸忽嗔。倚伏天之道，理亂本相因。何不訊馘獻幕府，諸校猶得金與銀。公不見，往年報捷皆如此。石壁城中二百家，三百丁夫同日死。總戎腰玉衣蟒衣，擊鼓傳觴奏凱歸。官軍來，官軍來，海外孤城未解圍。

游朴

字太初，福寧州人。萬曆二年進士。除成都推官，入爲大理評事，歷遷刑部郎中，官至湖廣右布政使。有藏山集。

木棉庵

凄凄木棉庵，賈相此裂腹。矯矯鄭虎臣，手代天行戮。此死快人心，所恨死不速。元兇僅就誅，宋社亦已屋。蒼生尚含憤，未得食其肉。一夫恣胸臆，九有被荼毒。生竊片時歡，死作千世辱。寄語當路兒，此是前車覆。

崇寧縣却酒

崇寧清酒如鬱金，主人長跪留客斟。客行欲飲迫程限，不飲傷此主人心。春花爛漫遍山壑，把酒澆花殊不惡。客還有酒應流連，只恐山花已零落。

林民止

字敬夫，民悦兄，莆田人。萬曆二年進士。官寧國知府。有玄冥子集。

鄭慎人云：敬夫早擅文名，爲王弇州所稱許。詩亦遒拔。

赤壁懷古

涼飆萬里發秋濤，赤壁驚湍日夜號。顧盼一朝成割據，指揮何處決孫曹。舳艫東下風初猛，烏鵲南飛月正高。幾載登臨傷往事，荒臺寂寞楚江皋。

陳九敘

字爾纘，漳平人。萬曆二年進士。授刑部主事，歷員外、郎中，出爲桂林府同知。

柳湄詩傳：九敘嘗師曾廓齋，其學以易簡中正爲宗。以郎中出守括蒼，進諸生與論學，士被容接，如坐光霽中，以不能取時譽左遷鹺司，尋憂歸。起補桂林府同知，無何拂袖去，結廬社中，接引後學，半刺不入公門，卒於家。有心源錄及詩文。門人李之藻爲之梓行。

示同學

師訓凛廓堂，諸生慎莫忘。文章徒應世，何足示周行。巑瀑長年瀉，遠山四序蒼。萬端須有本，勿學小兒狂。

林兆珂

字懋忠，一字孟鳴，又字榕門。富孫，見上。萬曆二年進士。歷知廉州、衡州、安慶三府。有挈朋草。

柳湄詩傳：兆珂，萬曆十三年廣西副考官。按，林兆金、兆箕、兆珂、兆居、兆誥，皆富孫，俱能詩，珂詩猶醞藉。林兆恩亦富孫。著作裒然混三教爲一書，人稱「三教先生」。朱竹垞云：「林兆恩、李卓吾，閩之異端也。其詩不錄。」

按，蘭陔詩話：珂歸田後，閉户讀書，丹鉛不輟。所著有宙合編、多識編及考工按，即考工記述註。檀弓、楚辭、參同契、李詩、杜詩、選詩等註，俱行於世。尚有左傳註、明詩選二書未刻，今藁已散佚不存。每一書成，必令布衣撰序，曰：「吾將以樹其名也。」又嘗梓刻林艾軒、楊升庵、陳于庭集句，黄白仲詩集以傳。

雜感

中夜不能寐，起步城南隅。秋容何慘烈，嚴雪沾我裾。飄風忽西來，哀鴻與之俱。嗟哉芳樹林，銷長在須臾。葉落不可綴，光景迅隙駒。有生胡不適，安有再來軀。蜉蝣矜羽翼，蕘蕘何其愚。

上山莫采璵，下山莫采珠。投人悲按劍，獻主失全膚。重滕藏魚目，什襲寶碔砆。姤嫮無常度，去取非一塗。智叟勿言智，愚公豈辭愚。逃世醉醒間，先民有良圖。

病起漫成

習靜疏朝謁，庭莎過雨新。鶴形寧怯瘦，龍性故難馴。問道無河伯，全生有谷神。閑曹堪寄傲，何必歎前薪。

七夕董元宰、范長倩過集

市朝深隱斷風塵，上客過逢岸角巾。戟户全收峰外雨，俸錢半盡甕頭春。標來犢鼻聊爲俗，拾得支磯不問人。傲吏何緣論巧拙，木蘭無恙待垂綸。按，木蘭坡在莆田。

邀吴元翰飲海角亭分賦按，莆田吴文潛，字元翰。

爽氣西來大可憐，况逢高閣俯晴川。尊前木落飛飛雁，笛裏風凄跕跕鳶。海擁蜃樓侵漢月，峰標銅柱插蠻天。與君倚醉歌如練，得似宣城臥郡年。

閒齋獨坐

夏木陰陰覆廣除，白雲長護半牀書。丹垂扶荔顔初破，綠染叢篁髮可梳。入夢蘧然誰辨蝶，出遊樂矣我知魚。閒看世事皆如此，何必江潭問卜居。

漁家詞

幼女絡絲兒采薪，桃花春水武陵人。揚州估客家無定，朝在荆吴暮在秦。

吴萬全

字子修，侯官人。萬曆元年順天舉人。官潮陽知縣，有玉鸞諸集。入通志文苑傳。

柳湄詩傳：萬全與袁表、趙世顯結社嵩山、烏石，名噪一時。

登黄鶴樓

仙人今已遠，此日獨登樓。雲影杳然去，大江天際流。鳳凰還舊路，鸚鵡但空洲。莫聽梅花落，江城玉笛秋。

訪太虚上人

烏石山志：太虚亭在鄰霄臺下，嘉靖初有僧北來，頂大笠趺坐巖上，後作偈云：「不渠不垢亦非青，行道圓明見性通。行至水窮山盡處，那時方見本來真。」乃作庵於此，有泉石花竹之勝，號太虚上人，因以名庵。年九十圓寂。萬曆間董侍郎應舉即其地建太虚亭。嘉靖、萬曆時，閩中詩人及遊宦諸公集中，多有題贈弔挽太虚上人之作。

方外無人處，尋師竹徑邊。籬疎容水入，山静枕雲眠。妙義超三昧，明心了萬緣。浮生閒有幾，半日即逃禪。

林春元

字敘寅，後改名章，字初文，君遷，古度父，見下。福清人。萬曆元年舉人。有林孝廉集。入祀烏石山高賢祠。

郡志：嘉靖末，倭寇犯閩，春元年十三，上書督府，求自試行間。萬曆元年舉於鄉，累上不第。遂走塞上，從戚大將軍繼光遊，座上作灤陽宴別序，酒未三巡，詩、序並就。將軍持千金爲酬，緣手散去。挈家僑寓金陵。性公正，發憤南曹曲斷梗陽之獄，奮臂直之。坐繫金陵獄三年。出獄，旅燕京十年。關白之亂，兩上書請出海上用奇兵，報聞而已。萬曆二十六七年，礦稅四出，逮繫相望。章抗疏請止，兼陳立兵行鹽之策，上感動，下内閣票擬舉行。四明相承太監指，閣其事，密揭請逮治，即日下獄，抱病而死。

小草齋詩話：林春元，才士也，桀驁不羈，嘗作娥眉篇一千五百言以見志。又有渡江詞云：「不趁東風不待潮，渡江十里九停橈。不知今夜秦淮水，送到揚州第幾橋。」別妓詩云：「畫槳夷猶錦纜迴，美人東上鳳凰臺。朝朝梳洗臨秋水，一路芙蓉不敢開。」春日詩云：「春城柳色入東華，莫惜驊騮過酒家。記得去年江上別，分明二十四橋花。」才情楚楚，信自可人。子古度，亦能詩。

柳湄詩傳：春元幼時，生質韶秀，賦性沉毅，讀書過目成誦。七歲作群羊詩曰：「三五群中步獨先，平時高叫白云天。會從北海風霜裏，伴過蘇卿十九年。」塾師嘆曰：「此子他日必忠而苦節者也。」居金陵，家徒四壁，架上多謝皋羽、鄭所南藏書。卒後，子君遷、古度皆能詩。按，章死後，其詩經尤時純於京陵選刻。

少年行

君不見長安俠少年，酒底高歌花底眠。鬭鷄走馬千金散，何曾盜箇官家錢。一朝忽報邊烽起，從軍不待別妻子。但言割地與和親，不愁戰死愁羞死。

中秋夜山中對月

松雲千萬疊，到夕夜光團。湖闊煙無盡，山空月自寒。砧餘鴻影度，露下葉聲乾。應有高樓婦，羅衣畏獨看。

吐漿臺弔淮南王英公

孤祠千載後，不是漢人開。劉項俱天意，韓彭只將才。九江殘水過，六國故山迴。惟有啼鴉在，黄昏下此臺。

潯陽江樓

楚天愁思入秋多，落日危樓奈客何。九派江聲都帶雨，二孤山色半含波。霜前薜荔猶堪採，露下蒹葭不可歌。曾向漢陽峰頂望，十年蹤跡片雲過。

金陵懷古

長江一洗六朝兵，江北江南無限情。剩水殘山吴故壘，閑花野草晉空城。石頭古樹逢秋落，浦口寒潮入暮生。最是天涯留滯客，不堪商女蹋歌聲。

暮春登燕子磯懷古

揚子江南燕子磯，楊花燕子一時飛。六朝人物空流水，兩晉山川盡落暉。草色遠迷瓜步去，潮聲暗打石頭歸。倚欄天際春三月，惆悵東風動客衣。

新月寄内

春城東畔一鈎斜，掛落長安十萬家。箇裏有人憔悴甚，不堪孤影上梨花。

林烇章

字元光，一字荊里，莆田人。萬曆元年舉人。歷官四川兵備副使。有伊蒿藁。

晨直

晨起未炊時，猶嫌束帶遲。倒持從事簡，亟赴尚書期。鶴睡窺人醒，馬羸戀主悲。及瓜嗟未代，頭白白雲司。

贈雲松上人

江上秋風動客蹤，尋真踏遍玉田峰。臥雲僧老不知歲，曾種山頭一百松。

蘇濬

字君禹，一字紫溪，舜臣從兄，晉江人。萬曆元年鄉試第一，五年進士。授南京刑部主事，改工部，轉禮部員外郎，出爲浙江提學僉事，遷陜西參議，廣西按察副使，擢貴州按察使，以病歸。有三餘集。

曉發界河

客路逢秋杪，中原曙色分。無情原上草，不斷嶺頭雲。醉日懷梁苑，觀風過汝潰。楚天看漸遠，何處問湘君。

臥 病

華髮星星短，浮云冉冉流。客中千里淚，夢裏五湖秋。肺病傷春盡，商歌入暮愁。浮沉君莫問，大壑一虚舟。

哭王恒甫茂才

何處悲風急，凄然獨掩扉。斷雲空漠漠，宿草故依依。一夢愁如昨，千秋事已非。青山堪共老，垂老忽相違。

蔣時馨

字德夫，時芬兄，漳平人。萬曆五年進士。歷知新喻、嘉魚二縣，遷南京大理評事，擢尚寶司丞，改考功郎中，調文選，罷歸。贈太常少卿。

陳石洲、陳文溪同登尊生樓玩月

海上蓬瀛隔，乾坤又一邱。人家環綠樹，樓閣倚滄洲。日暮氛埃息，天清象緯浮。桐陰凝露靜，桂氣帶風流。客盡黄初輩，人皆洛社儔。意如山月淡，心入石樽幽。檻外鷗鳧靜，天涯戰伐休。悲歌懷往事，聚散悟前修。天似玉壺浄，人疑兜率游。大言君休笑，天地一浮漚。

伍可受

字仲吾，清流人。萬曆五年進士。授容縣知縣，擢南京禮科給事中，謫萬載縣丞，起開封府推官，遷户部郎中，擢雲南按察司僉事。有博藝堂稿、焚餘草、謫居草、代奕吟諸集。閩書稱可受「生平剛直，清流人推爲正品」。

告政歸省玉華道中

廿年宦海跡支離，洞府神仙是故知。一柱砥流非矯節，微言諷世亦匡時。疏狂曾借上方劍，嬾熳徐敲太傅棋。我是烟霞清淨侶，故山猿鶴莫相疑。

鄭須德

字存修，富孫，莆田人。萬曆四年舉人。閩縣教諭，遷彭澤縣。有緑野堂稿。

採蓮曲

湖水緑於染，小艇輕似葉。十五采蓮女，嬌歌摇短楫。逢郎卻不語，郎去轉眉睫。

過赤壁同魏仲玉明府舟中小酌

一官遥向蜀門遊，勝會懽同李郭舟。七澤湖吞荆楚闊，三巴水入洞庭流。月明烏鵲南飛夕，浪靜魚龍偃臥秋。千古英雄無覓處，臨江釃酒不勝愁。

吴獻台

字啓衮，三畏子，莆田人。萬曆八年進士。授紹興推官，入爲吏部主事，歷浙江按察司副使、布政司參政，晉江西左布政使，擢順天府尹，工部侍郎，致仕。有緑蘿軒存藁。

蘭陔詩話：京兆厚重恬淡，與物無忤，見魏璫專政，急流勇退，優遊壺山、縠城間，與諸老爲詩文雅集書法亦遒勁。

冬　景

長湖浩浩寒無潮，夜風吹雪聲蕭蕭。平明日出耀晴彩，萬樹璚花白不消。湖南畫館松篁裏，錦帳氍毹人未起。湖北朱樓翠幕深，獸炭紅爐酌香蟻。竹籬茅屋是誰家，瓦鼎敲冰自煮茶。布衣當年冷似鐵，蹇驢隨處吟梅花。笑渠富貴總塵俗，一味清寒貧亦足。

劉庭蘭

字國徵，廷芥弟，漳浦人。萬曆四年鄉試第一，八年進士。有一畝宮存稿。

柳湄詩傳：庭蘭與兄庭芥，從兄庭蕙同榜，而庭蘭第一。時有「三劉」之稱。是科北元南樂魏允中，南元無錫顧憲成，皆以制舉業傳誦天下，與庭蘭鼎立爲三。及庚辰，魏、顧並取上第，庭蘭亦魁捷南宮，廷蕙又登進士。三人交相推服，負氣節。時江陵相國同謀上書，適庭蘭丁父喪，未與。自歸里後，環居一室，遂終身不復仕矣。

遊雲洞

誰人乞得此山靈，洞口雲封不辨銘。群峭削成天畔路，半空劈斷水中亭。嵐開樹杪芒鞋滑，日落溪邊短棹停。孤憤幽憂那足道，幾年塵夢一惺惺。

黄克纘

字紹夫，澄子，道敬、道爵父，晉江人。萬曆八年進士。知壽州，入爲刑部員外郎，出知贛州府，累官山東布政，遷右副都御史，屢以平盜功，加至兵部尚書。天啓元年加太子太保，復以兵部尚書協理戎政，移疾，詔加太子太傅。四年，召爲工部尚書，移疾歸。三殿成，加太子太師。崇禎元年，起南京吏部尚書。有數馬集。

將出都門和瀋王見懷韻

平臺蹤履憶當年，榆莢楊花四月天。授簡總慚枚叔賦，耽詩猶記楚王賢。寒嘶匹馬春明外，晴落孤鴻魏闕前。南去虔州千萬里，薊門章水各風烟。

林廷陞

字彦賓，一字師南，汝永子，見上。莆田人。萬曆八年進士。授行人，遷户部主事，歷郎中，出知雷州府，擢廣西按察副使，進三品俸，致仕，卒。

送黄全之遊粤

迢遞南州地，掉頭賦遠遊。滇南長欲雨，海國晚生秋。樹遠浮空去，江長背郭流。異鄉殊節候，慎勿久淹留。

董廷欽

字仲恭，伯章子，見上。養斌、養河父，俱見下。閩縣人。萬曆七年舉人。官韶州府同知。有劍首吟。

柳湄詩傳：廷欽官韶州，有能聲。其觀禹碑詩：「我觀五嶽圖，真形甚奇僻。恐是山川形，亦與五嶽匹。」四語道破楊用修及各家所譯岣嶁碑文字。嘉靖間，閩御史李元陽亦摹二石，一在府學，一刻烏石山。詳竹間十日話。

釣臺懷古

君不見赤帝投竿洛陽涘，二十八龍垂釣起。芳餌爭吞茅土封，南陽一穴同魚水。澤中男子著羊裘，絲綸放浪垂千秋。富春山前釣臺下，一鈎不掛東都侯。夢中誤踏赤龍腹，京洛風塵污雙足。歸來濯向臺下流，又恐前溪妨飲犢。妨飲犢，傲巢父，釣臺之名名千古。

送林廷任侍御赴闕

豈不憚行役，王程畏簡書。青山出衡岳，白雪度淮徐。騎火甘泉外，鯨波屬國餘。封將燈下草，莫問夜何如。

虎丘懷古

吴王塚上繡莓苔，松柏蕭蕭朔吹哀。金虎久銷凫雁寂，茨菰花滿劍池開。

遊峋嶁峰觀禹碑

晨望嶽麓山，悠悠恣登陟。霞彩散崇岡，垂蘿掛蒼壁。路逢樵者言，峋嶁有奇蹟。飛翥若鸞龍，云是禹碑石。累累七十字，字字不可識。古異蝌斗文，怪匪斯籀筆。用修好奇士，今文手親譯。緬想治水功，天授非人力。得非宛委藏，神符今散逸。我觀五嶽圖，真形甚奇僻。恐是山川形，亦與五嶽匹。闕文安可尋，郢詞詎堪釋。爲語夜郎翁，支離太無益。柳湄詩傳：岣嶁碑果爲神禹手筆，其文字何以不類夏書？此詩直斥其僞，使好奇者不必琤琤致辯。漳浦黄忠端爲其父青原公建塋於北山，嵌石作先、後天八卦，河洛正變之文，屏刻青原公行實，文從古篆，半不可讀。蓋會鐘鼎而以意爲之耳。

陳椿

字女大，鏌孫，子文子，馬森婿，俱見上。閩縣人。萬曆中諸生，卒年六十六。有景于樓集。入祀烏石山高賢祠。

閩縣陳勳序云：先生妙契玄理，人不得而窺也。而神明澡練，胸棲清氣。觀於其詩，有晶潤而沆瀣流、蕭冷而天籟發者，則所出於機，亦有不得秘者乎？徐惟起、袁無競爲選刊，簡其上駟，列爲八卷。

女大年稍尊，早與袁先生上下切劘，功力悉敵。

柳湄詩傳：椿祖鏌，爲惠州倅；父子文，官憲副；子士龍，生員，早卒。仲見子伯玉，生員。

感秋

素月出東壁，凉風吹我襟。中夜不能寐，披軒彈鳴琴。物化有代謝，隙駒無停陰。勲名在盛年，即事感何深。燕石既混璞，驪珠復淵沉。誰收爨下材，一以徽黄金。

俠客行

年少幽并游俠客，姓名籍籍長安陌。明月裝成寶劍光，紫貂掩映狐裘白。幾迴奮臂立都門，自言報仇非報恩。殺人論功可不死，抗節刎頸寧足言。十千美酒供一醉，座上珊瑚隨擊碎。薄暮經過李趙家，平明招致荆高輩。邊庭一日烽烟起，慷慨從軍狥國恥。公卿出餞贈寶刀，天子臨軒降金璽。歸來獻馘謁明光，賭勝還投陸博場。揮鞭不避金吾仗，得錢盡與青樓娼。以兹縱恣掛吏議，投劾乞歸甘自廢。吁嗟乎，男兒生來膽氣麤，小廉曲謹胡爲乎？乘閒且復事酣飲，往來射虎西山嵎。

廢居嘆

誰家舊屋委江濱，門徑荒凉長白蘋。竈突煙寒烏作主，坳堂土秏鬼爲鄰。我來欲一問年代，立馬孤村成感慨。凋零故老無復存，扶疏古樹應長在。君不見孟嘗君，朱門列戟森如雲，俄然謝病捐人務，墳上纍纍走狐兔。又不見高陽池，紅妝照水紛葳蕤，繁華何事一朝歇，惟有空梁落明月。長安甲第日日新，雕甍畫桷終沉淪。林花幾度虚迎客，巢燕尋常別主人。由來興廢事非一，漢築秦封翳荊棘。長歌向夕當路歧，原上悲風轉蕭瑟。

野　店

野店雨初歇，爐頭酒剩沽。白魚生入饌，綠笋細充厨。飲澗虹雙下，穿林鳥亂呼。頹然依古樹，堪作醉翁圖。

集陳振狂吸江亭

邀歡纔出郭，索詠且啣盃。江指屠龍處，山疑躍馬來。野橋春水漲，孤嶼夕陽催。寄語關門卒，遲余秉燭回。

送徐惟和赴南宫

落葉正紛紛，西風動海濆。別來空白社，送爾入青雲。老思別難盡，離歌酒易醺。天涯寧道遠，即此馬頭分。

初春

積雨暗柴扉，叢林客到稀。隱深南郭几，息盡漢陰機。翠減松枝瘦，香添菜甲肥。幽棲意亦足，寧羡北山薇。

古意

折來哀柳怨纖腰，一曲梅花嬾自調。夫婿筆投班定遠，將軍印掛霍嫖姚。烽烟夜逼天狼動，苜蓿秋生塞馬驕。萬里閨心那可訴，斷笳殘月共蕭蕭。

暮秋同邵夢弼、袁景從、馬用昭、林貞濟集八角樓按，在今福州郡治鎮閩將軍署後。

憑高望遠思悠悠，野樹蒼茫暮景浮。坐舉一杯邀月上，牕開八面見雲流。天邊水氣摇鮫室，海上煙光結蜃樓。正喜留歡堪卜夜，莫因作賦更悲秋。

秋日弔閩忠懿王墓

荒塚纍纍總可疑，舟藏夜壑竟誰知。千年王氣隨流水，異代行人指斷碑。陶竈草生煙冷處，古城猿叫日斜時。傷心况復當摇落，不待雍門涕已垂。

小西湖謡

太守嚴高領福唐，常從湖上課耕桑。祇今開化山誰主，日落烏啼傍女牆。問俗爭傳徐使君，澄瀾高閣瞰江濆。春來大夢山前望，幾樹棠梨欲拂雲。

趙　獻

字景賢，尤溪人。萬曆八年以太學生薦任普寧縣，署揭陽縣，遷惠州倅，致仕歸。

閩書：趙獻，字景賢，萬曆初以太學生知潮州普寧縣。縣設嘉靖之季，民未鳩，賦無度，公私空乏，獄訟猥詭，學舍之地，堂序無位，刺桐靡城，墨守無固，百雉缺焉。獻爲州都、里定賦役，詳聽斷，輸將送迎之費，出私財變通之。度田履畝，日在菁棘風日中。召諸生飲食教誨如親弟子。於是揭陽缺令，借獻署。獻署揭陽，如其爲普寧。獻之爲普寧城也，業遷惠倅矣。監司盧公曰：「公也才，城成而後之倅。」城則成矣，石工有流言。公以此得謗，拂衣叹曰：「誰謂青蠅，辱我白璧，歸歟，歸歟。」

潮陽旅邸

蛩聲吟壁夜蕭蕭，竹影燈光伴寂寥。明日扁舟又南下，荒鷄殘月趁歸潮。

全閩明詩傳　卷三十一　萬曆朝二

侯官　郭柏蒼　楊浚　錄

陳第

字季立，一字一齋，連江人。萬曆中爲學官弟子，後以兵法起家京營，出守古北，歷遊擊將軍。有寄心集、五嶽山人遊草、兩粤遊草。卒年七十七。入通志儒林傳。

郡志：第爲學官弟子時，教授清漳，生徒雲集。俞都督大猷召致幕下，教以古今兵法，南北戰守方略，盡得其指要。勸以武功自見，曰：「子當爲名將，非一書生也。」爲言於譚襄毅綸，譚一見亦奇之曰：「俞、戚之流亞也。」萬曆辛亥，年七十有一，匯其四言、五言古詩爲一帙，命曰寄心集，感事之作，蓋在萬曆中年儲危政黷之時也。又有五嶽兩粤游草。蒼按，第所著書尚有意言、謬言、薊門兵事、海防事宜。

連江縣志：龍塘董公應舉與陳一齋友善，而議論不相下，號爲罵友。其祭季立文云：「遍交宇宙，無兩一齋；自信生平，無兩罵友。今罵不可得聞矣，人之云亡，如割我心。」當季立病亟，董嘗有詩曰：「平生好爭論，好友輒相罵。及其疾病時，皇皇憂日夜。如割一半身，如屋崩其瓦。百物皆可求，好友難再假。久交如薰蘭，乍交如佩麝。麝性豈不烈，終不如蘭化。吁嗟陳一齋，使我食不暇。」又陳季立少豪宕自喜，生平無憂色。嘗與沈參戎有容浮黑水擊倭，風濤掀天，檣摧柁折，舟膠沃礁，須臾欲碎，人皆失色。獨撫髀作歌曰：「水亦陸乎，舟亦屋乎，與其歸於牖之下、山之窟乎，何擇於江之中、魚之腹乎？」歌數闋，大笑不止。須臾風息，人服其雅量。

靜志居詩話：一齋投筆從軍，受知於譚襄毅、俞武襄、戚武毅三公。江陵既没，論者謂武毅不宜於北，徙之嶺南。一齋作塞外燒荒行有云：「年年至後罷防賊，出塞燒荒灤水北。枯根朽草縱火焚，來春突騎饑無食。」又云：「隆慶二載譚戚來，文武調和費心力。從前弊政頓掃除，臺城兵器重修飭。迄今一十五年間，閭閻鷄犬獲寧息。譚今已死戚復南，邊境危疑慮叵測。患難易共安樂難，念之壯士摧顔色。論者不引今昔觀，紛紛搜摘臣滋惑。」又送戚都護絶句云：「轅門遺愛滿幽燕，不見烽煙十六年。誰把旌麾移嶺表，黄童白叟哭天邊。」誦其詩，扼腕於封疆之事深矣。一齋儲書最富。余嘗游閩。臨發，林秀才侗持其後人所輯世善堂書目求售。燈下閲之，見唐五代遺書，琳琅滿目，如披靈威、唐述之藏，多平生所未見，不覺狂喜。秀才許至連江代購。逾年得報，書則已散佚，徒有惋惜而已。

閩中録：季立起家京營，出守古北，歷遊擊將軍，居薊鎮者十年。薊鎮自隆慶初譚、戚爲督鎮十有五年，而季立爲譚所知。又與戚論兵，抵掌相得。慨然有長驅遠略之志。已而俞死戚罷，邊事隤廢。督府私人行賈塞下，征冒互市金錢，季立力持之。督府將中以文法，嘆曰：「吾投筆從戎，頭鬚盡白，思傾一腔熱血爲國家定封疆大計，而今不可爲矣。吾仍爲老書生耳。」遂拂袖歸里，角巾蕭寺，徧閲佛藏，入羅浮，游西樵，吊宋故宫於崖山，窮蒼梧、桂林諸勝。聞焦狀元弱侯老而好學，裹糧來白門，離經析疑，扣擊累年。弱侯嘆服，以爲弗如。蒼按，焦狀元弱侯嘗言，季立有三異：「身爲名將手握重兵，一旦棄去之，缾鉢蕭疎，野衲不若，一異也。周遊萬里，飄飄若神仙不可羈紲，而辭受硜硜，不以秋毫自玷，二異也。貫穿馳騁，著書滿家，其涉獵者廣博矣，而語字畫聲音至與絲繭牛毛，爭其猥細，三異也。」撰著甚富，毛詩古音考其一也。蒼按，有屈宋古音義。已復游嵩山而返，久之乃卒。季立不得繼俞、戚之後登壇爲名將，卒爲名儒以終。其學通五音，尤長於詩、易，所論兵學及其文章，皆鑿鑿有根據。

歲暮客居呈弱侯

仲尼本周流，忽發歸與歎。意在就六經，匪爲思鄉串。嗟我老無聞，託興遊汗漫。邈想古通人，反側常宵半。秣陵一君子，少小登道岸。嗜學自性成，羲易旦夕玩。近得從之談，恍上中天觀。詩書數十載，立語窮真贋。欣然遂忘家，何知有歲晏。

追懷宜黄大司馬譚公

昔年飄泊入燕京，制府憐才意不輕。獻策獨過司馬將，分符旋赴薊州營。秪誇相國知韓信，無復功臣妒賈生。秋草春風今日淚，不堪回首楚江城。

楊白花

楊白花，滿行路。行人辭故鄉，楊花辭故樹。行人日思歸，楊花更天涯。二八紅顔女，掩袂旦暮悲。早知楊花飛不歸，不如長守霜雪時。

朱家嘴夜泊

蘆葦暮蕭蕭，西風斷岸遥。雲封淮上樹，江入海門潮。孤月鳴砧杵，清霜落板橋。金陵來往客，若箇憶南朝。

咏懷

西谷有一士，蕩然無所求。問君何爲者，神閑道自休。上無求於帝，壽夭等浮漚。中無求於世，任人呼馬牛。下無求於子，苟以嗣春秋。三者既無求，長歌何所憂。丈夫生世間，有如長江水。瀦則淵渟渟，流則浩瀰瀰。建業與立言，隨時任所履。何足芥胸懷，行藏判憂喜。吾觀古賢聖，欲爲蒼生起。枘鑿若不投，皇皇未肯止。下以舒屯蒙，上以存燮理。天命苟有涯，歷聘徒勞只。不見稷契墳，空山亦土壘。南山千里乃咫尺，生賢如此肩。千載乃頃刻，聖起如踵連。古今何寥泬，援琴扣商絃。南山有瓊芝，五色含雲烟。採之思所貽，歲暮徒潸然。至言本難言，真得何所得。以意示者深，以詞教者嗇。宣尼述天行，伏羲垂卦畫。忽當蜚遯時，蹤跡杳莫測。孫登鳳凰嘯，仲長瘖啞默。通人自曉了，嚚俗任疑惑。何必白區區，衷腸恐藏匿。惜哉鵝湖辯，愠怒見顏色。雅士慕渾淪，所希實玄德。尋流遡江漢，矯首望河汾。惠風靄四野，上有洙泗雲。慷慨睠懷慕，曠世不可群。歸來長歎息，篝燈理遺文。亦有二三策，末由播清芬。高山徒仰止，微言竟難聞。

述史歎

無財有至樂，豈不在讀書。朝夕坐展卷，何必論三餘。無位有大權，豈不在作史。上下古今間，褒貶由一己。左氏本彬彬，馬班亦繼起。文彩燁以光，直筆垂千紀。云胡魏晉來，祇以飾怒喜。所惡西施媸，所好無鹽美。鑒别昧人倫，傳聞憑口耳。掘井得一人，渡河及三豕。編簡雖浩繁，君子意所鄙。

見楊花

燕山三月飛楊花，滿天白雪隨風斜。客子出門已十載，飄零感此思回家。楊花飛自好，客愁不可道。歲歲楊花飛，飛盡春光老。春光迅速若轉蓬，丈夫建樹難爲功。李廣不侯馬援謗，至今慨歎傷英雄。傷英雄，徒拂抑，鬢華忽似楊花色。不如匣劍歸去來，南山之南北山北。

山中早秋

春夏詎能幾，凄凄白露還。秋容先到樹，客意未離山。石鼠窺禾去，清蟬抱葉閑。人生衣食外，焉用苦閒關。

江心寺除夜

偶過江心寺，何期又歲除。百年俱逆旅，信宿即吾廬。岸隔遥沽酒，厨寒剩煮魚。客遊隨處好，鬢髮任蕭疏。

客中立秋

燕溼前朝雨，凄凉今夜風。秋聲先蟋蟀，露氣到梧桐。頓覺絺衣薄，尤憐旅槖空。潞河問舟楫，明日向吳中。

南岳舟中

吳門一水接，楚塞衆山連。書史同昏旦，江湖且歲年。洲迴蘆莽莽，檣動燕翩翩。何處爲南岳，雲開望杳然。

維揚謁文信公祠

萬死艱難地，千秋伏臘新。山河終破國，天地已成仁。江橘南中像，巖松雪後春。徘徊歌正氣，不覺淚沾巾。

元夕宿泉州洛陽橋

春風又渡洛陽橋，柳色青青伴寂寥。回首故園今夜月，滿江燈火上寒潮。

王仍縉

字伯雲，漳浦人。萬曆中布衣。有吾廬集。

聞上人至

翠竹覆深池，歸來數寄思。夢醒風度後，詩就雨來時。未死身空在，無生悟已遲。茫茫人世事，那肯使君知。

陳鳴鶴

字汝翔，奎弟，見上。懷安人。郡志誤「閩縣」。萬曆中諸生。有泡庵詩選。

徐熥泡庵詩序：汝翔跡混世緣，心通内典。兹者王君崑仲，泚筆爲圖；熥與汝翔，三山結社。玩此丹青，如同指掌。

柳湄詩傳：汝翔，奎弟，南門柯嶼人，著有東越文苑六卷。所修閩士，自唐迄明，傳本已尠。道光十九年，柏蒼兄柏蔚，注釋而增訂之，刊傳於世。晉安風雅載：鳴鶴，懷安庠生。按，懷安萬曆八年省入侯官，文苑成於萬曆三十五年，故稱侯官。按，鳴鶴與林惟介、林初文友善。二公家多藏書，故鳴鶴得稽宋元以來秘本。蒼按，東越文苑一書，草草抄錄，有父子倒置者。莆田林兆恩所著三教先生集凡數十萬言，皆離經畔道，鳴鶴收入文苑，何氏收入名山藏。朱竹垞云：「林兆恩、李卓吾，閩之異端。」按，卓吾名贄。所著尚有晉安逸志，屠本畯授梓以傳。徐熥序曰：「汝翔採輯吾郡怪誕詭僻、委瑣艷異之事，久之成帙，名爲逸志。」又著閩中考十卷，陳薦夫稱其上摩碑板，下采里言，爲古志拾遺，今乘補闕，文獻既足，雖善有徵。又按水明樓集：「閩中考一卷。『一』字乃『十』字，刻工缺筆也，郡志遂沿其誤。」郡志：「鳴鶴棄舉子業，與徐熥、徐㶿、謝肇淛共攻聲律，凡三十餘年。有詩曰泡庵集，徐㶿爲選定焉。」

俠客行

少年恥學劍，氣使諸侯王。千里爭爲死，戲殺羽林郎。披面與抉眼，此事亦尋常。薄暮宿張掖，平明立未央。杯酒感知己，刎頸都市傍。

馬嵬驛

春雨梨花暗馬嵬，霓裳聲斷不勝哀。鳥啼劍閣空相憶，龍去驪山竟不回。驛路幾時迎翠輦，佛堂千載閉蒼苔。多情惟有華清月，還照宮中歌舞臺。

送人之安南

南天望盡是交州，況復漂零馬上遊。一曲匏笙蘇合雨，數聲銅鼓木香秋。山城月冷鼙笳動，海市風腥罟網收。草色茫茫君獨去，瘴雲深處莫淹留。

虞美人草

八千壯士已無情，衰草猶傳粉黛名。曉露泣餘垓下淚。秋風悽斷帳中聲。楚王宮殿悲搖落，漢國郊原任死生。終勝昭君墳上色，青青不得近長城。

閨人曲

聞君遠在古榆關，此去千山與萬山。終日登樓人不見，開簾惟是燕飛還。

漢祀壇

吸露餐霞甘絶氛，石壇親見武夷君。漢家天子多烟火，卻把乾魚污白雲。

武夷紫陽書院贈朱山人

先業依青嶂，閑軒獨隱居。石田畊水月，芒履混樵漁。萬壑自吹笛，孤燈時讀書。結廬倘相許，同釣九溪魚。

送人之緬甸

萬里從軍天盡頭，身無七尺不禁愁。蠻鄉短信題金葉，山店孤燈點石油。青布綰頭騎象女，白檀涂面射狼酋。莫言年少輕離别，一夜風沙滿鬢秋。

送曹能始之金谿吊周明府

南來幾日又西征，腸斷羊曇薤露聲。羅雀門前生死恨，釣魚臺下别離情。千家橘葉連山縣，一路楊花暗水程。華表鶴歸春夢杳，報恩惟有淚縱横。

覓霍洞林不值

踏遍青霞又紫霞，靈谿無路覓胡麻。洞天綿亘三千里，直到緱山子晉家。

陳鳳鳴

字時應，汝修、汝存父，俱見下。閩縣人。萬曆中官光禄寺監事。有陳氏遺編。

獨遊西山奉寄陳履吉、陳汝大按，履吉，益祥字；汝大，椿字。

雨霽春明起杖藜，深秋爽氣帝城西。出門漸覺紅塵隔，轉徑還愁碧草迷。山勢北來陵寢近，河聲東遶海門低。幽人何處相留待，巖壁千尋水一溪。

貂裘半敝薊門霜，聊且登臨到上方。泰岱寧須懸馬足，井陘端自度羊腸。虹霓架壑垂秋色，鵁鶄盤空下夕陽。古柘千尋潭百尺，小牕奇絶碧巖房。

五丁新斲玉芙蓉，紫柏丹楓列萬重。上洞客迷中洞路，南巖僧禮北巖鐘。塞雲忽凍收殘照，山雨生寒欲早冬。撫景懷人徒極目，杖藜閑倚寺門松。

芙蓉殿廢石縱横，繡壁流泉湛一泓。仙去丹爐留夜月，僧來錫杖掛秋聲。華夷隔斷關河壯，燕趙毘連界限明。翠色逼人寒氣集，芰荷衣上白雲生。

玉泉迴合亂山青，傳得先皇舊藏經。護法龍歸山寂寂，隨堂猿去晝冥冥。朔風寒度居庸雪，紫氣光浮帝座星。攜得一尊長引滿，夜闌猶自步階庭。

罡風高擁衆星浮，天挽銀河欲倒流。或有畸人在空谷，忽飛玄鶴過丹邱。百年洞壑如今夕，萬古乾坤渺一漚。煙水茫茫倍惆悵，可憐明月碧山秋。

王　湛

字汝存，閩縣人。萬曆中歲貢生。有王生集。

郡志文苑傳：王湛，博學有偉才，盡通訓詁、百家之言，文尚聲華。

古　意

與君昔相見，贈妾金琅玕。問何以報之，約腕雙玉環。眷茲綢繆意，矢心同歲寒。奈何忽參差，乃有別離嘆。別離如昨日，芳草倏已殘。芳草何足惜，所惜關山難。關山修以阻，君去何時還。徒有思君淚，無由接君懽。願得凉風生，吹夢見君顔。

歲暮有懷

奄忽歲遒盡，百草何凋殘。駕言之遠郊，回飆凄以寒。上山採芳茝，下山采幽蘭。借問採何爲，美人渺雲端。將欲遠致之，惜哉無飛翰。引領起長歎，淚下如洄瀾。

石松寺按，在侯官縣西旗山之下。

禪扉晝不關，曲澗水潺潺。石站松陰裏，僧眠雲氣間。怪禽喧古木，殘葉點寒山。向夕烟蘿暝，行人帶月還。

宿昇山寺按，在侯官縣北，任放飛昇處。

檜柏森森晝掩扉，深山古寺到人稀。花飄碧澗新鶯囀，煙鎖青林獨鶴歸。松下月華清客夢，竹間雲氣溼禪衣。明朝又與高僧別，遥聽鐘聲隔翠微。

送林天迪之京按，天迪，世吉字。

五雲宮闕帝王州，此去知君是勝遊。細雨綠蕪江上路，淡煙春水雪中舟。興隨明月過吴苑，夢逐飛雲繞御樓。應笑淺才甘偃蹇，小山望戀桂叢幽。

林世吉

字天迪，瀚曾孫，庭機孫，燫子，俱見上。閩縣人。萬曆中官生。官户部郎中。有叢桂堂集。

看花詞

花枝繚繞嬌春容，絳雲壓欄春日濃。翠禽啣英隔牕語，喚起春愁千萬里。褰簾走立花陰下，撫景徘徊翻自詫。玉魂不來孤影寒，滿眼酸風淚交瀉。碧衫濺血痕凝紫，參差無聲吹不起。芙蓉香暗白鶴怨，菱花影破青鸞死。銀虬夜泣星在天，强撫氍毹傷獨眠。夢魂願化雙蛺蝶，依舊追飛繞花葉。

同楊侍御、張方二省郎登雨花臺

住錫尋香積，攜尊集翠微。鶴依雙樹立，僧踏片雲歸。法雨凌空落，曇花繞座飛。六朝餘業盡，弔古一沾衣。

瑞林寺

半壁龍宫啓，長林鳥道分。石潭深印月，嶺樹倒巢雲。複閣穿花入，疏鐘透竹聞。夜看禪誦罷，滿室靄爐薰。

次武林別徐子與赴楚右轄

春山雨過百花明，堤柳青青鳥亂鳴。尊酒不堪吳地別，節旄遥傍楚雲行。才猷共擬周方叔，詞賦元歌漢長卿。此去薇垣公暇日，琅玕好寄慰離情。

萬壽聖節侍朝

蓬萊宫闕靄祥煙，彩仗晨交玉陛前。日月九天明舜衮，衣冠萬國祝堯年。南山調起迎仙樂，北斗光回供壽筵。共喜兹辰霑湛露，抽毫思獻九如篇。

陳益祥

字履吉，奎子，見上。侯官人。萬曆中監生。有采芝堂集。益祥與徐熥同時人。晉安風雅云：「益祥有草集，殆即采芝堂集。」

柳湄詩傳：據晉安風雅，益祥詩名草集。益祥著潛穎錄。徐熥稱其「舌吐雲霞，腸休烟火，可與都玄敬玉壺冰同置座右。

詠懷

嚴霜木葉下，蝨寒天氣高。少年患肺病，不敢親醇醪。一醒二十春，老至空自豪。開睫視世人，多事如牛毛。牀頭少假寐，饑蝨登敝袍。屑屑攪我眠，癢至隨所搔。放歌驚四鄰，聊以備風騷。

王崑仲

字玉生，閩縣人。萬曆中禮部儒士。

柳湄詩傳：崑仲好游覽，善圖繪。徐熥、徐𤊹輩時與往來，凡登高送遠，酌酒評詩，崑仲多與焉。

齊王孫開社迴光寺

西園游已倦，南國社新開。並奏迎歡曲，言徵託乘才。紅妝明紺殿，白雪湧香臺。莫畏珠林晚，餘光此重回。

留侯祠

下馬乘遺廟，蕭條泗水傍。書傳黃石略，神往白雲鄉。博浪沙痕斷，圯橋履跡荒。亦知曾辟穀，不敢薦馨香。

金陵懷古

棲霞高嶺翠煙凝，玄武湖光似鏡澄。古渡遠迎蘭槳妓，名山深閉瓦棺僧。藻蘋歲歲功臣廟，松檜葱葱太祖陵。欲問六朝千載事，都人惟解説龍興。

漂母祠

丈夫得意時，千金成一唾。丈夫失意時，縛腹甘窮餓。封侯千金報母易，貧時一飯疇能施。韓生不忘一飯恩，豈忘拜將封侯誼。漂母祠堂春復秋，吕氏白骴荒林邱。英雄代謝如淮水，丈夫感激淚空流。

獨酌

薜荔小山阿，幽亭暗女蘿。可憐新月出，不見故人過。澗水秋逾淨，松風晚更多。提壺歌小隱，沉醉舞婆娑。

送尹三入吴

相送出巖扉，相看願不違。風塵攜劍往，吴越帶名歸。蓴菜秋偏茁，鱸魚日正肥。酒緣猶未滿，不醉莫分衣。

登太白酒樓

多愁爲客怯逢春，獨上江樓更愴神。睥睨猶懸天寶月，叵羅不醉謫仙人。夾河白紵商姬曲，一陣紅旗刺史津。富貴無窮人世短，豈堪憔悴逐風塵。

宿荒山寺

深山古寺絶風塵，寺裏無僧但隱淪。拂塵溪禽時遶榻，卷簾松月夜窺人。泉聲似到階前急，花氣渾於雨後新。信宿他時還有約，莫嫌塵跡到來頻。

陳仲溱

字惟秦，懷安人，萬曆中布衣。有陳惟秦詩。徐熥序陳惟秦詩云：「其爲詩不喜蹈襲人語，皆嘔心劌肝爲之，而卒不盭於法。性復謙抑，一詩就，必私問予可否，而後出以示客。過吴興，謝在杭司理見而欲付於匠氏。予遂許而授之。」

郡志：仲溱性拙直，寡言笑。與人交接，言辭少拂，即掩耳而去。詩苦求工，不愜意不止。每出其詩示人，以指按紙，手顫口吟。人或誦其詩，口喃喃與相應和。其自喜如此。

柳湄詩傳：仲溱，柯嶼人。郡志文苑傳作「侯官人」。按，仲溱生於嘉靖三十三年。懷安省入侯官在萬曆八年，不應作「侯官。」又按，崇禎十年，曹能始有三山耆社詩序曰：「是日與會者：王伯山文學年八十四，陳惟秦居士年八十三，陳振狂秘書按，宏己。年八十二，董崇相司空按，應舉。年八十一，馬季聲州佐按，欻。年七十七，楊穉實督學按，道賓。年七十六，崔徵仲刺史按，世召。年七十一，徐興公鄉賓按，𤊹。年六十八，予學佺爲最少云。直社芝山之龍首亭按，即郡治之鐵佛殿。自不佞始，願與諸君歲歲續茲盟焉。崇禎丁丑八月之十三日。」

遊方廣巖

舍棹上層巖，巖迴未易攀。鳥來青靄外，人入翠微間。澗户猿時掛，山門雲爲關。偶然響清磬，僧自萬峰還。

寄懷鄭十四翰卿客邊

孤劍久横行，不知遊子情。寒雲低古塞，殘月落邊城。黯黯夢長夜，蕭蕭秋萬聲。寄書愁未達，吟坐到天明。

登玉皇閣按，在福州郡治九仙山。

傑閣稱雄據，登臨望眇然。平臺出霄漢，古樹入雲烟。玉座紅霞擁，珠宫絳節懸。鼇峰形岝崿，雉堞勢盤旋。八郡雙門鎖，三山萬井連。馬江環似帶，烏石小如拳。吞吐璚河月，微茫碧海天。香花飄夜夜，瑶草燦年年。青靄沉鐘磬，丹爐煅汞鉛。茫茫塵世裏，那識大羅仙。

臺城懷古

平湖一片浸崔巍，城近黄昏鳥雀哀。春草自青沽酒市，天花空落講經臺。雲埋故壘誰爲主，水出青溪更不回。六代興亡成舊夢，翠華馳道上蒼苔。

謁閩忠懿王墓

寢園霜露冷蕭疏，七主纔經霸業虛。黄土有靈騎白馬，綠林遺恨發金魚。按，此乃指盗發陳金鳳墓。猿啼荆棘斜陽後，鬼泣松楸落月初。莫歎古城今寂寞，錢王陵樹亦邱墟。

瑶山寺過僧皎然故居

經臺香火冷斜陽，寂寂瑶山舊法堂。曲徑閑雲棲古柏，小橋流水繞殘桑。一時詞客尋精舍，千載名僧説大唐。想到禪心深般若，故留綺語照迷方。

蘇小小墓

渺渺江天響暮潮，西陵黄土葬妖嬈。香魂已逐飛花散，舞態空憐弱柳嬌。風起白楊珠淚冷，露沾蒼柏黛痕銷。錢塘不是高唐路，油壁青驄總寂寥。

寄謝在杭

孤館蕭蕭夜不眠，思君夢斷太湖邊。傷心最是樓前月，惆悵清光隔幾年。

陳价夫

字伯孺，達孫，輔之子，俱見上。弟薦夫，從弟邦注，俱見下。閩縣人。萬曆間諸生。有招隱樓稿、吴越遊草。

柳湄詩傳：价夫高祖棲，曾祖烓，祖達。父朝鉅，即輔之，以字行。

感秋

千巖變故色，萬户生秋聲。白日忽已暝，寒溪澹欲清。玉衡指西陸，繁星燦前楹。往燕既北逝，來雁復南征。金風起木末，蟋蟀在軒屏。物化每更代，志士心逾貞。亹亹時光中，淹留蹇無成。

晚過西溪石梁

扶杖度溪橋，橋草映空碧。一徑入層雲，孤亭倚危石。日暗行人稀，但有猿鳥跡。落葉滿蒼苔，煙光翠微夕。

淘江津亭送徐七歸冶城

留君不可挽，臨水送將歸。百里未爲遠，所嗟良會稀。悠悠春江上，望望孤帆飛。曉夢結瑶草，暮雲閑釣磯。相思那可道，竚立空斜暉。

秋夜詞

殘燈隱壁秋魂苦，榕葉翻風桂花雨。誰遣哀蛩上井欄，陳根一一悲相語。崩雲漏兔宵中白，皺縠牕煙鎖寒碧。銅龍咽盡東方高，浮塵穰穰城西陌。

俠邪行

三河年少青絲騎，兩兩爭馳不成隊。新豐市上蹴鞠回，轉入胡姬肆中醉。舞袖歌聲不暫停，當壚一擲千黄金。揮鞭使酒出門去，回視五陵芳草深。

海北早行

杳靄天南路，蕭森海上山。馬嘶殘月下，身在瘴雲間。未破閨人夢，空凋壯士顔。前行見初日，秋色滿松關。

宿海邊山店

草舍依荒驛，孤村背夕陽。海雲秋漠漠，山靄夜蒼蒼。木客歌畬月，鮫人泣岸霜。誰能當此地，高枕不思鄉。

發吉陽城晚次義寧驛

春雲生馬首，綠草暗平原。獨客愁方破，歸途日正昏。蒟藤荒戍壘，柳葉暗蠻村。卻愛停驂處，鶯聲似故園。

將至珠崖過迴風嶺即事

瓊南漠漠海雲西，瘴嶺秋風客路迷。澗水松蘿猿共飲，夕陽煙樹鳥空啼。黎人射鹿歸深洞，越女乘牛度晚溪。更欲摩崖書別恨，古苔封盡不堪題。

至日客崖州

離魂久折大刀環，別淚遥連翠竹斑。越鳥啼時皆客恨，嶺雲歸去是家山。葭灰始覺微吹管，節序那堪又閉關。入口飢寒身萬里，題詩今日損愁顔。

李廷機

字爾張，一字九我，晉江人。隆慶四年以貢應順天鄉試第一，萬曆十一年進士第一，廷試第二。授翰林編修，歷官太子太保，禮部尚書，文淵閣大學士，贈少保，謚「文節」。有集。

靜志居詩話：文節清畏人知，奈爲黨論所攻，攢譏諫誚，而君子之守確然。生時以帖括名，詩非專務。聞蟬一絶，正自翩翩。

柳湄詩傳：廷機與同邑蘇紫溪濬相善。紫溪官京師，廷機會試，先期至京，見紫溪論文，久之曰：「子才大，後日分房，遇平淡文，謹勿輕置之，恐失宿學之士。」紫溪是其言。及入闈，得廷機卷，將抑之，因記前語，悉心詳味，薦之，竟掄元。古人知遇如此，亦無敢議其爲私者。按，廷機萬曆十九年浙江正考官，二十二年應天正考官。

雨霽聞蟬

五雲初霽曙光流，垂柳條條蔭御溝。終日蟬聲和清泚，耳根先送上林秋。按，靜志居詩話錄此詩，末二句作「兩岸新蟬啼不住，隔林遥送漢宫秋。」又第二句「條條」作「千條」。似皆優於此錄。

柯茂竹

字堯叟，一字繩希，英曾孫，維騏孫，俱見上。昶父，見下。莆田人。萬曆十一年進士。官海陽知縣，以子昶贈右通政。有柯亭集。

蘭陔詩話：繩希詩出家學，復請業於天目徐子與，手摹心追，所作亦雄偉，較諸青蘿館詩何多讓焉。

李子行招遊虎邱和來韻

省郎多逸興，駐馬問林邱。波影涵山動，雲光帶壑流。蟬催官樹晚，風入客衣秋。明月同歸去，依稀李郭舟。

送陸守擢雲南兵憲並柬鄭文宗

載酒江頭惜别何，江城新築正嵯峨。初過閩嶺雲陰合，漸入昆明秋色多。徼外蠻王親負弩，部中校尉靜横戈。從來鄭老詩名並，賡和應傳白雪歌。

盧一誠

字誠之，伯寀父，福清人。萬曆十一年進士。授行人，遷南京户部郎中，出知潮州府。有四書講述。

柳湄詩傳：一誠，萬曆十一年進士，乾隆郡志選舉、列傳俱誤「八年」。福州郡治烏石山麓有盧知府宅。

烏石山志：一誠居官重風節，閉户誦讀，不趨要津。十年，晉南京户部郎中，尋出知潮州。潮故饒郡，一誠毫不苟且，以私浼者，輒叱之。晚年歸隱，結屋烏石山麓，讀書於朱文公先賢石室，手著四書講述十二卷。學者宗之。

同林廷贊、葉進卿宿石竹山按，廷贊名國相，閩縣人，官運使。

無患溪頭沙水清，夕陽欲墜鳥爭鳴。滿山松竹蕭蕭響。好是今宵夢不成。

葉向高

字進卿，一字臺山，朝縈子，見上。福清人。萬曆十一年進士。選庶吉士，授編修，歷官防局、南吏部侍郎，召爲禮部尚書，入直東閣，以少傅予告。再召爲少師兼太子太師，吏部尚書，中極殿大學士。卒年六十九，贈太師，謚「文忠」。

靜志居詩話：東林諸子奉福清爲倫魁。沙汰江河，和調水火，海内服其公忠。歸田之日，蘊藉風流，銜左相之窪尊，賭東山之棊墅。詩品在山林臺閣之間，諸體皆具。

柳湄詩傳：向高生於嘉靖四十年，其繼母林氏避倭，産於廁中，小字曰廁。事蹟詳其自著籧編中。萬曆二十五年應天鄉試正考官，四十一年會試正考官。天啓九年卒。

題石計部江月軒

客有家虹崖，頗道虹崖宅。既非隱遁棲，而睹遐怪跡。江山羅城中，流湍激屋脊。飛梁亘長雲，鑿牖捫絶壁。川虹走寒光，巖蟾逗秋魄。人烟集窈窕，氣候異朝夕。有時坐前軒，摩天不去尺。歷歷俯白榆，疎星散空碧。以茲駭眺聽，循躬昧所適。何當御飄風，駕言窮寥廓。

寄鄒南皋

扶輿閟靈氣，大道寖以衰。之子起文江，將應名世期。力挽未墜緒，斯文良在茲。金門始通籍，尺疏扶綱維。濱死投遐方，正氣凜不移。皇路既清宴，端笏陪彤墀。讜言無忌諱，亮節謝委蛇。寧炫百煉操，欲酬明主知。立朝如柳下，許身自皋夔。青山十載臥，荏苒人事非。著書擬墳典，談道窮黄羲。遐躡往聖軌，卓哉後學師。巖廊急邁軸，蒼生望平治。天運有回復，賜環豈無時。

同李元沖、劉少白遊一拂祠兼登清凉臺

高臺枕城隅，芳祠倚山麓。愛此名勝區，况值春陽燠。覽眺共友生，宴坐無煩濁。妙理啓東方，玄言出西竺。伊蒲饌可供，貝葉文能讀。自諧物外心，時送遠遊目。虚閣試一憑，層巒莽回複。微雨來疎林，輕風度修竹。撫景寡所牽，循躬尚見束。津梁如可超，願託空門宿。

建初先生按，建初，造卿字。

建初澹蕩人，嘐嘐而道古。高步翰墨塲，抗志衣冠侶。默好深沉思，力惟陳言去。早爲五嶽遊，婚嫁詎能阻。歲晏始歸來，麟顔日容與。著書藏名山，有子纘其緒。

鄧少叅汝高按，汝高，原岳字。

汝高起縫掖，營精在風雅。標格既昂藏，丰神亦瀟灑。結轍海内英，樹幟里中社。曲高和自希，思沉力能寫。嘐嘐正始前，詎論大曆下。握算佐大農，振鐸向金馬。千秋業未成，一二豎何爲者。締觀交遊中，斯人一何寡。

贈巨源王孫群鷗閣

秣陵繁華稱帝里，九衢迢遞開朱邸。寶馬香車陌上過，雕甍畫棟雲邊起。別有王孫字巨源，蕭然一室席爲門。不分東平能樂善，欲從西竺更稱尊。門前流水遶城郭，獨傍秦淮開小閣。蘿逕陰陰花信來，蘭舟泛泛春潮落。王孫宴坐何所營，蒲團儘日談無生。渡頭桃葉豈須問，水面群鷗可共盟。交遊盡是富豪者，我與王孫臂曾把。紅塵撲面眼不開，一到齋頭便瀟灑。匡牀曲几共嗒然，半似神仙半似禪。不知塵世滄桑换，但見群鷗相對眠。

陳懷云公督南畿學六載，不攜家，請急，不允。署中寂甚，忽夫人遣二姬來侍公，貽書余云：「當無奈何之日，遇曾相識之人。」余戲足其語，聊以博笑

豫章才子聲嘖嘖，六載辭家向南國。士子争傳絳帳開，行人慣識青驄勒。一朝抗疏請休沐，惆悵欲歸歸未得。閨中少婦怨行雲，錦字流黄不成織。渡江桃葉空慇懃，驛路梅花斷消息。西風忽送西江船，快楫飛橈生羽翼。小玉雙成兩不禁，非霧非煙亂顔色。久别真愁無奈何，相逢翻訝曾相識。含嗔含笑總多情，如夢如真各沾臆。年年歲歲妬雙星，此夜雙星何脈脈。一爲菡萏一芙蓉，連枝並蒂開君側，銀燈燦燦漏迢迢，清署誰云久岑寂。分付烏臺烏莫啼，斟酌懽情在兹夕。

廣信宿民家敗屋，時公署皆扃鑰，待部使及從官

日暮投荒宅，蕭蕭郭外村。支牀餘墜瓦，避雨怯頹垣。郡國吏真貴，闕門道豈尊。生平玄草意，寂寞更何言。

度江即事

無嗟風土異，已自邈關河。村舍人烟少，旗亭酒幔多。春寒芳樹歇，天闊斷鴻過。長路方茲始，微名奈若何。

將上南銓謝病憩雪峰寺

按，在侯官縣。

障日太崚嶒，炎天散鬱蒸。峰寒猶帶雪，逕仄半垂藤。臥病君恩隔，安禪世態憎。流連不能去，覺路倘堪乘。

遊麥斜巖

按，在莆田縣。

一到棲真地，能忘薜荔情。窮年惟鳥語，入夜有猿聲。樹色淩冬秀，苔紋過雨明。山僧休避客，吾已學逃名。

泗亭再逢范異羽有贈

孤舟凉雨夜，旅泊爲誰停。言别初邗水，分攜又泗亭。客心聊可問，津鼓不堪聽。知汝還朝日，前薪在漢廷。

遊靈石寺按，在福清縣。

靈源幽徑隱珠林，曲曲溪光抱遠岑。路轉層巖天欲盡，雲歸深樹晝常陰。芒鞋好趁山中約，尊酒能忘物外心。此去武陵應咫尺，桃花流水許招尋。

次錢塘懷陳振狂按，宏己字振狂。

西風吹纜到江皋，芳草懷人夢寐勞。獨向青山愁對酒，誰從滄海賦觀濤。斗邊劍已龍文動，磯畔星占處士高。猶記津亭分手日，木蘭同泛醉春醪。

送鄧汝高督餉兩浙按，汝高，原岳字。

朝看擁節向江津，馬首花飛欲暮春。不爲供儲勞使者，那從山水借騷人。吴門粳稻全輸薊，越嶺風烟半入閩。覽勝時尋天竺路，可能回首洛京塵。

送曹能始南歸

滿路黄花此送君，燕山閩水悵離群。相看匹馬翩翩去，何處秋風瑟瑟聞。洛下名高推賈誼，漢廷年少説終軍。遥憐鄉國登臨處，獨有銀魚媿未焚。

寄題林純卿孤山精舍

聞君卜築向西湖，爲愛青山湖上孤。庭掃落花供煮茗，坐邀詞客伴呼盧。門前小艇和煙載，隄畔閑筇帶月扶。安得焚魚從結社，相看清隱似林逋。

同林從周、郭汝承遊西山

春盡郊原結伴遊，捫蘿穿徑共尋幽。巖泉細落經臺雨，澗竹凉生野寺秋。天近化城靈鷲起，雲沉僧鉢毒龍收。十年慚負登臨約，今日應須到上頭。

送陳光禄塞上宴虜

頻年馬市款呼韓，詔下龍庭遣漢官。諸部舊降歸尺組，尚方新賜出雕盤。居延城半雲邉度，稽落山多雪裏看。絶塞莫辭行路苦，笠篌還傍月明彈。

送謝在杭自湖州移理東郡

相逢相送最關情，羨汝兼持兩郡平。到日春風生溧水，頻年寒雨憶菰城。移官八口無歸計，作賦千秋有大名。東國只今豺虎亂，好將奇策慰蒼生。

贈郭希所中丞

瓊枝楨幹映人寒，歷落風霜鬢未殘。天下盡推匡正策，殿中爭避觸邪冠。幽蘭同氣憐襟佩，獨鶴摩天羨羽翰。多少蒼生關念切，封書何計達艱難。

過陳振狂新居

十年不到子雲居，喜見蓬蒿逕始除。愛客且斟巾下酒，傲人時曬腹中書。江因進艇寒逾漲，菊爲編籬晚未疏。相對無勞嘲小草，青山吾已欲焚魚。

遊武夷夜宿萬年宫

萬年宫傍幔亭陰，萬木蒼蒼隱翠岑。露冷瑶壇鷄犬静，草荒丹竈水雲深。蕭蕭凉雨留清夢，寂寂空山長道心。夜半如聞笙鶴過，數聲鐘磬隔疎林。

宿茶洋驛按，在南平縣。

三載三經此驛眠，紅塵滚滚轉堪憐。青山不隔家鄉夢，荒館偏多信宿緣。帶雨泉聲添永夜，侵階草色記流年。可知宦况秋雲淡，馬首西風倍黯然。

奉和趙心堂先生招遊清凉臺用韻

秋盡開尊江上城，竹房僧舍罷逢迎。故宫禾黍知何代，舊井胭脂尚有名。落日亭臺遊客興，浮雲京闕老臣情。閑來更話青苗事，千古監門氣未平。寺傍有宋上流民圖鄭一拂先生祠。

再次讚一拂先生二首。先生吾邑人，嘗讀書清凉寺

上相宣麻出禁城，紛紛新法盡逢迎。蒼生幾下監門淚，青史長留抗疏名。啼盡杜鵑應有

恨，歌殘鴻雁不勝情。只今多少流民在，猶向清朝望太平。選一。

和趙司寇題方正學先生祠

燕歌一夜滿都城，此日雲霄奉聖明。不見官儀隨舊主，猶聞天語喚先生。兩朝事往恩還在，十族魂銷詔豈成。爲問精靈何處是，雨花臺畔子規聲。

薛君和招同林謹任、陳泰始、洪汝臣諸公集薛老村，得東字此詩鐫福州郡治烏石山。

名園開宴集群公，河朔風流此日同。檻外林光連百雉，天邊江影落雙虹。峰傳薛老人何在，尊入平原酒不空。莫向鄰霄臺上望，烟塵今正起遼東。

度分水關

薄暮寒煙黯未收，西風吹雨乍疑秋。只今斗酒猶吾土，明日青山隔戍樓。

送江仲漁按，仲漁，崇安人。

新知惆悵對離觴，一望郵亭千里長。自與江郎黯然別，馬頭春草是他鄉。

陳其志

字公衡，伯獻曾孫，見上。莆田人。萬曆十一年進士。授永嘉知縣，改長洲，陞南京户部主事，轉吏部郎中，改禮部郎中，謫池州同知。有錦湖詩集。

蘭陔詩話：公衡詩清真雅淡，規橅王孟。倘假以年，當臻閫奥。

游金山

寶刹中流峙，金山古鎮尊。凌風摶野鶴，吹浪立江豚。積氣天根混，衝濤地軸翻。桑田經幾度，砥柱屹猶存。

送于文若璽卿請告北歸

寒煙秋老石頭城，爲爾消魂賦北征。漢署清華承玉璽，文園臥病憶金莖。江空月冷鴻低度，野曠風高葉亂鳴。一片離情何所託，孤雲冉冉逐前旌。

莊履朋

字中益，晉江人。萬曆十一年進士。官户部主事。集散軼。

别林尉

桑梓勤吾念，凴君破寂寥。自今花下吏，日折道旁腰。象郡風烟隔，龍城瘴氣銷。行春聊佐令，亦足採歌謡。

林　材

字謹任，一字楚石，堪子，弘衍父，之蕃祖，俱見下。閩縣人。萬曆十一年進士。官工科給事中，南京通政使。卒贈右都御史。

柳湄詩傳：材事蹟詳明史。世居南門外唐嶼，後移省城東門。墓在侯官北門崎上，與其父唐峰公舍人崙相近。唐峰名堪，嘉靖癸卯舉人。郡志有傳。

題説法臺

峰頂何年寶刹開，而今重闢舊經臺。法輪常擁三車轉，禪錫翻飛萬里來。石座高懸頻拂麈，袈裟半溼渡浮杯。天冠往跡依然現，我欲扶筇陟緑苔。

集薛老村見福州烏石山石刻。

玄亭東壁俯江流，山郭周遭四望收。蜃氣霧浮鮫室暝，濤聲風送海門秋。尊前促膝傾千古，醉後遥心寄十洲。久矣投簪今白髮，欣逢明聖□優遊。

鄧應奎

字伯文，光澤人。萬曆十年選貢。官南平訓導。

柳湄詩傳：應奎，十三都人，有登烏君山詩，光澤新舊志皆不載，録之以備續修。

烏君山按，在光澤縣。

八閩邱壑稱奇絶，萬嶂千巖爭巀嵲。靈石朝飛鯨海煙，支提夜鎖龍宫月。七臺秋曉碧天空，幔亭日夕翠微重。四時扶杖不能竟，十年操舟那得窮。别有君山相向起，青巒雙峙披蓮蕊。遥看壁立亘天標，迴望結根維地紀。絶巘險岑類削成，峭壁巃嵸堪仰止。遊仙壑宅須羽翰，朱夏亭午怯衣單。層冰十丈誰敢鑿，墜露三英似可飧。東峰直矗留雲氣，西嶺平分規月團。西嶺東峰蒼霧裹，雲開月落曦陽舉。鈴鈴金策共攀躋，霏霏紫靄時延佇。林暉壁彩自氤氳，靈境仙蹤何處所。仙蹤彷佛赤須游，靈境過逢玄俗侣。赤須玄俗坐相邀，石髓璚漿路不遥。宗文琴調聲偏遠，謝公屐齒興初饒。不似衡山尋石囷，還如嶽澗度危橋。春深草長平皋迥，秋晚木落幽原静。懸泉飛練瀉嵐光，灌木成帷迷日影。陽阿慕椹鹿麋馴，陰椒摘薜鼯鼪騁。雪中秀色想峩眉，霞外高標憶台嶺。高標秀色眇難攀，亭亭角立紫霄間。千秋佳勝常紆結，百里關山空鬱盤。誰言神異虚圖史，那知筆墨輝江山。江山王氣有消歇，筆墨精英久勃發。匣中青劍采如虹，握底玄珠光似月。題石長留子墨名，傳奇不讓君卿舌。我將移檄起山靈，待看紱冕興人傑。卻笑當年説筊笨，不覩雙掌並雙闕。蒼前後兩寓光澤，土人或呼烏君山爲筊笨山，或呼筶山。

楊道賓

字荆巖，一字惟彦，又字穉實，道會從兄，道恒兄，晉江人。萬曆十四年廷試第二。以榜眼授翰林編修，進國子監司業，累遷庶子，陞祭酒、少詹事、禮部左侍郎兼翰林院學士。卒贈尚書，謚「文恪」。有集。

柳湄詩傳：道賓父敦厚，嘗爲含山典史，有保障功，邑人祀之。道賓充東宫講讀，妖書事起，幾爲御史康丕揚所陷。疏請東宫行齒胄禮，又請時御便殿與大臣面决大政。天鼓鳴，又疏急罷礦使。謚典久闕，請定期博採公論酌擬。萬曆二十五年浙江會試正考官，二十八年順天正考官，三十五年會試正考官。

梧江即事

春水萬山低，江城宿霧迷。征帆天上下，去路粵東西。荒徑餘亭障，樓船急鼓鼙。客心驚寂寞，況復夜猿啼。

別徐尉之任廣昌

遺愛苕溪上，新編楚水邊。人疑徐孺子，尉即漢神仙。柳色憐分袂，春風動別筵。當官三事在，慎勿負先賢。

何喬遠

字穉孝，又字匪莪，九轉、九雲、見下。九說父，晉江人。萬曆十四年進士。除刑部主事，改禮部，歷員外、郎中，謫廣西布政司經歷。起光祿少卿，遷太僕少卿，轉左通政，歷光祿卿、通政使，陞户部侍郎。有鏡山何氏前後集。

柳湄詩傳：喬遠天啓元年山西正考官。所著閩書，採取甚富，惜門目繁猥，文字割截。

湘南雜興

桂林秋色滿清湘，天畔登臺百粤長。南入交州多薏苡，東來海國有扶桑。雲浮衡嶽窺三楚，風馭羅浮限五羊。鴻雁稻粱無信息，不知何地望江鄉。

游武夷

漢時秦壇不記年，遊人還拜十三仙。雲崖黄木猶餘壑，寶圃青芝何處田。天上瓊芽栽玉露，人間落葉噪哀蟬。幔亭峰頂橋雖斷，猶有歸來一葉船。

黄汝良

字寓庸，一字明起，汝爲兄，慶生、慶貞父，晉江人。萬曆十四年進士第二。改庶吉士，授編修，遷南京國子祭酒，改北祭酒，陞諭德，歷遷禮部侍郎，出爲南京禮部尚書，天啓五年乞歸。起北京禮部尚書，掌詹事府，又乞歸。崇禎四年再起故官，六年致仕。卒贈太子太傅。有河干集。

柳湄詩傳：汝良，萬曆二十二年江西正考官，二十八年應天正考官，三十五年會試副考官，是科正考官楊道賓亦晉江人。

登樓作

一臥滄江十二秋，今辰獨上望京樓。邊城幾處臨風嘯，關塞何人裂土侯。萬里難傳青海信，千峰不散白雲愁。孤臣有淚無方灑，豈信歸田淚便休。

鄭瑞星

字廷奎，仙遊人。萬曆十四年進士。授信陽知州，改崖州，陞刑部員外，遷郎中。

再遊九鯉湖

到處神仙共渺茫，鯉湖夢境不荒唐。十年前夢今朝覺，湖上青山半夕陽。

林　璣

字光仲，一字槐門，莆田人。萬曆十四年進士。令贛縣、保昌，入爲户部郎，出任衢州知府，未任，卒。

宿元莊驛

秋鴻飛盡到西京，迢遞星軺此驛程。邨落依河纔一抹，野狐叫月過三更。凄凄古堠驅衰鬢，凜凜霜鐘擾旅情。千里鄉心孤枕上，蕭蕭木葉夢難成。

戴燝

字亨融，長泰人。萬曆十四年進士。授行人，擢南京監察御史，出爲山東按察司僉事，歷江西副使，告歸，起補貴州副使，提督學道，陞四川布政司參政，就進按察使，卒於官。閩小紀：戴方伯燝，詞林宗工也。題三蘇祠云：「一門父子三詞客，千古文章四大家。」極爲妥貼。

贈別

未識西南路，隨風入夜郎。千盤黔嶺折，一別楚雲長。見月空憐影，聞猿亦念鄉。美人恐遲暮，之子已沾裳。

題蔣氏山居

斜陽照西疇，空翠時淩亂。牛背角歌歸，田間人語散。

黄居中

字明立，虞龍、虞稷父，見下。晉江人。萬曆十三年舉人。上海教諭，遷南京國子監丞。有千頃齋集。

錢受之云：明立專勤學古，得異書必手自繕寫。僑居金陵，年八十餘，猶篝燈誦讀，達旦不勌。古稱「老而好學」，斯無媿焉。

靜志居詩話：監丞鋭意藏書，手自抄撮。仲子虞稷繼之，歲增月益，太倉之米五升，文館之燭一挺，曉夜孜孜，不廢讎勘，著錄凡八萬册。墳土未乾，皆歸他人插架，深可惋惜也。

寄兒

愛子遥相送，臨歧轉憶家。囊空嗟久客，歲晏又天涯。鬢逐風塵短，心驚道路賒。離情兼旅思，一倍惜年華。

陳翰臣

字子卿，言孫，經邦子，俱見上。莆田人。萬曆十三年應天中式舉人。有三秀集、木鳶集、北遊草。入祀烏石山高賢祠。

蘭陔詩話：子卿爲高僧心玄轉世，十歲能文，工篆隸。弱冠舉於鄉，入南都，以詩謁王元美，大見稱賞。享年不永。三山建高賢祠祀閩中往哲，有文祠者，子卿與焉。按，福州烏石山高賢祠，祀自唐迄萬曆間善聲詩者六十餘人。陳薦夫祭陳子卿入祀高賢祠文有「寂寥百人，上下千古」之語，可知徐熥死後續祀者尚有多人。詳黃克晦詩傳並烏石山志。父肅庵，有詩紀之云：「年來不盡西河淚，爲爾浮名一解顏。」

黯淡灘

溪迴石籟長，巖束灘勢壯。砰濤瀉急瀑，汹激窮萬狀。中流一葉下，天地爲簸蕩。欻如奔電掣，駛若輕弩放。欹傾破層湍，冥途出高浪。跌頓久未定，相顧色沮喪。寧獨瞿塘惡，膽落不可上。那能鏟危石，坐使洪流暢。

東歸感懷

江北行初盡，江南望可憐。天低揚子樹，潮打廣陵船。村笛芳洲外，漁歌夕照邊。客懷倍惆悵，歸路渺風烟。

企喻歌

男兒負俠氣，相將事邊陲。白骨陰山下，應知是健兒。

旅宿吴山王氏樓

羅帳秋光看漸微，數聲疏雨夢中飛。雨餘高枕渾無賴，聽盡寒蛩獨掩扉。

夢　思

佩解釵分楊柳春，蕭郎早已是他人。何因重結來時遇，空戀依稀入夢身。
皎如明月艷如花，曾贈猩紅臂上紗。一自綵雲吹散後，愁魂長繞七香車。
入宫誰復鬭蛾眉，無那秋娘妬已隨。剖破菱花何處覓，忍看天畔月圓時。

全閩明詩傳　卷三十二　萬曆朝三

侯官　郭柏蒼　楊浚　録

馬熒

字用昭，懷安人，森長子，見上。歘兄。見下。萬曆中官生。官南京左府經歷。萬曆初，與邑人袁表選刻閩中十才子詩。

長門怨

永夜巫山夢不成，長門寂寂月初明。强攜瑶瑟瓊軒立，腸斷昭陽歌吹聲。

江上逢袁景從按，景從，袁表字。

茫茫江水浸平沙，翊翊寒鴉帶日斜。欲駐扁舟風更急，明朝相憶渺烟霞。

送陸華父

春水悠悠薜荔青，春風切切起津亭。送君遠逐隨陽雁，一夜揚帆過洞庭。

馬　欻

字季聲，懷安人，森次子，熒弟。俱見上。萬曆中諸生。有漱六齋集、廣陵遊草。按，郡志誤入「古田貢生」。興國州判官。

碧瀨亭觀漲

何來鬼斧劈嶙峋，千奇萬怪參差陳。班班老盡水邊春，半黄碧色驕青旻。石根淵湃淼無垠，不作小響聲粼粼。恍如飛薄江妃嚬，又加轟吼雷公嗔。雪浪銀濤驚有神，噴花礐石來迎人。細沫絲絲看未真，非煙非霧亦非塵。此中莫是蓬萊津，璚宫貝闕相爲鄰。聞說仙吏九仙身，我欲從之跨赤鱗。

招隱寺戴顒隱處。

斷橋松影合，細路入珠林。洞古僧留定，泉清客漱心。石牀花露溼，茶臼竹香深。處士今何在，黄鸝尚好音。

通覺庵

驅塵來梵住，渾似夢中醒。溪午流清磬，花陰冷淨瓶。出雲依瀑白，過雨送峰青。三五窺禪鳥，翻飛下聽經。

送康元龍之邊

長城落日薊門陰，北望關山道路深。馬勒桃花嚼苜蓿，笳吹蘆葉度榆林。暮天衰草飛雕急，荒壘疏煙白雁沉。經過去年征戰地，忍看枯骨一沾襟。

送鄭承武之齊州

齊州萬里去迢迢，愁折衰楊野外橋。城帶夕陽千樹暝，天連春草一鞭遥。路遵劍渚花爲岸，舟渡錢塘雪壓潮。莫是異鄉留滯客，近來東土漸蕭條。

陳邦注

字平夫，閩縣人，烓曾孫，達孫，朝錠子，俱見上。价夫、薦夫從兄。俱見下。萬曆中布衣。有釣磯集。

徐𤊹釣磯集序：平夫長不滿五尺，隱居義溪，足跡不入城市，年來結社爲詩，倡和不絕，意氣高雅，弗諧於俗。與人交，有古風。家世貴顯，而清約如寒士。予領薦書，適平夫釣磯集殺青方就。

柳湄詩傳：邦注於義溪祖宅築箬坡別業。陳薦夫六子詩咏平夫云：「大兄性豪爽，不滓泥與淖。平生群從中，束髮頗同調。孱然五尺軀，矜莊成峻峭。應對時復忘，瞪目但清嘯。才思顧便捷，神情亦要妙。映竹洛中吟，臨流東海釣。永言遺世心，豈恤俗士笑。」蒼按，邦注與趙世顯、徐𤊹交最厚。爲人少可多怪，詩清冷無俗韻，惜不多見。

楚中舟夜

誰家長笛水樓前，月裏聞聲忽黯然。霜落雁歸衡嶽夜，雪晴猿嘯洞庭天。傷心故國三千里，灑淚他鄉二十年。世事悠悠俱是夢，豈堪憔悴楚江邊。

野店逢劉二

野店無人楊柳垂，楊花零亂客懷悲。天涯盡處無知己，今日逢君又別離。

崖州道中按，邦注父朝錠曾官崖州。

萬里珠崖道路難，故鄉回首望漫漫。青山半是猿啼處，落日西風海色寒。

會稽經吴氏酒樓

二八佳人舊酒樓，管絃零落不勝愁。長堤一夜東風發，吹盡楊花滿渡頭。

曾　鯨

字波臣，莆田人。萬曆中布衣。

蘭陔詩話：波臣善寫照，名重一時。嘗與姚園客、謝少連集秦淮，酒中行隱令。波臣云：「朝出蘭房暮即歸，長干相守不相違。粧前猶有啼痕在，只恐明朝又别離。」蓋牛也。蘭，欄也；干，竿也；粧，莊也；啼，蹄也；離，犁也。諧讔之言，亦自雋雅。

登平山堂徐氏樓看月贈周憲伯

不穿屐齒即登舟，春水秋山著意遊。老去閑門時輩忌，閩人呼有宦橐者爲「歸家養學」。夜深獨坐室人愁。室人每促早眠。酒杯萬古不離手，明月從來皆在樓。但使主人能愛客，新詩吟破碧天秋。

蔣孟育

字道力，龍溪人。萬曆十七年進士。選庶吉士，歷官南京國子祭酒，南京吏部右侍郎。

柳湄詩傳：孟育有文名，萬曆三十四年主浙江試，三十七年順天鄉試正考官。事詳郡志。

同社登紫雲巖

攀巖徙履印苔蕪，徑昃行危喚衲扶。閣險雨過雲不散，林深客至鳥相呼。買山何事非支遁，臨水曾聞洗佛圖。莫畏興闌來暮色，諸君袖裏有明珠。

王志遠

字而近，志道兄，見下。漳浦人。萬曆十七年進士。守澧州，遷紹興府倅，轉知真州，陞户部員外、郎中，改禮部郎中，歷湖南参政，陞湖南按察使、四川右布政，調河南右布政、廣西左布政使。贈太常寺卿。有吸鏤稿。

閩詩儁云：而近獨攄胸次，自具手腕，已入詩家真境界，視漳郡諸前輩，直可與元凱、白石分庭抗禮矣。

柳湄詩傳：明進士題名錄載：「志遠，龍溪縣民籍，漳浦縣人。」志遠生平守正不阿，歷官數十年皆衣布衣。卒之後，弟志道列其宦績上於朝，贈太常寺卿。

水口驛舟中

問水路初平，無湍夜不驚。迎風帆片片，摇月櫓聲聲。渡口鄉音雜，岡頭野燒明。青山榕樹出，知近越王城。

大安至興田

崇安道上饒風景，除卻武夷亦自多。剡竹誰家無水筧，結廬何處不雲窩。丹崖路斷樓爲棧，紫瀨煙開艇學梭。覽勝不須雙蠟屐，巾車日日度山阿。

崇安道中

結廬武夷下，還耕武夷田。但愛村無吏，不知山有仙。

林堯俞

字咨伯，一字兼宇，煖章子，銘鼎父，見下。莆田人。萬曆十七年進士。改庶吉士，教習内書堂，分校禮闈，册封益藩，移宫坊贊善，轉左諭德兼侍講。天啓改元，起禮部右侍郎，視祭酒事，尋拜禮部尚書，加太子太保。卒年六十九，贈少保，謚「文簡」。有谿堂集。

柳湄詩傳：堯俞轉侍講，連章乞身，杜門十四載，纂修郡志，倡新文廟。熹宗改元，起禮部右侍郎。魏忠賢求堯俞書扁，堯俞弗應。忠賢請旨命書，乃書「畏天堂」三字。忠賢見所上疏，乃向人恚云：「宗伯豈無意綸扉一席，何遽張拳相向？」後又曾同忠賢選閹，折辱坐次。光宗實錄成，加太子太保，乃賦遂初，築南谿草堂，與故人觴詠。訃聞，贈少保。

送元善叔之盧龍

斷蓬無定跡，隨意且西東。雪暗盧龍塞，天低碣石宫。官厨多海錯，民俗近山戎。漫道鄉書遠，春歸有北鴻。

七里灘作

雙笳引綵舟，嗚櫓下建德。既經漁浦口，還望定山色。沿流苦奔峭，入峽驚偪仄。寓目恣游觀，舉趾罷登陟。一酹嚴陵祠，清風邈難即。如何謝人徒，於焉解徽纆。

海東晚眺

暮春命巾車，言憩青溪涘。徘徊芳樹林，夕陽已在水。東望窮扶桑，波濤蕩地紀。日月互吐吞，雲霞幻奇詭。天吴晝不發，珠母宵疑徙。島嶼急樓船，春疇閑耒耜。鯨浪幾時平，漁歌處處起。

魏將軍歌

將軍家住金沙口，寶劍腰間氣射斗。肝膽無緣把似人，落日天寒山兕吼。眼看群盜如蜂屯，大圍城邑小圍村。散金椎牛饗壯士，誓欲滅此朝天閽。仙城數丈倚山立，前後重圍已十襲。將軍聞之髮衝冠，手招壯士横矛入。長驅絶叫披中堅，黑雲捲地沙漲天。流血染溪溪水紫，放聲似哭陰山前。城中無人救兵絶，壯士空拳志彌決。縱令殺戮略相當，賊退城完誰之烈。兒殁陣前不足悲，裹劍猶冀一窮追。旌竿忽折大星隕，玉龍半夜風雨催。君不見張睢陽，身死城亦亡。南八男兒徒嚙指，彎弓射墖恨空長。偉哉將軍父與子，博得城完酬以死。又是區區窮巷兩编氓，食禄何人僅爾爾。豪傑由來不顧身，寧容身後消爲塵。甲光皚皚白日暝，真氣應作河山神。嗚呼將軍既作河山神，願鞏邊塞奠神京。天子特賜頒大號，往來倘屬髯公營。

蘭陔詩話：將軍名昇，字大臨，仙遊金沙人也。父廣淵，散千金聽其結客學技擊。年十六，嘗一日斃三虎。弘正間流寇蜂起，奉檄勦捕，大小二十餘戰皆捷。興、泉二郡賴之。正德丁丑，寇犯仙遊，將軍率子瑞周及壯士林德泰、翁汝達、郭懷志、雷法英等十餘人進援。賊覘其少，蹴之城西半里許。將軍挺槊犯陣，格殺數百人，瑞周、德泰等皆戰死。將軍身被數十創，忍死力鬬。槊折，復奪刀殺賊酋數人。賊披靡遁去。仙城獲完。竟以創重，越九日而卒。讀此歌，猶覺凜凜有生氣。

夏日集高梁寺

一逕隔流水，沿洄到寺門。瓢分香積供，榻借給孤園。山雨來花氣，松風落鳥言。淹留未遽返，暝色下高原。

山　行

肩輿纔出郭，倚杖即看山。霜葉暗樵路，寒花悽客顏。石門通鶴柵，松嶺入雲關。去去紅塵隔，鳴琴時往還。

南　谿

斜風細雨半春朝，濯濯新栽嫩柳條。地迥誰留鶯不去，人間兼喜鶴能調。松花餉客過寒食，邛竹尋僧度野橋。試問雲芽今茁否，龜山此路不曾遊。

朱家相

字良輔，侯官人。萬曆十七年進士。除江陰知縣，調揭陽，再調長興。

送馮南雍量移德清尹

炎海憐孤憤，臨溪喜量移。才非黄綬吏，望重白雲司。桂栅渺然去，春江空所思。雲霄飛舄近，遮莫數歸期。

戴士衡

字章尹，一字鎮庵，洪謨孫，莆田人。萬曆十七年進士。授新建令，治行第一，擢吏科給事中，以爭國本謫戍。天啓初，贈光禄少卿。

蘭陔詩話：神宗晚寵鄭貴妃，儲位未定。公上疏請早定元良，指斥宮闈。會有援引歷代嫡庶廢立之事，著爲一書，名曰憂危宏議者，戚黨疑其書出自公手。鄭承恩上疏劾之，與全椒知縣樊玉衡目爲「二衡」。上怒，謫戍廉海，怡然就道。至廉，葺講舍，授徒十餘年。

柳湄詩傳：仕衡，長泰人，遷於莆田，弱冠登第，正直敢言，劾尚書石星欺罔不忠，輔臣趙志皋模稜不决。凡所陳論數十事，悉不能用。齎志卒。

送林孟鳴太守之衡陽

楚國風烟縹緲間，洞庭水盡見衡山。不堪草綠人南下，况復花開雁北還。芳芷欲紉騷客佩，明珠曾識使君顔。林前守廉州。柳亭五馬參差散，坐對流鶯自掩關。

過揚州偶成

廣陵濤色帶邗溝，世事驚心問野鷗。詞賦只今傳水部，風烟應不記迷樓，舊隄楊柳曾名曲，新嶺梅花半是愁。二十四橋看欲遍，簫聲明月爲誰留。

彭憲范

字正休，一字景從，甫曾孫，大治孫，俱見上。文質子，莆田人。萬曆十六年舉人。授交城教諭，遷翰林孔目，擢順天通判，歷户、刑二部郎中，出知雲南府，遷貴州按察司副使。有静樓館集。

謁楊升庵祠

草玄揚子是吾師，門外侯芭數問奇。一自昆明來逐客，山川花木入新詞。

吴文潛

字元翰，莆田人。萬曆中布衣。有元翰詩略。

邵武謝兆申吴元翰小傳：曹能始恒曰：「布衣而人真詩者，其元瀚哉？一授簡而槁如也。視之，則形廢而灰如也。」顧元瀚以聲詩起雄，乃今則以淨住稽白業焉，即四十有七年於此矣。而自其束髮，輒之吴之越、之燕之楚，以旅廬爲家室焉。家不浹旬，則又厭苦妻孥，戴笠而去。是以莆人士恒不得友元瀚。而元瀚所至，則莫不傾天下名矣。」元瀚者，莆産也，名文潛。其先則宋梧州刺史世延，徙吴塘家焉，是爲可塘族矣。始元瀚之散髮而牧羊也，不喜治書生業，乃顧持漢書、選詩誦，即羊已亡，不知也。比遊薊門，從江將軍作揖客，則又慨然拊膺曰：「丈夫不乃當封狼居胥哉？博塞挾策，胥一亡耳。」久之，客合浦。會某帥爲臺使者所治，而潛爲其守言之，得立解帥。帥則餽五十緡上潛壽，潛則卻之曰：「山民聞若冤，直爲吾故人守白之耳。奈何取若酬耶？」與之痛飲而别。蓋其遊於貴人也，殆於以身徼澤，而往往以取護遊，以無取護潔，故其遊能素勝。於是名士大夫相引重潛，以爲素交也。當其客嶺南鄧太史時，是時歐楨伯詫潛，謂：「黄孔昭之後，閩乃有子一人哉？」已而見徐茂吴，茂吴亦云。見屠緯真，緯真亦云。嗚呼，閩豈一人名詩，潛亦詎一人而名我閩哉？而潛於是聲則淡如也。日苦病，幾與死鄰，則從雲棲蓮池大師受具，又以病不能如酒律，於是乎白社有酒人矣。頃居武夷山，將以髮僧飲水吞檗，以除現業。而是時夜或不寐，則見黄衣童子持金字示之曰：「甘露長生松樹上，醴泉自到石橋邊。」蓋其境靈異如此。一日與家人訣曰：「吾期至矣，入深山荼毘耳。」乃留偈而别云：「夢即幻，悟亦非真，五蘊空中誰是？我本不生，今安有死？九蓮國裏總爲家，道道道。」夢青衣數十人，以爲閻羅天子所遣也。則膜拜毘盧而自維曰：「此心不動，生死者誰乎？」於是青衣乃散。而潛益寤寐乎蓮華藏矣。先是，潛幼時嘗浴於水，直溪漲，倏飄里許，見水光熠耀，中有人語曰：「子詩僧也。」俄而出潛水上。予蓋聞之，潛曰：「蓮池吾導師哉，吾何以不落陰界也，而詩與僧介焉。豈其餘此髮爲而不能入有餘土也。」是其爲灰如者，乃真潛也夫。謝生曰：「世有似詩，潛則允持。世有似僧，潛則善扃。因往弗變，塵沙惑現。若知含土，寐者斯寤。唯真不毁，於以無已。茂哉元瀚，詎隆予贊。」

姚園客云：元翰詩如吴兒度曲，丰韻可人。

蘭陔詩話：元翰性高潔，不喜狎。人戲呼爲「吴孔子」。晚皈心禪學，薙髮居武夷山中。其詩爲曹能始、林咨伯、林孟鳴諸公所稱許。嘗語洪仲韋曰：「余詩似鷓鴣」。仲韋問故，答曰：「所謂似鷓鴣者，『遊子乍聞衫袖濕，佳人才唱翠眉低』也。」誦其詩，幽情逸韻，依然晚唐遺響，自許亦當矣。

閩中錄：元翰遍遊名山，襟懷瀟灑，孤癖苦吟，詩不多作，時爲諸藩所重。中年後棄家學道，寄食武夷山中。後薙髮爲僧。

柳湄詩傳：按，曹能始茗上篇有舟中送吴元翰劍門山爲僧詩，「出門各有適，聚首一帆前。渡水恐將盡，入山推獨先。心隨劍峰斷，果與秋月圓。何似金陵客，西風吹馬鞭。」是元翰爲僧在萬曆二十九年。

對月懷塞上

海風吹月上邊城，曾斬樓蘭出塞行。朔漠天清沙失色，滹沱霜白水無聲。空中飛雁遥明滅，馬上征人半死生。黄鵠曲終歸未得，蛾眉雙照不勝情。

寒食

去年旅食在長安，今日蕭條春又闌。華髮多因愁裏變，青山半是醉中看。芹沾舞燕香初落，花染啼鵑血未殘。惟有五陵遊俠窟，紅樓不覺禁煙寒。

閩門懷古

故國遺墟控海流，錦帆無復引龍舟。潮生湘浦孤臣淚，雲帶蒼梧二女愁。玉璽不歸滄水使，松風亂起寢園秋。精靈空繞南枝月，漢將頻梟可汗頭。

過分宜故相宅

玉闌十二鎖江流，舊賜宜春夾水樓。今夜月明歌舞盡，西陵草樹爲誰秋。

閒　居

生長在貧家，囊山有孤屋。雖無十畝菑，年年禾黍熟。陂水繞舍流，桔槔挂林木。稚子畏逢人，上山抱黄犢。租税既還官，不愁風雨惡。西鄰粟盈箱，歲荒饒饘粥。窮老龐德公，棲棲鹿門宿。

孟浩然故宅

窮達皆吾道，非時合閉關。雖逢明主問，猶作布衣還。故宅滄江外，荒園古木閒。與君淪落意，揮淚鹿門山。

杜工部墓

公是征南後，艱危拜省郎。朝廷偏隴蜀，風雅變齊梁。杯酒湖煙黑，雲山塚樹蒼。斯文天未喪，萬古豈茫茫。

城西晚步同曹能始

西郊正春草，連歲此經過。長路閒人少，空山古墓多。燕遷鄰水舍，松剪故年柯。遥戀僧龕外，香煙點女蘿。

衡嶽九日同弟元卿

鴻雁蕭森楚塞長，去年漁獵尚鄰莊。我生雙鬢頻爲客，何處孤雲非故鄉。古寺松杉衡嶽雨，數家橘柚洞庭霜。花前懶縱西風眼，斑竹蒼梧恨渺茫。

武夷九日懷弟元卿

仙臺登望半思鄉，客裏茱萸懶繫囊。九曲人烟寒落木，一天鴻雁下斜陽。身無石髓長生藥，鬌有黄花昨夜霜。初斷世緣終有念，去年兄弟過三湘。據此詩則元翰在武夷山薙髮。

廬江道上懷林叔度

白門相憶酒家樓，今夜還乘剡曲舟。香稻青霜三户曉，疏楊紅葉一溪秋。頻爲楚客成衰鬢，久别山僧夢故邱。公子登高莫惆悵，主人不比古荆州。

建溪懷徐惟起陳仲溱

一溪紅樹著初霜，流水桃花憶阮郎。夢裏青山成隔歲，燈前白髮又他鄉。人家暮雨芙蓉國，客舍秋風薜荔牆。落葉今朝各南北，虹橋無路月蒼蒼。

北固别詹修之林元善

經過梁宋各凄然，城外看山夕照天。深樹昏鐘甘露寺，隔江烟雨廣陵船。愁中送客憐秋水，病後逢春惜暮年。莫道楊花無别恨，隨君飛度楚雲邊。

林春秀

字子實，一字雲波，古田人。萬曆間布衣。有枕麴集。按，嘉靖間侯官有林春秀，見卷二十二。

郡志：明古田林春秀，字子實，工詩，而名不甚顯，其詩有云：「迴巷短垣緣枸杞，古塘枯竹立鵁鶄。」「壁間寫遍籬花影，雲裏崩來水碓聲。」「野老眼經門刻字，漁郎親見水沉碑。」皆可誦。

柳湄詩傳：余文龍嘗言，春秀終身一扁帽。人强欲易之，則曰：「吾自分田野閒人，不敢側濟濟列也。」閩縣徐熥、徐𤊹僑寓古田，與春秀善，賦詩贈之。名山古刹，所至皆有題咏，至今墨跡猶存。

謝肇淛枕麴集序：「數奇流落，白首一經，操劍悲歌，氣填胸臆。其詩學博才雄，氣宏理約，操心深而寄興遠，風度飭而神情恬。至於歌行，渾泓蹀躞，步位不亂，尤得初盛之軌。」徐熥贈以詩曰：「何人能識醉中趣，獨我能留身後名。」春秀好飲，故名其詩爲枕麴集。又按，春秀性耽詩酒，家貧不得酒。邑人鄭子謦名鐸，别號黄花主人，與春秀爲詩友，家多良醞，日往飲，醉則詩狂不可禁。鄭度其量，造一壺刻「雲波」二字，至即盛酒飲之，三十年如一日。雲波，春秀字也。春秀次子逸夫，以孝聞，人稱林孝，徐熥爲之傳。

山居

但住溝西第五村，香秔釀熟少開門。家僮祗自爲樵牧，徑竹憑他長子孫。雨過曉山泉噪澗，花生春菜蝶穿園。抱琴客至棠梨下，卯酒猶醮藉柳根。

徐熥

字惟和，𤈤子，見上。𤊹兄，見下。莊父，閩縣人。萬曆十六年舉人。有幔亭集。入祀烏石山高賢祠詳父𤈤傳。

柳湄詩傳：熥家貧好客，人呼爲「窮孟嘗」。累上春官不第，年三十九卒。按，生於萬曆癸酉。素羡武夷幔亭君，遊萬年宫詩曰：「我亦曾孫今再世，夢中親御紫鸞車。」故以幔亭名其集。其詩爲長洲張獻翼、東海屠隆所推許。選福州明詩十二卷爲晉安風雅。又按，萬曆二十六年鹽運同知屠本畯與熥倡建高賢祠於福州郡治烏石山西，祀自唐至萬曆間閩中鄉先生善聲詩者六十餘人。其題名錄被無賴擊碎階除間，有「林泉生」三字、元時永福人。明國子監鄭定木主尚在。蒼續修烏石山志時，據康熙間魏憲鈔本錄出，日久乃知鈔本之僞。閲惠安縣誌，黄克晦與周朴同祀高賢，可知當時亦附流寓，則韓偓、陳陶諸人定必與焉。陳薦夫集有祭陳汝大閩縣陳椿、徐惟和、陳子卿莆田陳翰臣、林初文福清林章初名春元、王懋宣侯官王應山入高賢祠文，是徐熥死後又復增祀多人。按，懷安袁表入祀高賢，在六十餘人之内。魏憲所載多顯宦，非屠使君、徐惟和意也。烏石山志已續刻，不及更正，附記於此。

東際亭晚眺

虚亭蒼翠間，烟霞變奇境。微鐘起梵音，空潭自清影。行來竹靄深，坐久松風靜。冥然道心生，倏爾塵緣屏。吟眺猶未闌，殘陽在西嶺。

懷沈從先按，從先，沈野字。

與君未傾蓋，吴門費相尋。十日不能得，嗟哉誰知音。故人不我棄，題書貽空林。感此歲月異，傷兹年鬢侵。寥寥千古意，悠悠萬里心。花殘吴苑暮，月落楓橋陰。望君不可見，思君空自深。

哭林遜膚先生

先人同時交，什九泉下塵。遺老獨有君，倏然返其真。君今歸黄壚，不患無所親。世上少相識，泉下多故人。生交有聚散，死交千萬春。死者足相樂，生者徒悲辛。

古　怨

當時初嫁君，貌比楊花好。今日與君離，貌比楊花老。楊衰能再榮，妾貌終枯槁。君如記妾舊容華，但看明年楊白花。

破鏡行爲陳大賦

美人有寶鏡，價值千萬金。曾與郎君同照影，又與郎君同照心。一朝分散如萍梗，此心雖同不見影。金刀剖處鸞鳳分，十年蹤跡不相聞。可憐兩人持一片，此生何處重相見。勸君對此休自悲，神物會合終有時。

病中遲陳道育不至

幽齋啼暮禽，扶病自沉吟。孤燭當殘夜，疏鐘動遠林。月窺松隙小，雲閉竹房深。空有懷人意，杳無車馬音。

過白雲寺

尋僧到白雲，便覺遠塵氛。古道少人跡，流鶯處處聞。泉聲歸澗寂，山色過橋分。坐聽疏鐘起，空林正夕曛。

故黎平太守袁公輓歌按，即袁表。

誰知五馬客，竟作九原人。出郭有魂氣，還家惟影神。墓中難待曉，地下不行春。斯世無同調，悲歌淚滿巾。

送楊太學之金陵

勞歌動別筵，酒散各雲天。折柳當春暮，看花正少年。鶯聲孤店月，草色六朝煙。無限懷人意，金陵何處邊。

同微公元真興公弟至鼓山

看山俗慮清，况復與僧行。徑密草交色，林迥鳥換聲。披雲孤衲重，掛月一瓢輕。不用憂迷路，燈光見化城。

甲午汶上除夕

旅館逢除夕，空懷故國情。荒村三户寂，土屋一燈明。臘逐鷄聲去，春隨馬足生。客中非守歲，自是夢難成。

送興公弟游吴越

獻書予未遇，彈鋏汝何依。片刺投人拙，諸侯禮士稀。出門家累斷，爲客衆愁歸。不必羞貧賤，詩名在布衣。

雨中屠田叔使君招集烏石山，同錢尗達、陳幼孺、王粹夫、曹能始、興公弟

選勝坐危岑，山高紫翠深。受潮千澗滿，翳雨半峰陰。衣中春寒薄，鐘過暮靄沉。使君行役近，猶不廢登臨。

嵢峽道中即事按，在南平縣。

臘盡天猶暖，林深翠未凋。石多盤谷口，路半出山腰。雲氣愁當岫，灘聲怒過橋。郵亭看尚遠，落日見歸樵。

鶩湖晚行

一徑入莓苔，前峰夕照催。饑烏繞樹去，乳犢出林來。山色自然秀，野花無意開。村村足幽趣，差得少遲迴。

高賢祠成答屠使君按，烏石山高賢祠，熥與屠本畯同建。

廟貌壯千秋，英靈託一丘。藻蘋無俗客，香火總名流。白骨化已久，清魂吟未休。預知百歲後，同得此中游。據此則屠使君死後亦當入祀高賢祠。

西湖泛舟

夕陽簫鼓起中流，十里芙蓉兩岸秋。荇帶亂縈青雀舫，菱歌低度白鷗洲。吴山積翠斜侵郭，越女凝妝盡倚樓。三竺鐘聲聽漸遠，半江微月送歸舟。

經黄河寄懷陳平夫按，平夫，邦注字。

隔岸驚聞伐木歌，櫓聲摇月下黄河。六溪晝静梧桐冷，三徑春深芳草多。滿路繁霜凋客鬢，半江寒雨夢漁簑。思君不奈風塵遠，夜夜愁心逐逝波。

送趙仁甫司理左遷之京按，仁甫，世顯字。

十載功名歎積薪，風波萬里一孤臣。江潭此日歌漁父，宣室何年問鬼神。自是蛾眉終見妬，豈知龍性故難馴。邇來詞客方多難，莫向長安逐酒人。

中秋飲西湖澄瀾閣觀妓按，澄瀾閣在福州西湖。

八月秋風冷芰荷，西山爽氣晚來多。千重樹色濃於染，十里湖光淡似羅。白社共酣桑落酒，紅裙齊唱竹枝歌。今宵若得君平卜，知泛星槎入絳河。

宿鼓山寺方丈

維摩丈室絶塵氛，坐對珠龕演梵文。松際窺人孤嶂月，山中留客半牀雲。疏鐘出寺過林隱，怪鳥啼春徹夜聞。真性由來愛空寂，名香親向殿前焚。

孤峰天畔削芙蓉，入夜遥看紫翠重。一片禪心千澗水，五更塵夢數聲鐘。雲生淨土龍歸鉢，露冷空壇鶴唳松。借宿僧寮經幾載，蒼苔埋卻舊遊蹤。

寄贈屠長卿儀部按，屠隆曾入閩居烏石山半嶺園。

姓名曾註玉皇家，吸盡遥天五色霞。一點真陽封土釜，六時神水轉河車。黄冠是日居蓬島，紫氣中霄隔若耶。莫道相逢期太晚，於今佳讖有龍沙。

吴閶吊高季迪太史

吴門燈火正黄昏，讀罷遺編溼淚痕。五字幾人傳故業，一杯何處吊吟魂。秋風茂苑留荒草，暮雨寒山泣斷猿。欲向居人問封土，衣冠未必葬家園。

聞人仲璣卜居西湖詩以寄之

卜築南屏第幾峰，烟霞長日伴遊蹤。橋頭柳色湖心月，郭外潮聲寺裏鐘。數載宦情同失馬，千秋絶技羡雕龍。蘭橈竹杖頻來往，十里荷花九里松。

萬年宫按，在武夷山。

萬年宫殿魏王居，瑶草琪花滿玉除。壇下餘腥猶漢代，巖頭遺蜕是秦初。客從雲水求丹訣，帝遺風雷護簡書。我亦曾孫今再世，夢中親御紫鸞車。

春日同尗達、女大、惟秦、幼孺、粹夫、能始、興公集無競南郊水亭 按，陳仲溱字惟秦，王毓德字粹夫，袁敬烈字無競。

布穀聲中醉倚欄，夕陽山色隔簾看。青團柳葉春煙薄，白散梨花暮雨寒。燕壘泥香芳徑晚，魚梁痕淺小池乾。只因地僻稀來往，門外低枝欲礙冠。

邀黄仲高、張孺愿、錢尗達、張公魯、陳女大、陳女翔、陳惟秦、王玉生、陳幼孺、王粹夫、顔廷愉、曹能始、興公弟雨中集萬歲寺，即席送徐仲和歸錢塘 按，尗達杭州人。

共酌醍醐送客還，晚風吹雨暗禪關。綠波春草長途別，白社蓮花半日閑。家望雷峰煙外塔，夢迴天竺月中山。淨瓶分得楊枝贈，垂柳臨岐不用攀。

不寐感懷

杜宇啼殘漏正長，滿林斜月到匡牀。浮生寤寐皆成夢，舊事悲歡總可傷。知己未亡琴廢軫，雄心猶在劍銷芒。枕前二十餘年淚，半在他鄉半故鄉。

與吴元翰話舊按，莆田吴文潛，字元翰。

久客還家歎敝裘，對君猶自起離愁。數莖白髮尊前淚，九曲青山夢裏遊。松徑夕陽秋繫馬，竹房疏雨午啼鳩。明朝又作匆匆别，目斷西風獨倚樓。

廣陵七夕聞歌有懷

每看秋水憶臨波，况值天孫夜渡河。衣上餘香懷賈女，竹間殘淚怨湘娥。書從薊北傳來少，夢到江南别後多。二十四橋橋畔月，不堪重聽遶梁歌。

真州逢謝在杭司理按，在杭，梠外孫。

蕭蕭書劍傍風塵，况得天涯骨肉親。半夜斷猿知己淚，經年羸馬異鄉身。飄零湖海愁歸客，憔悴江潭問逐臣。此日世途君自見，莫將青鬢歎沉淪。

姑蘇懷鄭翰卿按，翰卿，琰字。

十年蹤跡遍天涯，散盡黄金滿狹斜。莊舄豈能忘越國，莫愁原自屬盧家。孤鶩白嶽啼哀柳，匹馬青樓過落花。日暮思君心獨遠，片帆江上阻蒹葭。

自題小像

平生非俠亦非儒，半世閒遊七尺軀。卻爲疏狂因偃蹇，未忘柔曼轉清癯。違時傲骨貧猶長，對客詩腸老漸枯。五字吟成心獨苦，不知身後得傳無。

趙仁甫別駕解官，歸自夔府，招同陳履吉、陳平夫、陳振狂集侶雲堂

草堂新築白雲間，招得荷衣客往還。北海芳樽傾魯酒，西牕殘燭話巴山。林花乍落三開徑，園柳初成五映關。蓮社正稀泉石侶，愛君青鬢肯投閑。

軍城早秋

落日荒城起暮笳，蕭條秋色滿黃沙，一聲胡雁西風裏，十萬征人盡憶家。

送鄭翰卿遊燕

慷慨辭家事北遊，黃沙萬里使人愁。市中擊筑悲歌日，爲覓荆卿舊酒樓。

大夢山前片月孤，送君走馬入燕都。黄金臺上生秋草，猶有當年駿骨無。

烏石山訪虚公按，即太虚上人。

飛錫何年住此山，長松修竹掩禪關。斜陽影裏暮鐘發，三十六峰煙靄間。

代鄭翰卿閨人秋日寄遠

良人何事滯京華，日醉青樓不顧家。獨宿空閨今幾載，又驚秋色上蘋花。
梧桐葉落火西流，君住長安又一秋。莫向邊庭思繫虜，書生從古幾封侯。

滸墅關懷王百谷

楓橋西下夕陽斜，重到關門問酒家。記得當年分别處，一船秋色載黄花。

汶上感舊

汶水匆匆唱渭城，春風一别數年情。知君本是飄零客，未必重逢在此生。

郊行

日暮空林野鳥歌，新墳古塚滿山阿。不知白骨埋多少，依舊青山四面多。

題興公畫山水

古木蕭蕭蔭溪曲，滿山蒼翠飛林麓。扶笻行過小橋西，隱隱書聲出茅屋。
山色蒼茫煙水深，小舟撑出綠溪陰。一竿獨釣中流影，誰識悠悠隱者心。

黄洪鸞

字協夢，一字少坡，莆田人。萬曆中諸生。

横山雜咏

山從平野起，石是隔川來。不數愚公谷，還疑嚴子臺。嶺雲低拂樹，江月近臨杯。何處麋麂叫，蕭蕭萬木哀。
孤嶼人稀到，春眠户晏開。茶煙初出竹，花影已登臺。僕爲尋僧出，書因借吏裁。落紅長不掃，半是惜苺苔。

翁正春

字兆震，又字青陽，侯官人。初爲龍溪教諭，萬曆二十年廷試第一。授修撰，累遷少詹事，拜禮部左侍郎，改吏部，掌詹事府。天啓元年起禮部尚書兼翰林院學士，乞歸，特加太子少保。年七十二卒，謚「文簡」。

柳湄詩傳：閩書載：「漳州太守夢明歲狀元出龍溪。正春爲龍溪教諭，因勸駕使人雕骰子蒲采，命士子群擲之，正春先擲，而采先在正春手。」又云：「龍溪人望見五色雲出。」歷代狀元皆有異讖，不足信也。按，正春萬曆三十一年順天鄉試副考官，著有翁青陽奏議。今侯官洪塘狀元街，即其宅也。天啓間年七十，再疏乞歸。帝以正春嘗爲皇祖講官，特加太子少保，賜勑馳傳。時正春母百歲，奉觴上壽，鄉閭艷之。未幾卒。墓在侯官妙峰山。崇禎初謚「文簡」。董崇相先生云：公生平孝友勤厚，自爲教官，已能推贍兄弟。凡父族母族、親戚知交，歲時衣食、生死喪葬之事，無所不用其情，而尤善奬鄉里後進。風儀峻整，嶽然山立。與人談終日，不得一狎語。倦無傾倚，暑不裸裎，手不出懷袖，目無流視。對之者肅然加斂，而内無城府，一切佻達輕薄、占風候氣、炎涼向背之態，不形諸其躬。事所可爲，亦毅然必往。人有可薦必薦，不顧時局。此公平生之大致也。竹牕筆記：「公無子，嘗曰：『人所易者，我所難。』」據此，則翁登彦詳洪塘鄉先生小傳。乃公嗣子。道光壬辰夏，洪塘狀元街翁青陽舊宅樓圮，於複壁中得名字畫，皆青陽手跋，有『桂林一枝』印記。」

戊申仲春偕趙席珍、李長卿遊妙峰，予以使事還朝，悵然賦别按，妙峰山在福州西江。

未訪招提二十秋，風光還似昔年遊。曇花落砌紅於染，慧草牽衣翠欲流。梵偈經聲空外得，山容水色雨中求。王程延衮勞人甚，未得鄉閭一日留。

首夏

春歸餘淑氣，夏首尚微和。麥翠曉煙集，天清夜雨過。閑花向日早，高樹受陰多。看此薰風至，應吹帝子歌。

史繼偕

字聯岳，一字世程，朝宜子，繼倬、繼倫、繼佃兄，廷昺父，晉江人。萬曆二十年廷試第二人。以榜眼授編修，歷擢南京吏部侍郎，户、禮、工三部尚書，改禮部侍郎、詹事府，晉禮部尚書兼東閣大學士，預機務。萬曆四十七年會試正考官，天啓初加太子太保、文淵閣大學士，晉太子太師，加少保、少傅，告歸。崇禎二年即家加少師兼太子太師。卒年七十五，謚「文簡」。

王德會、蘇宏家登西山絶頂同咏

崑崙一脈數千里，直到西山不肯回。須識居庸關外路，劃然中斷果何來。

洪啓睿

字爾介，有第子，南安人。萬曆二十年進士。以傳臚授禮部主事，陞郎中，擢浙江按察司副使，領提學道，遷布政使。按，萬曆二十年狀元、榜眼、傳臚皆出福建。柳湄詩傳：南安洪氏本巨族，明萬曆後登第者十人。洪啓聰主廣西試，洪啓初主雲南試。又洪啓睿事跡詳通志。

雨宿上方館

寒雨暗僧牕，遊山適睽候。僕人語夜闌，躁急雜咀呪。豈知淨絶景，正在一雨後。硋硋路旁車，塵氛滿斥堠。昏旦戒櫛沐，程途限奔走，身任簡書勞，束縛復馳驟。何如心境閑，擁被聞新溜。初陽鳥聲多，一杖雲中扣。

丁啓濬

字亨父，一字哲初，自申從孫，見上。偉祖，晉江人。德化籍。萬曆二十年進士。歷吏部郎、南京太常少卿、刑部侍郎。

良鄉夜宿

蕭蕭匹馬暮，古驛一燈深。夜氣郊坰外，人烟村樹林。薄寒猶別意，微雨又鄉心。去住尋常事，其如思不禁。

閩中錄云：哲初始無詩名。有客至其地，友人林茂之謂之曰：「亦知此處有『古驛一燈深』之句乎？」相與吟咏，求得全什。真可以酬哲初於九京矣。

侯官　郭柏蒼　楊浚　錄

謝肇淛

字在杭，汝韶子，見上。長樂人。萬曆二十年進士，除湖州推官，移東昌，遷南京刑部主事，調兵部，轉工部郎中，出爲雲南參政，升廣西按察使，歷左布政使。有小草齋集。

竹窗雜錄：謝在杭司理吴興時，太守北人，極忌諱氏問，不許衣白。或出而遇白衣者，輒置之法，不少寬假。因前守卒於官，甫莅任，盡撤其堂宇廨舍，掘地數尺，重爲架造，勞民傷財，民患苦之。在杭作吴興竹枝詞數首，末有云：「五月新絲白勝棉，輕羅織就雪花鮮。爲郎制得雙襠子，官府頭行不敢穿。」又云：「臘盡春生年復年，望郎長在太湖邊。水門不閉聞簫鼓，回避黄堂採木船。」太守聞之頗不悦。時當計吏，竟陰中之，調爲東昌司理。然民間盛傳其詩爲口實也。

靜志居詩話：在杭格不聳高，而詩律極細，其持論亦平。如于鱗、元美、敬美、子與、伯玉，皆所傾心。漫興詩云：「徐陳里閈久相親，鍾李湖湘非我鄰。丸泥久已封函谷，怕見江東一片塵。」「徐指孝廉惟和、山人興公，「陳」謂文學汝大、孝廉幼孺、山人振狂。是時竟陵派已盛行，而在杭能距之。又云：「石倉衣鉢自韋陶，吴越從風赤幟高。若問老夫成底事，雪山銀海瀉秋濤。」此則在杭自任匪淺矣。

柳湄詩傳：肇淛，徐𤊹外孫，風格峻整，推賢樂善，清奇好古，尤多著述。詞清而雅，義博而顯，爲世所重。著小草齋、遊燕、下菰、鑾江、居東諸集，又小草齋詩話、五雜組、文海披沙、北河紀錄，共數十萬言。

九日鄭翰卿、震卿招遊南高峰按，翰卿，琰字。震卿，琰弟。

鄭琰兄弟皆不偶，攜我登高飲美酒。已知意氣世無雙，更堪令節逢重九。露冷空林葉槭槭，柳洲亭畔殘荷泣。樹杪寒蟬作瀑啼，水邊怪石當人立。峰迴路折日已晏，忽驚身在諸天半。斷續鐘聲出白雲，微茫塔影挂蒼漢。蒼漢雲飛風怒號，嵯峨石壁插天高。俯視萬峰無顔色，却顧大海生波濤。波濤撼山塔欲動，丹梯百級勢尤聳。日月長懸舍利光，山河幻作菩提種。環望東西十四州，黑丸點點如浮漚。興亡人世幾千載，惟有山色長清秋。君歌鸚鵡賦，我典鷫鸘裘。人生得意須盡醉，莫令黄花笑白頭。

苕溪草堂雜興

六月雨意好，松風鳴未休。虛亭不受暑，疏竹已成秋。藤護花間石，山當池上樓。頹然高臥處，便作少文遊。

武夷謁王司祠

遺廟魂何在，行人淚未乾。血應芳草碧，心共遠山丹。斷壁龍蛇老，空碑科斗殘。西風吹大樹，猶帶陣雲寒。

賦得新柳送別

短岸復長隄，黃輕綠未齊。曉風吹不定，春雪壓常低。草細偏相妬，鶯嬌未敢啼。年芳君莫問，日落灞陵西。

明　妃

鳳闕君恩斷，龍沙暝色愁。却憐胡地月，猶是漢宮秋。白雁驚霜去，黃河入塞流。佳人獨薄命，淚盡海西頭。

戊申秋日登鼓山宿白雲廨院，憶舊遊呈徐興公

寶地枕靈峰，閑雲逐户封。夜潮半江水，寒雨五更鐘。野色不到寺，秋聲多在松。風塵二十載，何意復相從。

泊東光

獨夜宿江鄉，孤城水一方。秋聲兩岸雨，月色滿隄霜。芳草知年暮，空村見歲荒。烽烟三輔近，極目斷愁腸。

姑蘇懷古

吴王舊國野花開，歌舞銷沉事可哀。響屧廊中香骨冷，姑蘇臺上霸圖灰。荒城日落鷲烏亂，南國霜深迫雁迴。明日寒山西去路，鐘聲夜半渡江來。

送程彥之遊塞上

擊筑休歌行路難，壯心直爲斬樓蘭。風吹紫塞草欲盡，馬蹴黄河冰未殘。楊柳笛中秋雁斷，芙蓉匣裏夜龍寒。功成露布鞍前草，應在祁連絶頂看。

蕪城懷古

夾城衰柳浪花浮，猶憶當年帝子遊。螢火不知金苑夕，江聲空帶錦帆秋。曲池灰盡銅駝泣，寢殿花飛玉碗愁。二十四橋俱寂寞，斷腸明月照揚州。

過隋宫

玉鈎金屋事淒涼，夜夜愁雲過苑牆。王氣已隨歌舞盡，山花猶作綺羅香。宫城寒雨鳴黄葉，輦路悲風起白楊。最是無情江上燕，獨啣春色上空梁。

宿吴山寄長安舊人

春時相送出燕都，秋到江南一字無。半夜寒燈數行淚，滿天風雨下西湖。

寒食山中

白雲流水淨含沙，傍水斜陽三兩家。一夜山中寒食雨，杜鵑啼落刺桐花。

發真州別諸子

折坂無安蹄，風林少寧翼。頹波既東徂，熹光復西匿。行子逐轉蓬，朝旰不遑息。擬垂邗江綸，仍脂薊門軾。仰送鴻雁翔，俯攀楊柳色。別緒若絲棼，欲言涕沾臆。早歲負好修，中道遭反側。行止信盈虛，風波安終極。白璧委精光，何當重拂拭。揮手從此辭，他鄉復異域。贈君以孟勞，持此長相憶。

寒夜感懷

凛凛歲云暮，歸鴻浩南征。客心渺天末，役役哀吾生。撫劍中夜起，碧宇何淒清。霜氣襲四野，素月流前楹。寒燈黯欲滅，万籟闃無聲。且奏思歸引，淚與朱絲并。調孤絃易絕，山鬼徘徊鳴。浮生無期別，離恨何時平。

秋日邀龍君御同鍾伯敬、林茂之賦詩，君御將赴湟中

營道寡高操，大音謝俗機。誰云京洛塵，而能緇素衣。前蹤既云邈，後會安可希。斗酒自斟酌，蟹螯秋正肥。南陸有殘暑，西山無留暉。不知松際月，已挂花間扉。雜坐忘磬折，緒談聞芬菲。君今赴河湟，戎馬生郊畿。紅顏誰見賞，青雲願多違。舊歡意未浹，新離淚仍揮。余亦倦遊者，因之歌式微。

折楊柳

青樓大道傍，垂柳復垂楊。白馬黃金勒，春風何處郎。柔枝縈素腕，香絮裛啼妝。看盡年年別，曲終空斷腸。

丙申書事

羽檄飛千里，天災及兩宫。君王聞罪己，社稷付和戎。海汛乘春急，山田望歲空。孤舟有嫠婦，灑淚五湖東。

十月吴江舟中晚望

年年改歲長爲客，無奈愁心付酒缸。寒雁背風歸越渚，孤帆帶雨下吴江。黄知霜後柑三寸，白起沙邊鷺一雙。日落洞庭天似水，青山無數入雲牕。

送孫子長之滸墅按，孫昌裔字子長。

度支使者榷吴關，飽看姑蘇郭外山。税減任教商舶過，吏稀長對戟門閑。灣中銷夏留僧住，橋上行春載鶴還。西望吴興衣帶水，舊時玉筍已成班。

錢唐逢康元龍

黄梅細雨暗江關，我入西吴君欲還。馬上相逢須盡醉，明朝知隔幾重山。

雨中度北峽關

溪流屈曲路巉巉，細雨斜風轉不堪。惟有馬頭雲霧裏，青山一片似江南。

淮上重送永奉

輕黄柳色緑煙含，欲折行人自不堪。兩岸梨花寒食雨，孤舟今夜泊淮南。

夏日東城蓮花樓

按，在福州郡治東城上。謝在杭詩皆熨貼和雅，録之以備遊眺。

古堞遥遥百尺樓，高山排闥坐消憂。雲迷平楚高低樹，風送寒潮遠近舟。黄鳥啼殘荒苑夕，碧蓮香盡曲池秋。斜陽欲下歸鴉急，醉倚松門看月流。按，郡治城上樓也，以對蓮花峰，因名。

普光塔

按，普光寺，熙寧五年建，有塔五級，洪武間增爲七級。

偶隨清磬掠鷄園，黄葉聲中佛火昏。古殿煙埋金碧相，空壇雲濕寶花旛。庵因近市無閑地，僧爲休糧不出門。茆榻竹房相對語，也勝車馬日喧喧。

春日登萬歲浮屠

按，在福州郡治九仙山，俗呼白塔。

高臺突兀俯層巒，百丈懸蘿客到難。海上東風春意早，山中歸鳥夕陽殘。雲連塔影摩天近，松撼潮聲入寺寒。欲得空門息塵累，從君醉倚石欄干。

過法海寺按，在福州郡治九仙山之陰，舊名羅山。

當年甲第倚雲開，此日鷲登般若臺。金地已成新法界，羅山還屬舊如來。春深別院無歌舞，水落寒池有刼灰。二十年前讀書處，題名强半没蒼苔。按，嘉靖壬午舉人高敘請於御史臺，廢法海寺爲宅。湯沃金身，覆以濕紙，刮其金箔燒煉成金。佛像高大，所獲真金無算。後患惡瘡，皮膚盡剝以死。寺地入藍侍御濟卿家。萬曆二十七年，侍御孫沂復捨爲寺。

集越山庵按，在福州郡治越山，舊爲華林淨室。

嚴城高控萬松間，草結團瓢竹映關。一片落花林外路，數聲啼鳥雨中山。僧來共證三千里，客過時偷半日閒。霸業消沉王氣盡，寒雲空逐夜鐘還。

遊宿猿洞按，在福州郡治烏石山。宋皇祐三四年，大築城，隔於城外。

城南怪石高虎踞，春草纍纍長新墓。薜蘿無主洞門扃，曾是先朝宿猿處。湛侯當日拂衣歸，卜築喜就城南陲。菡萏香風垂釣處，荔支寒影對僧時。干旄動枉刺史駕，巖壁盡勒詞人詩。蒼苔滿目空延眺，荒骨遊燐夜相照。一片孤城有鳥啼，千年古洞無猿嘯。我來剔蘚辨遺文，正值春初山吐雲。風流文采知何處，白楊蕭蕭那忍聞。

壬子元日登絓月蘭若 按，在福州郡治神光寺後。

春動冶城南，捫蘿穴遍探。開年新蠟屐，絓月舊精藍。野色青猶逗，林光綠已含。布沙初作逕，依石欲成嵐。寺廢多餘地，僧閑不出庵。香留殘歲火。樹剩晚冬柑。柏葉杯應禁，蓮花座可參。欲將如願祝，長日傍瞿曇。

棲雲庵 按，在福州湯門外金鷄山之巔。

小寮幽竹絕塵氛，路入溫泉野色分。地僻不聞僧院磬，山低時度女牆雲。隔江烟火孤村嶼，繞郭松楸十里墳。王氣鷄聲俱寂寞，曲池霜葉落紛紛。

經文殊廢寺 按，文殊般若寺在福州東門外東山。

千年靈塔委金沙，憔悴前朝古柏斜。石礎尚留青蘚篆，墓門空鎖白楊花。佛銷寶相埋秋草，僧散齋堂餒暮鴉。石馬玉魚零落盡，行人猶說梵王家。按，成化七年，閩縣進士倪組利其寺後產金沙，毀佛像，繫以鐵鍊，沒入池中。長老望空拜禱投水死。組晚年得子，博奕飲酒，財產蕩盡，尋亦爲僧。

遊聖泉寺按，在福州東門外。

東山開寶刹，傳是景龍年。野徑緣溪遠，層峰繞郭偏。錫飛初得地，禽戲忽成泉。竹老陰常覆，松枯脈暗穿。鹿分甘露水，龍出講經筵。香闕諸天近，霜鐘萬壑傳。沉灰原有刼，滄海已爲田。雲鎖門雙塔，林圍屋數椽。哀濤驚鶴夢，敗葉擁僧眠。霜落祇林樹，苔深法座蓮。稀聞來杖屨，誰復布金錢。廢洞迷靈跡，殘碑失古鐫。六時荒院磬，一炷斷爐煙。鐵像他寮寄，珠幡盡日懸。樵人尋舊址，行客吊新阡。趺藉蒲團穩，登知蠟屐便。悲風初廣莫，殘照且虞淵。碧殿猿啼裏，玄巖鳥道邊。城陰浮薄靄，燒影引歸鞭。回首興亡地，空林咽暮蟬。

九日登鼓山經廢寺

四壁霜飛猿嘯哀，風高木落氣悲哉。江南秋色關河動，海上浮雲天地迴。幾字殘碑眠亂草，千年流水注空臺。邱山人代成今古，萬事傷心涕淚催。

登大頂峰按，即屶崱峰。

咫尺清都近可攀，濤聲秋色老空山。蟻封隱見圍千雉，螺髻微茫指百蠻。絶壁刺天無鳥度，半巖採藥有僧還。東南霸業蕭條盡，流水荒臺石蘚斑。

宿鼓山禪院

上方寂寂鎖蒼藤，門掩雙峰最上層。半嶺松濤千嶂雨，數行香篆一龕燈。寒潮應月喧殘寺，獨鶴眠雲伴老僧。塵夢欲醒鐘磬動，泠然心地證三乘。

靈源洞答徐興公

蹩蘁橋上雁聲哀，極目平蒿古殿灰。幽洞忽排山罅入，小庵斜倚石門開。題殘蒼蘚看誰辨，喝後靈泉去不迴。十九年前曾宿處，佛燈猶照講經臺。

夜渡馬江

新寧過不遠，大江若天劃。盈盈百餘里，待潮復待汐。孤舟同海門，豁然乾坤白。石馬不可見，浪花三千尺。時聞欸乃歌，中流汎空碧。晨鷄喔喔鳴，依稀辨城陌。風波愁人心，安能久爲客。按，新寧即長樂。

西湖觀競渡

一曲湖如鏡，輕舟隱芰荷。況當懸艾節，共聽采菱歌。棹影群龍戲，濤聲萬馬過。楫飛晴散雨，鼓急水驚波。藉草紅裙密，鳴榔錦袖多。戰酣殘暑失，酒醒晚風和。勝事追河朔，英魂吊汨羅。人歸纖月上，良夜樂如何。

洪山寺 按，在侯官縣西洪山橋旁。

山下洪江江上村，江雲山靄共黄昏。早潮歸去暮潮到，一片寒聲繞寺門。

遊西禪寺 按，在福州西，即長慶寺。

城西十里路，春樹變鳴禽。遠寺尋鐘入，山僧避客深。雨花天外落，石榻洞中陰。悟得空門意，吾生已陸沉。

過陳述古故居按，在福州古靈山。

蕭條曲徑鎖秋煙，異代衣冠尚儼然。自向木屏書世系，誰從秘閣講遺編。連雲甲第餘雙碣，漏日茅茨祇數椽。惆悵古靈山下路，聞孫自種鹿門田。

登圓峰閣謁馬仙祠按，在侯官西唐舉山。

危峰俯控碧溪横，紺殿高標接大清。樹杪雲沉千嶂色，窓前風咽亂濤聲。道人禮斗書丹籙，里婦祈靈乞化生。鸞鶴不歸春寂寂，白沙如雪暮帆平。

次丁山俗呼太平莊。按，在侯官大目溪，路通雪峰山。

竹籬秋露豆花殘，爲愛幽人問考槃。路轉亂峰孤鶴徑，門臨野水一漁竿。平田黄犢歸村晚，落日蒼龍繞屋寒。半夜溪聲滿牀月，不知身已宿雲端。

遊雪峰按，即象骨峰。

古刹高臨象骨峰，客來下界已聞鐘。摇空塔影依雙樹，捲雨濤聲吼萬松。百里遠山皆貼地，四時積雪盡成冬。木毬不動香臺冷，猶有殘碑蘚未封。一從飛錫亂峰巔，寶地香燈七百年。水轉山田無雀耗，雲歸石洞有龍眠。牕前池蘸千秋月，海外潮通半壑泉。勝事只今俱寂寞，殘經空鑠講堂煙。

夜泊小箬溪按，在侯官西。

小箬溪邊秋水生，野帆如葉暮雲平。傷心望盡江南路，月滿蘆花雁一聲。

經玄沙廢寺按，在侯官縣北，即飛來峰也。

斷鐘古瓦掩頹垣，百畝檀林盡蔗園，人向亂蘆尋野徑，僧同病葉臥山門。香烟夜燼金猊凍，禾黍秋高石虎蹲。布地開壇消息斷，一溪霜月照啼猿。

登昇山按，即任放飛昇處。

翠微高控大江迴，寂寂僧寮晝不開。古寺尚傳陳建置，孤峰疑自越飛來。龍蛇石上留殘篆，鷄犬雲中有舊臺。紫竹碧桃零落盡，玉田無主鶴聲哀。

渡馬江

秋水淨於拭，扁舟鏡裏行。月當山罅出，雲近海門生。龍睡空江冷，潮歸野渡横。棹歌中夜遠，漁火不分明。

桃枝嶺

按，即長箕嶺，在侯官縣北，通羅源、古田。

不識桃枝路，聊爲出郭行。山郵迷遠近，嵐靄互陰晴。碑蝕苔間字，泉添雨後聲。亂峰青似簇，一半不知名。

拜黄勉齋墓

典型猶在望，異代更誰論。馬鬣孤墳在，鷄碑十字存。野田侵墓道，寒燒燎松門。蘋藻何人薦，傷心問九原。

石牌庵

按，在懷安四都，去府城北三十里，與黄勉齋墓道石牌相近，因以名庵。萬曆初建。

小寮低對遠山佳，猶記先賢舊石牌。五尺團瓢依緑蔭，半林方竹俯丹崖。木魚夜動聞僧課，蔬甲春肥供客齋。漏轉蓮花心地寂，一天霜月滿苔階。

過林洋寺按，在侯官縣四都。

叢林一片掩垂藤，敗鐵生衣石闕崩。夜雨孤村聞斷磬，春畦隔水見歸僧。山荒荆棘無鄰近，嶺隔桃枝少客登。寂寞茅茨餘四壁，霜風時打佛前燈。

宿九峰寺按，在侯官縣北。

歷遍崎嶇翠萬重，夕陽已挂寺門松。牕前平楚諸天界，雲裏青蓮九疊峰。寶地半區誰布席，殘僧數口盡爲農。開山尚有宗風在，凄斷齋堂五夜鐘。千盤鳥道數重溪，昏黑藤蘿路欲迷。門牓尚題前甲子，山雲猶護古招提，松翻暝雨當空落，瀑捲晴虹繞寺低。隔盡萬峰誰得到，平林一片鷓鴣啼。

登臥龍山觀品石按，在侯官縣湖前亭之北。

孤峰龍臥俯郊坰，萬壑松雲繞郭青。徑轉蒼林曾有寺，苔侵翠礎已無亭。懸巖半蝕蟲書篆，怪石猶存品字形。白馬西迴蓮座冷，至今空自説箋經。

遊壽山寺按，壽山去福州郡城八十里，與芙蓉、九峰二山對峙。

隔溪茅屋似村廛，門外三峰尚儼然。丈室有僧方辨寺，殿基無主盡成田。山空琢盡花紋石，像冷燒殘寶篆煙。禾黍鷄豚秋滿目，布金消息是何年。

遊芙蓉洞按，芙蓉峰在侯官五六都。

山荒洞窅問難憑，却逐畬人步步升。樵斧劈開初有徑，土牀澌盡久無僧。鼪鼯避炬穿泉脈。蝙蝠衝雲拂石稜。鳥道插天崖穴邃，從來能有幾人登。

遊方廣巖按，在永福縣東七里。

鳥道千盤一徑微，竹林蒼翠濕人衣。風傳絶壑初聞磬，室倚懸巖不掩扉。石底暝雲排闥入，空中晴雨作簾飛。秋深燕子還相戀，棲盡寒條不肯歸。

峰如懸玉路如繩，行到諸天幾百層。巖敞全吞松杪寺，林幽時吐夜深燈。泉滋洞里長生樹，雨濺牀頭入定僧。閑倚闌干看下界，半空烟霧鎖蒼藤。

虛堂高枕北風涼，返景時看過隙光。雲繞千峰迷怖鴿，路危一線度靈羊。壁間留影金身化，簷際懸空石乳香。半夜鐘聲千谷響，山魈驚起禮空王。五丁開鑿是何年，巖作屏風石作天。松塢犬迎黄葉吠，竹牕僧共白雲眠。蝸蜒半蝕前朝字，龍首斜飛遠澗泉。塵世慙無丘壑分，此身聊結此山緣。

謁王文用祠 按，永福王翰，字文用。

迴合溪山暮靄凝，孤臣遺廟肅香燈。春魂已化啼鵑血，故里猶傳下馬陵。萬壑松楸淒雨露，四時蘋藻薦雲仍。乾坤有主莬裘在，淚灑西風感廢興。

王孟敭故居 按，王偁，翰子，字孟敭。

青山十里隱孤村，百口環居盡子孫。六月霜飛冤未雪，一溪雲護宅長存。堂前鵙吻經風脆，壁上蟲書蝕蘚昏。獨有遺文未零落，韋編留得墨花痕。

水口關 按，水口驛在古田縣，下通大溪。

落木下江關，長天一鳥還。松聲飛積水，雨氣入殘山。官渡垂楊裏，人家野竹間。客身真似葉，歸夢逐潺湲。

霍童山中按，在寧德縣。

尋真十里不覺遠，古木槎枒石嶔嶔。山色溪色互向背，大童小童相追隨。雲中閱世一黄鶴，洞口笑人雙紫芝。比丘導客出樵徑，竹杖芒鞋從所之。

霍童道中

策杖尋真未得閑，嶺雲迢遞路孱顔。溪邊喚艇重重渡，馬首衝人疊疊山。石室猿窺新月嘯，松門鶴帶暝煙還。碧桃落盡胡麻熟，未許遊人到此間。

支提寺按，在寧德縣。

鷲嶺西飛萬壑迴，上方紺殿鬱崔巍。金身新出中宫賜，寶地遥從震旦開。苔篆春侵香積冷，松林夜湧聖燈來。山僧定後諸天寂，惟有猿啼説法臺。

南峰淨室按，屬支提寺。

路轉南峰結草庵，嵩丘蘭若老瞿曇。片雲茆屋三更雨，流水繩牀五尺龕。問法有時過鷲嶺，漱流長日到龍潭。禪心定後無人會，處處香風度石欄。

石澗堂 按，在福寧州龍首山。

未愜登山興，移尊石澗堂。松喧孤寺雨，梨綻一林霜。遠岫皆圍郭，低雲不度牆。莫將丘壑意，辜負贊公房。

登松山 按，在福寧州三沙南。

百尺危峰水上浮，芙蓉片片俯沙洲。歸潮漁網晴初曬，絶島樓船戍未收。石壁孤懸烽火夜，銀濤高捲海門秋。年來臥治無鼙鼓，坐看滄波萬里流。

瑞巖寺 按，在福寧州水坑嶺邊。

城東十里皆海色，合沓群峰散空碧。千村島樹瘴煙青，一片梨花曉雲白。曉雲微雨東風冷，歷盡平疇復高嶺。曲澗時聞暗瀑聲，小橋斜度行僧影。琳宮碧瓦敞諸天，法堂流水環平田。半藏金經殘貝葉，千年石柱繡苔錢。萬竿寒玉大如斗，老榕盤空根未朽。四圍山色倒溟濛，坐覺清凉遠塵垢。春日遲遲曖不流，嬌絲急管調箜篌。紅粧一曲浮雲捲，落葉瑟瑟疑高秋。秋去冬來旦復暮，富貴還如草頭露。高歌痛飲騎馬歸，暝鴉啼上冬青樹。

大龍井按，在福寧州之太姥山。

危極斷復連，抱石出層巔。路絶縋藤下，崖幽秉炬穿。風雷轟白日，苔蘚起蒼煙。欲取驪珠去，神龍恐未眠。

金峰庵按，在太姥山。

蒲庵石室倚崔巍，巖瀑潺湲曲磴迴。百畝翠雲寒玉滴，半牕黛色錦屏開。道流伏火留丹竈，野鶴窺人下玉臺。避世山中忘日月，落花流水即天台。

宿摩霄庵按，在太姥山。

萬壑空青敞梵宮，下方一氣俯溟濛。昏鐘半落天河外，返照全低碧海東。苦竹壓牕山鬼語，寒雲一榻老僧同。松風吹醒遊仙夢，身在瑶臺積翠中。

雪峰道中

躡棘穿蘿百里程，空山盡日少人行。蒼藤古木雲邊色，怪石寒灘樹裏聲。曲磴紆迴緣澗轉，野田高下旁山耕。斜陽欲落松風起，遥聽霜鐘度遠城。

枯木庵

按，在雪峰寺之下。

輪囷百尺尚蟠泥，刳作虚龕結構齊。枯坐却疑身是木，巢居不厭竇爲圭。犀紋半染黄金相，蝸蘚全侵碧篆題。寄謝春風莫嘘拂，朽材久已託禪棲。蒼屢遊枯木庵，知邇來輿人以枯木能治洩瀉，剝取殆盡。不久，庵廢矣。

宿雪峰寺扆翠寮

勝跡繞林看，敲詩到夜闌。孤燈吹雨暝，一榻宿雲寒。泉響聽偏急，爐煙炷未殘。閑眠人有幾，况在萬峰端。

雪峰下山作

叢林下山忽十里，回首天際猶嶙峋。風吹細雨欲成雪，葉落空林如有人。蘆荻蕭蕭一虎嘯，雲日慘慘孤鴻征。中途歸僧揖我語，緇衣已染公門塵。

鄧原岳

字汝高，定八世孫，遷子，俱見上。慶寀父，見下。閩縣人。萬曆二十年進士。授户部主事，歷員外、郎中，出爲雲南提學僉事，終湖廣按察副使。有西樓存藁。

柳湄詩傳：鄧定築耕隱堂在東郊竹嶼，原岳仍其地成竹林草堂，俱詳郡志。原岳身長玉立，人皆憚其方峻。萬曆二十五年主廣西試。其詩與曹、謝、安、陳、二徐並著，時稱七子。七子詩以陳薦夫、徐熥、曹學佺爲最，鄧原岳、安國賢次之，謝肇淛、徐𤊹又次之。卒年五十。後十年其子慶寀合搔首、北征、帝京、于役、碧鷄諸集彙梓之，按，謝肇淛入滇時，原岳所取士陳孺修重鋟碧鷄集，肇淛序之。見小草齋集。名曰西樓存稿。蓋指原岳竹嶼少壯讀書之處，以識永思也。謝肇淛爲作傳云：「國初有十才子，弘正有鄭善夫，嘉隆以後汝高爲冠。」其推許如此。著有閩詩正聲七卷，以高棅唐詩正聲爲宗。蓋取明詩音調穩叶、格律工整者，以繼響唐音，而汰隆萬間叫囂跳踉之習也。蒼按，原岳所選明詩正聲自林鴻至邵、傅共四十九人，又閨秀二人，過於簡略，不足傳也。閩小紀載：「侯官林春澤百歲生女。長嫁鄧原岳。」

儀真道中見桃花盛開感而賦之

偪側何偪側，行盡江南又江北。二月桃花爛熳開，燦若朝霞弄春色。今年苦雨花較遲，江北不如江南時。但願春風隨轉轂，到處花開迎馬足。

同年楊仲堅邀遊西湖

山翠與湖光，蕭蕭送客航。雲連三筑白，柳拂六橋黄。暝色催移棹，凉風趁舉觴。明朝解攜去，煙水浩茫茫。

送林叔度山人歸莆

若爲飄泊久風塵，却喜還家及早春。馬首千峰殘雪路，天邊獨鳥倦遊人。孤齋酒熟誰同醉，三徑花開不是貧。招隱詩成能寄遠，更堪南望柳條新。

平原同林謹任都諫宴集李莘聘民部衙門

按，林材字謹任。

草閣陰森春事微，使君邀客解征衣。天連雉堞鳥爭下，水落漁梁花亂飛。仗外雲收殘照入，柳邊風起晚涼歸。莫言十日平原飲，滿眼烟塵未息機。

登秦住山

怒濤風卷雪山開，曾道秦王駐輦來。黄屋至今臨海嶠，翠華終古隔蓬萊。空聞螭紐傳天璽，不見魚膏照夜臺。千載興亡一回首，松風蕭瑟使人哀。

冬日同徐興公、謝在杭飲昆山

伊余秉微尚，兼懷物外蹤。兹山何寂歷，天際開芙蓉。芳晨盍朋簪，遊覽當玄冬。霜風莽蕭瑟，落日寒煙重。蒼茫百里外，隱見多奇峰。梵閣出其巔，清籟鳴長松。開牕豁遠目，倚杖聞疏鐘。太湖從東流，蕩漾晴天空。日色不覺暝，雲水幽朦朧。誰謂簪組拘，登眺亦從容。勝事固不偶，後會何當逢。還期汗漫遊，歲晏來相從。

德州遇雪與吴維鎬飲客邸醉歌

德州城南河水澀，德州城北沉雲黑。朔風吹雪飛滿天，車煩路滑愁行客。屋上飢烏噤不啼，江頭瘦馬行復却。我今頭顱已如許，胡爲空老長安陌。凛烈那禁白帽寒，淋漓更覺青衫濕。誰其同者吴維鎬，狂來自許文章伯。意氣真憐爾汝交，天涯莽蕩同於役。下車呼酒不停口，倏忽相看盡一石。天明酒醒出門去，路傍枯楊雪猶積。褰帷錯指梅花春，腸斷江南淚沾臆。

玉主行

玉融林玄江，少年游燕，日醉長安曲中，求得劉姬鳳娘者，傾貲買之。無何死。林念之甚，則爲玉主祀之，繫懷袖間，並刻所制斷腸詞於陰，詞甚悲愴。久之，林客蒼梧，遇盜，殺而投之江，盡掠其行李，則玉主在焉。梧州司李林君與山人舊相識，雅知其平生。一夕，夢麗人泣且訴，若有冤者。越明日，而偵卒以盜告，則故郡隸也。其人素兇悍，每出輒十餘日不歸。人以此疑之，然絶無所得蹤跡。捕其搜其家，乃獲所爲玉主者。林君詫曰：「此吾鄉人某物，女何從刦之？」盜駭服，惶遽咋舌死。捕其黨與，始悉其狀。蓋沉之江者月餘矣。檢出，顔色勃勃如生，腦後中一斧。林君遂盡付群盜於理。縉紳聞其事以爲奇，葉宗伯爲玉主傳，而郭太史作長篇歌之，俱行於世。玉主可譜傳奇，節錄鄧詩四句，以存其事。

異哉玉主能報讐，不妨聲價重青樓。區區千金豈足較，平生恩怨爲君酬。

劍浦舟中

南浦經行處，風烟正暮秋。魚腥溪口市，燈火水邊樓。黄葉翻飛急，青山相對愁。腰間有龍劍，莫向夜深遊。

奉使至山海關

被命古榆關，秋風草漸斑。黄金出塞去，白馬度遼還。漢障乾坤外，秦城榛莽間。羽書日報警，翻使劇愁顔。

中秋寧鄉署中

中秋不見月，風雨攪深更。白露寒湘水，青楓暗楚城。疏燈孤客夢，濁酒異鄉情。佳節慚虚度，年年爲遠征。

揚子江

颯颯西風江怒號，蕭蕭寒色上征袍。天晴無數鼋鼍出，野闊徐看鸛鶴高。樹影青連揚子驛，波光白潤廣陵濤。六朝蹤跡隨流水，斜日帆前首重搔。

鳳丘山有朱元晦大書，乃白玉蟾煉丹處

烏石峰前鴉亂飛，天風吹冷薜蘿衣。烟迷島嶼浮青靄，日入溪山淨翠微。石壁草荒殘刻在，丹爐藥化昔人非。白雲遠袖芒鞋濕，身在瓊臺頂上歸。

過從子禧竹林山莊偶題

阿咸小隱竹溪灣，藥裏時從谷口還。花徑夕陽人不到，柴門芳草晝常關。嶺雲片片尊前落，林鳥聲聲夢裏閑。他日歸耕仍此地，敢將衰鬢負青山。

過淮陰

川原迢遞客魂銷，落日孤帆轉寂寥。十月霜寒魚穴閉，九河風緊雁書遥。愁雲故遶田横國，衰柳猶依韓信橋。惆悵英雄隨逝水，淮陽城外草蕭蕭。

黄金臺

君不見，黄金臺，昔時宫闕今塵埃。易水東流去不返，燕王雄豪安在哉。駿骨銷沉易水

滸，臺上黄金化爲土。霸圖零落不勝悲，千載風流猶可睹。故鼎西還入薊丘，征東將士盡封侯。臺前飲至天爲動，立馬憑陵海氣秋。一朝倏見繁華歇，歌舞荒涼水嗚咽。百萬秦兵動地來，血灑高臺空巀嶭。傷心往事不堪聞，禾黍蕭蕭飛白雲。試問黄金臺下路，行人但説樂將軍。

蘇茂相

字弘家，晉江人。萬曆二十年進士。授户部主事，轉員外，萬曆二十五年貴州正考官，擢江西按察副使，晉太僕少卿，陞僉都御史，巡撫浙江，擢兩淮巡撫，晉兵部侍郎、南京刑部侍郎。崇禎初入爲户部尚書，總督倉塲，加太子太傅，乞致仕，卒。

吊方正學先生

寧海侯城里，停車意愴然。風雲蕭瑟氣，天地革除年。臣罪單辭定，孫枝一葉傳。龍山真突兀，彷佛首陽巔。

林　諧

字邦介，一字存退，雲同子，見上。莆田人。萬曆十九年應天中式舉人。官監利知縣。

送陳爾瞻遠遊

東山昨夜少微明，此日招攜意氣横。座上自稱黄石老，意中祇有白眉生。爾瞻與馬尚白交善。孤雲隨處疑蹤跡，塵世何人辨姓名。尊酒相逢成祖道，柴門落日不勝情。

秋日懷姚明府兼訂戴太守壺山之約

蒹葭采采忽驚秋，落日懷人獨倚樓。一雁帶霜來遠塞，片雲將雨下芳洲。從來金石憐同調，何處風烟愜勝遊。聞道戴安能愛客，山中十日肯相留。

游及遠

字元封，日益子，見上。子騰父，見下。莆田人。萬曆中布衣。有小竹林草。

姚園客云：元封負傲骨，其詩每欲酸巧，亦有不酸巧者。余從子巽卿卒於秣陵，元封哭以詩，有「九原有路君先到，酒伴詩朋次第來」之句。蔡君豪戲之云：「君兩人皆高陽酒徒，君當先去。」次年，元封下世，詩意成讖。

蘭陔詩話：元封爲益藩上客，與同里姚園客、吴元翰、黄元幹皆預金陵詩社，才名籍甚。百餘年來，諸家詩俱散佚，予廣爲搜訪，各得數十首以傳。

夢遊詩

夜臥蘭臺中，棲神寄靈境。長風萬里吹，倏忽陟迴嶺。衆壑遞蕭森，群峰發葱蒨。松陰散馬蹄，澗水清人影。石懸杖屨危，雲薄衣裳冷。覺後望青山，徘徊空引領。

桑女行

春半老，女桑柔。蠶神祠罷粥花浮，桑女爭來紫陌頭。采桑正遇栽桑客，欲賣園桑錢數百。貧家女伴採筐歸，急趨富室典春衣。典衣得錢蠶得食，繰繭成絲空費力。半入公家半富家，願焚杼柚罷蠶織，户未除名重嘆息。

秋江曉望

高城初罷柝，曙色半分明。楓葉窺霜墜，江流帶月清。群峰來爽氣，萬籟入秋聲。目送孤帆影，依依怨别情。

曉發九牧嶺

嘶馬促行役，出門星月稀。松風吹短鬢，竹露濕絺衣。鑒水秋容淨，緣巖足力微。鄉關今日盡，愁對嶺雲飛。

登伏羲畫卦臺

臺在上蔡縣，後爲成王封蔡仲處，旁有白龜廟，上有蔡邕書。

岧嶤宫臺照夕陽，萬年神蹟此徜徉。風飄蓍草香猶在，雨暗龜臺廟半荒。斜帶舊封周蔡仲，旁題高碣漢中郎。征夫欲卜行藏策，燈火無光落葉黄。

登滕王閣

丹梯百尺倚層城，翊翊風從兩袖生。山色忽收前夕雨，江流猶作舊時聲。沙村漠漠飛帆渺，草樹蕭蕭古路平。醉酹殘碑詞賦在，滕王翻借子安名。

張元芳

字伯華，閩縣人，焯子。見上。萬曆中監生。官大興縣丞。有燕越藁。

昌平道中

九月昌平道，蕭蕭冷敝裘。關河燕樹曉，風雨漢陵秋。野色隨征馬，寒煙隱戍樓。山城今夜客，沽酒散新愁。

黄世康

字元幹，莆田人。萬曆中布衣。

錢受之云：元幹詞筆藻贍，善六朝聲偶之文，製孟姜女廟碑，余亟賞之，作長歌以贈。淮陽間人用是多乞其文。意氣豪舉，橐中裝與貧交共之。久客廣陵，遨遊青樓，極宴放歌，有杜牧之之風。

蘭陔詩話：元幹負不羈之才，壯游四方，嘗出山海關周覽形勢，察沙場堡寨、屯牧戰守之宜，渡遼水入燕，將上書言邊事。時士大夫諱言兵，咸以爲狂，無所遇而歸。沈漼、李維楨聞其名，爭邀致之。後客顧所建家，爲草顧襄恪平蠻露布，援筆立就，辭義瓌瑋。所建大喜，酬以金百斤、縑千疋。元幹分贈貧交立盡。沈仲雨罷相歸，迎居西湖大願庵，病卒。張瑞圖題其墓曰：「餘韻處」。

重陽前一夕從家給諫茶讌次吴元翰韻

蕭颯寒氣肅，登高孰擬賦。蠟屐遲明朝，瓊筵啓茲暮。石泉洌試茶，庭菊香墜露。霜月無停輝，旅雁時自呼。昔聞林下風，今見塵外度。志以澹泊明，道以塞默悟。顧往淪芳途，撫兹愜幽趣。雲影流方塘，風聲寂高樹。

寄懷馬夜玉

憶别青溪賣酒家，赤闌干外緑楊斜。鳳樓有約調秦管，午渚何緣住漢槎。雲散雲封連理樹，月明月暗合歡花。羈人易滴銷魂淚，一夜相思兩鬢華。

澶淵送林秀野南還並寄方雲盤隱居

客中無奈送將歸，况是春闌酒事微。風雨一年寒食過，關山滿路落花飛。雲開瓠子探沉璧，潮長木蘭上釣磯。我亦倦遊懷道侣，臨歧欲寄水田衣。

潮南曲

薯巫奏鼓入城闉，橘井壺公技不陳。日暮一傳鷄卜到，家家椎豕賽蛇神。
孤城西出見横塘，三月閒遊女與郎。鬭草聽鶯春欲暮，踏歌齊上跳鴛鴦。
窄窄屐兒短短裳，賣花新婦膝衣長。無雨無風街上過，喃喃滿口是檳榔。

茉莉爲籬柳約廛。烏巾螺髻夜當筵。生來不數清寡婦，小店鷄鳴會校錢。

題孟姜女墓

三尺寒瑩出海湄，不須石槨與金礦。鮫人來往傳香案，龍女朝昏倚桂旗。掩淚繞城塵去遠，提衣踏雨夜歸遲。請君試過驪山下，颯颯疏松對古碑。

賴克俊

字則杰，晉江人。萬曆二十三年進士。以傳臚授禮部主事。

題王南仲竹艇游圖

高人種竹去山行，歸臥江潯筍已生。留與柴門伴衰柳，兩三竿外聽蟬聲。

全閩明詩傳　卷三十四　萬曆朝五

侯官　郭柏蒼　楊浚　録

曹學佺

字能始，一字雁澤，侯官人。萬曆二十三年進士。授户部主事，南京户部郎中，四川右參政，按察使。唐王立於閩中，起授太常卿、禮部右侍郎兼侍講學士，進尚書，加太子太保。明亡殉節，年七十三。國朝乾隆十一年賜謚「忠節」。有石倉全集。諸書稱尚書「丙戌殉節，年七十四。」按，永福鄢正畿詩稱：「崇禎癸未，尚書年七十。」則丙戌乃七十三。

葉臺山云：能始詩刻意三百篇，取材漢魏，下及王韋。其旨沉以深，其節紆以婉，其辭清泠而曠絶。其初爲衆所譁，久而世稱之。

静志居詩話：明三百年，詩凡屢變。洪永諸家稱極盛，微嫌尚沿元習。迨宣德十子，一變而爲晚唐；成化諸公，再變而爲宋；弘正間三變而爲盛唐；嘉靖初八才子，四變而爲初唐；皇甫兄弟，五變而爲中唐；至七子，已六變矣；久之，公安七變而爲楊陸，所趨卑下；竟陵八變而枯槁幽冥，風雅埽地矣。獨閩粵風氣始終不易。閩自十才子後惟少谷小變，而高傅之外，寥寥寡和。若曹能始、謝在杭、徐惟和輩，猶然十才子調也。粵自五先生後惟蘭汀小變，而歐禎伯、黎維敬、區用孺輩，猶是五先生之調也。能始與公安、竟陵往還唱和，而能皭然不滓，尤人所難。

諸書載尚書參議、副使於廣西時，有「閹指爲謗書」之謫。蒼按，梃擊獄興，劉廷元輩主瘋癲；尚書著野史紀略直書本末。至天啓六年，選陝西副使，未行。而廷元附魏閹大幸，乃劾尚書「私撰野史，淆亂國章」。遂削籍，燬所鏤板。退居里之石倉園，燕集諸文士，日以詩酒爲樂。崇禎初復起廣西，疏辭。著述甚富，其已刻者有天下名勝志、十二代詩選。蒼按，尚有蜀中神仙傳、蜀中風土記。爲人寬和容衆，惜秀憐才，諸儒慕之。丙戌秋殉節於西峰里第。蒼按：曹白詩「峰西無盡恨」，即指殉節事。尚書生於萬曆二年十二月十五日。己酉初度詩：「四旬虧四歲，三月到三巴。」盡節於順治丙戌年九月十八日。今福州郡治所稱后曹，即尚書西峰居宅之後。

柳湄詩傳：尚書父名極渠，曾在洪塘賣餅。極渠白晳而鬍，題照者皆當代名人。謝肇淛末二語云：「吾不識其他，識其子曰曹能始。」在杭先卒，能始後死，其所題能始當見之。尚書年十三，美晳如玉，受業長樂先生，於書無所不通，先生度不能教，適龔狀元用卿擇壻，林世壁亦龔祭酒壻。遂薦之。次年入泮，十七鄉舉，二十三成進士。其所居石倉園，在洪塘東岐嶺下狀元街北。讀書處有石洞，藏書萬卷，平池喬木，奇花異草，怪石珍禽，靡所不有。崇禎四年，尚書乞休，避地郡治北，即今后曹。將石倉園粥與洪塘諸生林崇孚。順治初，崇孚爲惠州府，始創嚮山樓，尚書手書屋契曰：「天下江山，當與天下人共之。能始。」僅十三字，行書似歐陽雪舟。其書有「南曹、北董」之目。曾與董應舉議塞龍腰，清盜葬，毁平遠臺淫祀桃花女。又於侯官城北七十里往連江之潘渡創橋，浚福州附城河，開西湖，重建羅星塔及古田朝天橋，又建洪山、桐口、萬安三橋。鄉人設像於洪山橋，立祠祀焉。

清凉寺

南唐避暑地，半是石頭城。隱約宫基在，清凉竹徑生。岡形依郭轉，日色入江平。施佛亦成幻，前賢留此名。蘇子瞻施彌陀佛像於寺，今亡。

聞吴元翰削髮寄之按，莆田吴文潛，字元翰。

久不見之子，忽聞成秃翁。亂離僧累少，老病俗緣空。語默疏鐘裏，孤圓片石中。新詩予待擬，若爲寄文通。

病中思歸

累雨山寒重，今春花事稀。長貧那免病，百好不如歸。海樹遥閩嶠，江津黯燕磯。故園猶有路，夢裏已多違。

碧峰寺訪愚公

林中初到客，江上一歸僧。所見無新故，心知是友朋。水流分細細，峰碧引層層。忽過城南雨，諸天暗夕燈。

題董崇相舟閣

董生搆小閣，其間不容咫。四垂乃無地，一木聊可庋。對面有青山，日日在閣裏。此山名覆舟，此閣名舟子。世事盡皆然，廢者興之始。上皇以爲風，元氣以爲水。松濤日賡吹，柳浪時拂綺。主人居其上，汎汎情何已。跡不越跬步，思已馳千里。若悟陸爲沉，何必江之汜。

閏九月九日燕子磯登高

今日重陽江上看，何如前度在長干。須知嘉會難重過，衹覺秋衣一倍寒。燕子磯頭終不去，雁鴻關外已應殘。天涯極目猶難徧，未得憑風借雨翰。

牛首夜坐

寒山殊有趣，夜坐益相親。雙樹不分月，一枝堪映人。雲梯元峻絶，天闕自嶙峋。不覺蓮花漏，悠然已及晨。

同諸子宿郭聖胎山房按，莆田郭天親字聖胎。

山房雪意動，颯颯竹風鳴。坐此夜方盡，起看天復晴。義因譚處密，詩入籟中清。唯有朋來樂，能忘留滯情。

謝公墩

謝公墩上日閑行，四野霜天一倍明。亭館已空雲物麗，寺門相近夕鐘清。寒山又傍斜陽路，江水終銷十月聲。載妓如花不同賞，風流應感古今情。

清涼臺看積雪喜臧晉叔至

清涼臺自迴，況復此時心。不到青山裏，焉知白雪深。徑含修竹潤，日落遠江陰。却喜子猷興，扁舟能一尋。

永慶寺竹園看雪

搖搖林影外，雪滿夕陽前。此地無人到，來看尚宛然。翠深俱在嶺，寒極不生煙。欲問茲心境，唯應一喻禪。

夜上雨花臺

爲看夜色曠，遂坐此高臺。山月當空出，江雲入樹來。梵鐘幾處集，塔火百輪開。髣髴天花下，昔賢安在哉。

夜過華林園

昔時歌舞地，客至問幽叢。湖色高城外，山容明月中。林煙平似水，沙草卷成蓬。鼓角聲方起，迢迢聞朔風。

送子馬少尹之滋陽

深林落葉已紛紛，把酒題詩遠送君。魯郡朝趨結黄綬，秦淮夜别泣羅裙。江邊古驛明殘照，樹裏秋城出暮雲。莫道王程可遊衍，還從朋席促離群。

同胡彭舉、興公、子丘、茂之雨後過張後之樓上晚眺

引眺逢新霽，言過接舊懽。遥天雲色斷，深竹雨聲殘。淮水獨流暮，鍾山相對寒。不禁爲客思，聊復此盤桓。

金陵懷古六首有引

夫六朝佳麗，自昔稱之矣。但吴有建業，難昧開先；隋都汴水，未可取盈，則談者往往不察焉。儲太祝之臨江咏，序標五世；劉刺史之生公堂，旁及外郡。詞則膾炙人口，而體未爲純備也。友人汪仲嘉，刱爲金陵懷古詩，自吴至陳，體限七言，代分一首。予郡徐興公、謝在杭諸子乃屬和之。抽思既新，徵實燦然矣。予謂時代變遷，豪華頓盡，而文人韻士，風流如見。則夫山川古跡之得以不至澌滅者，豈偶然也哉？故於篇末各用此意結之，殊乏變化，亦使後人知所重云爾。

江東列郡領丹陽，鼎足三分此一方。總爲石頭成虎踞，不知巫峽下龍驤。雲生寢廟千秋

閟，月照籬門幾夜長。年少風流能顧曲，行人獨自説周郎。右吴。

一從荆棘歎銅駝，五馬爲龍世所歌。晉室河山遺略盡，洛中人物過江多。楊花寂寂新宫出，燕子依依舊宅過。欲向登臨感陳跡，至今天闕尚嵯峨。右晉。

京輦神皋去不回，宋公遺業此中開。華林曲宴思芳草，綺閣春妝見落梅。飲馬池頭斜日下，鳳凰臺上暮江迴。當時早有陶元亮，三徑長歌歸去來。右宋。

鐘阜商飆館已傾，至今哀壑起秋聲。針樓銀漢含情望，畫屧金蓮逐步生。日落盧龍迷古戍，天寒白馬走空城。不堪重理玄暉詠，極目澄江似練平。右齊。

龍輿鹿苑日聽經，爐氣燈光接窅冥。行徧臺城猶有路，燒殘石闕已無銘。湖連野水千層白，樹入長堤一片青。聞説休文曾作賦，幽居還擬託郊坰。右梁。

齊雲宫觀景陽樓，盡入隋皇作蔣州。下若溪寒明月夜，後庭花落隔江秋。疏鐘夢斷猶疑響，紅淚看餘獨不流。何事高情江僕射，攝山泉石恣淹留。右陳。

同楊元重陳元愷步月

宴坐已終日，忽然山月明。夕陽歇餘翠，澗水落遥聲。照面何其潔，齋心亦共清。所稱同志者，來向夜深行。

集沈不傾水閣

秦淮無日不笙歌，畫閣朱欄兩岸多。此地獨餘楊柳色，秋來猶自鎖烟波。

送李伯遠北上

燕臺雪裏醉琵琶，行看長安三月花。且問征車何處發，隔江山色是瑯琊。

送李玄白下第還家按，李同字元白。

此去姑蘇望白雲，寒林孤館自氤氳。憐予鄧尉山中約，兩負梅花一負君。

江月軒歌爲石豫明民部賦貴竹人。

關山重重去入黔，竹樹翛翛迴作林。夜來月吐滄江上，直照紅巖百丈深。江水江花自春色，江月江秋渺何極。祇將空水共澄鮮，不分露華偏皎潔。君家卜築倚江邊，日暮江流在眼前。光茫獨對一江月，坐臥人疑是水仙。仙塵由來異風景，夜夜月明江水冷。波連微滅孤笛聲，岸映東西兩橋影。主人習靜自高軒，焚香讀易已忘言。不數漢家丞相宅，寧論金谷綠珠園。幾載辭家在京闕，道路迢迢歸興發。長江信隔牂牁水，獨夜怕看石頭月。

秦淮秋怨

四序皆蓄意，秋來殊可憐。疏籬豆花雨，遠水荻蘆煙。忽弄月中笛，欲開江上船。不知夫婿去，仍會在何年。

秋日題顧與秀水亭

閣以臨流置，門因避俗扃。鍾山横古渡，茅葉覆空亭。夜笛清於水，秋燈密似星。人生此爲樂，不羡百年齡。

送梁民部還東粤

彩鷁辭京國，神羊指郡城。寒江秋雨外，歸客别離情。海月兼珠迴，山梅旁驛明。安期如可遇，我欲學長生。

同趙司理仁甫、葉少宰進卿集陳振狂三棄堂

聞君秋老拂漁磯，我亦長征乍得歸。殘菊有花當酒椀，古槐無路到松扉。天涯芳草誰堪戀，宅畔青山共不違。醉向寒江覓鷗鷺，詎由今日始忘機。

集陳季迪齋頭

玄室淨如水，片塵安得飛。書藏四壁滿，佛供一燈微。過雨沉蘭逕，流雲染薜衣。不須投客轄，兹意已忘歸。

梅仙巖按，在甌寧縣。

陰洞垂蘿覆古泉，尋真雖遠意泠然。半生名姓傭吳市，一壑烟霞隱漢年。爐化青山灰亦滅，碑留丹井字無全。大還偷自逃奴去，斷壁何由索秘傳。

雲窩贈陳司馬按，在武夷山。

五曲雲深處，參同注幾篇。盤分仙掌露，牕落隱屏泉。鐵篴山前月，丹爐石上煙。何如辭漢主，長揖赤松年。

集林叔度浮湘館

浮湘孤館隔塵喧，偃臥難醒楚客魂。半壁圖書開碧荔，一龕燈火度黄昏。鐘聲寂靜風過寺，竹影蕭疏月在門。我亦清齋癯似鶴，相留但可采蘭蓀。

贈别穉孝、修之與熙宸甫諸子

按，何喬遠字穉孝。

温陵數子何太奇，大雅無聞力昭揭。儒術坎坷聊復貧，宦情嬾慢由來拙。邇年結社石之巔，洗耳寒泉表孤潔。沆瀣聊供藿食資，薜蘿堪把山衣結。我也閑從方外遊，手持竹杖尋仙列。尺書青鳥忽云飛，片榻白雲遥已設。攀躋最惜風雨朝，亂徑人蹤杳幽絶。衝寒濁酒盡復傾，投暝孤燈明且滅。興闌樂極趑言歸，地主相留情太切。谷口啼猿聲轉悲，巖頭飛瀑流嗚咽。世事反復在目前，雨裏登山晴裏别。吾道有神相往來，丈夫所志當寥泬。

還自房山悼殤女

寸骸遺北葬，不傍我南還。累土聊成塔，題碑自記年。幾家村路側，古木寺門前。白首言歸後，情猶向此懸。

趙仁甫芝園開社分韻

有山能傍舍，因以割爲園。松樹半幽壑，藤蘿皆古垣。夕陽散霞采，明月切霜痕。頗喜從兹集，應添勝事繁。

雨集吴客軒懷沈從先

按，石倉園吴客軒，曹能始爲吴人沈野築。

東軒别一歲，花木近能幽。忽以接高會，因之懷舊游。池亭杯細把，蘿幔火深篝。雨集仍雨散，瀟瀟長夜愁。

遊梅巖大雨放歌

梅巖梅花開已過，巖頭之樹猶青青。千樹萬樹不在曠野中，居然穿崖盤磴摇蒼冥。我來仰攀樹之巔，坐看溪山冥漠天。終朝候月反得雨，早起稍晴遊興堅。誰知滂沱淫溢不得住，登時千尺瀑布成飛泉。泉飛片片落洞裏，洞中潺湲瀉流水。水流直到平地上，平地更有青山起。吁嗟山中去年得意在看梅，那得有此山崔嵬。山崔嵬，直待梅開我復來。

寒食遊玉華洞按，在將樂縣。

谷口風吹急，人間路信分。乳垂直到地，流出忽成雲。峽迴樓臺見，巖虚鐘鼓聞。此中餘大藥，願叩玉華君。

清溪與林子真詩

昔日垂髫友，而今忽美髯。喜看詩草就，不放酒杯添。夜静聞溪遠，山空見月纖。寧知此地會，已有德星占。

夜發白龍江

便遠長橋外，徐移短棹東。江清雲散後，潮滿月明中。龍氣千年異，漁歌幾處同。山光如欲逼，遥望已空濛。

閩山一名玉尺巖，宋太守程師孟嘗遊，有「光祿吟臺」四字，原屬寺中。

眼裏閩山客，悠悠閱物華。吟臺悲宰木，古寺落人家。玉尺仙巖曲，金繩覺路賒。惟應蘿薜月，幾度照袈裟。

八月朔日王元直招集南，樓送陳汝翔之東粤、王玉生之清漳、沈從先還姑蘇、徐興公之建溪、陳惟秦之聊城、蔣子才之廣陵、余返白下

西風蕭瑟動離顏，一樹衰楊不剩攀。秋老幾人猶白社，月明無主是青山。征途南北高樓外，客淚縱横杯酒間。此别紛紛難聚首，天涯那許夢魂閑。

雲谷歌按，在建陽縣。

君不見，雲谷山，幽深峭拔非世間。澗旁水石遥相激，谷口烟雲好自閑。行到水窮谷始見，雲爲客來飛片片。谷中長嘯落水聲，雲破山空突向面。此山昔有東西寮，藥圃蓮池跨小橋。雲谷老人不知處，明月青山長寂寥。寂寥千載漫興悲，試上高臺眺武夷。一呼三十六峰欲飛動，跨鶴仙人猶恨升。天絶頂，何嵯峨，雲中一點猶青螺。閩天欲斷楚天接，千巒萬嶂迴層波。日光浩蕩直相迫，倏忽變幻那可測。老人曾記赫曦名，奪取湘西巖無色。朱子雲谷記云：「予嘗名湘西嶽麓之顛曰『赫曦臺』，張伯和爲大書，甚壯偉。至是知彼不足以當之，將移刻以侈其勝。」

茅鹿門先生輓歌

宿望當元老，嘉徵自國祥。四夷問安不，天下稱文章。健筆何曾絶，虚舟不待藏。鳳笙將鶴馭，達者返蒼茫。

似公何復憾，在世亦應稀。七日不火食，百年終息機。行杯自荀爽，問絹值胡威。孝思天爲感，於今願不違。

西隄晚坐同謝耳伯、宋永延按，謝兆申字耳伯。

青山有佳色，晚向湖心墮。出郭步看之，適意便當坐。一舟湖中行，無人亦無柁。不呼來漸近，似欲以迎我。微風吹之去，悠悠復不果。隄上夕陽盡，歸人自成夥。彼幸不見譴，予惡知不可。

鄭輅思招入霞中社

談詩開勝社，結宇出塵寰，霞紫城中氣，煙青海上山。一時人競爽，千古道俱還。不是同聲者，寧能到此間。

送張紹和北上按，張燮字紹和。

爾向長安去，予尋丘壑歸。同心薄蘭臭，别淚間蓬飛。雨雪行人急，陽春和者稀。征途萬里外，欲發更依依。

柯嶼訪陳惟秦宅按，陳仲溱字惟秦。

馬上迎寒色，梅花歷幾村。所之俱白雪，不識是黄昏。澗水仍前路，人家盡後園。向聞棲隱處，始爲到柴門。

釣龍臺送陳季立之金陵訪董九按，陳第字季立。

故里新知别，長干舊好過。釣龍臺下路，把酒醉中歌。春色壯夫少，江流前代多。我應秣陵客，行樂日蹉跎。

邀屠緯真、阮堅之諸子集烏石山亭

雙石突於眼，開樽選此亭。江來松際白，山入燒中青。明月懸爲幔，華燈遶作屏。閭閻有歌曲，醉裏亦堪聽。

雨中高賢祠同社餞別按，在福州郡治烏石山。

客路天涯外，朋來春雨深。空濛逗帆影，泥濘失車音。遠水平將接，層峰闕屢侵。同聲自相感，况復有離心。

晚晴入光孝寺按，在建寧府城外。

雲深隱蘭若，雨歇啓松扉。幾樹鶯聲出，千山翠靄飛。薄寒生夕磬，迸水近春衣。更度溪橋去，朦朦月色稀。

春暮遊武夷

歸舟半夜月，寂寂萬年宫。兩岸欲深合，前山如不通。寒星印沙白，林火雜花紅。笑殺幔亭宴，人間曲易終。

遊匡廬

名山何以殊，一往便寂寞。不知風雨來，幽麗安所託。蕭疏入長林，鬱葱在高閣。衆峰氣特孤，其文乃更錯。出入肆余步，處處看泉落。雲霞無定姿，瞬息不相若。惟兹一響臻，更勿他聲作。夕陽已欲盡，與之流大壑。倘厭人世患，可以免銷鑠。

送林茂之按，福清林古度字茂之。

遊觀喧笑日紛紛，獨有離聲不可聞。醉别湓城江上月，愁看匡嶽嶺頭雲。他家歌舞雖堪借，客子肝腸苦欲分。漫向西風嘆零落，白門疏柳更逢君。

過胡彭舉賦答

昔時惟視友，今日乍過君。野色貧家積，山情隱士分。玄言浚秋壑，古思入寒雲。坐久不能去，應知勝所聞。

聞大司馬吴公仙逝奉輓諱文華，連江人。

故老國之依，年來天意微。無論當局少，日見在家稀。屈指公猶健，迴頭事已非。混茫元氣散，赴海何時歸。

董崇相過別

西山高卧久，潞水一過予。去國雖云繫，閑身頗自如。小園落木後，薄雪覆庭餘。聊以同延佇，何知别意疏。

除夕柬非熊茂之

度嶺穿林境孰如，懷人遥望片雲居。應知寂寞禪關裏，一樹梅花共歲除。

西溪看梅短歌

春雲忽渡西溪水，溪畔梅花從此始。殘僧寂寂時掩扉，微滅禪燈山雨裏。山雨逶迤沉暮鐘，梅林此去幾千重。渡頭客問餘杭酒，衣上雲來天目峰。數年夢想遊天目，誰云路接梅花屋。今宵鷲嶺無他夢，衹向龍池看飛瀑。

送黄貞父北上

一望長安道，浮雲萬里餘。但聞新政好，誰識故人疏。爲客日無事，還家惟讀書。此間花正發，貪作武陵漁。

語溪中寒食同吴非熊、何玉長、林茂之、女載叔

爲客途中春欲晚，語兒溪上雨初晴。孤魂獨背錢塘路，十載空題粉署名。思殺桃花新水漲，貪看楊柳暮煙生。已知今日無窮恨，何事還添弔古情。

柏林寺夜月

巴中難得月，偏照此山樓。林密鳥多暇，寺貧僧亦幽。暗泉疑復雨，孤影即爲儔。却與涪江遠，何時到遂州。

嚴君平卜肆

古有沉冥者，成都此姓嚴。蒼苔尋卜肆，落日想垂簾。莫問平生事，誰能出處兼。百錢真足矣，此外即無厭。

百花潭吊杜工部同舒尚孺、寧壽卿。

悠悠一郫外，步步百花潭。昔有獨吟者，今來客共談。江聲四野去，秋氣片林含。生事如寥落，當時自不堪。

子美草堂一在夔府

夔門三載客東屯，寂寞江天自一村。入峽始知風景異，題詩寧負簡編存。城連白帝生春草，路感行人有夜猿。謾説王程爭日月，還從下馬薦蘭蓀。

青神

不忘蠶叢教，青衣更着神。江門初命峽，縣治屢通津。且喜山水好，莫言風物貧。羡他梅氏尉，借景問居人。

巫峽

連連三峽起，玆峽獨逶迤。朱鳥無中日，玄猿有四時。峰巒咸怪狀，樹木盡交枝。神女知何處，無由夢見之。

哭袁中郎

荆巴稱接壤，不久赴音聞。沙市白如雪，泉臺渺若雲。題名山吏部，歸葬左將軍。誰識金陵寺，存亡便此分。

再别茂之

僕輩知難别，先將臥具攜。江城隔水次，露坐在林西。夢勿過湓浦，歸當入建溪。春明期見訪，端的是幽棲。

初度日送鄭季卿、林茂之往金陵

初度聊相慰，玄冬復問津。邇來年歲長，祇覺友朋親。林樹煙迷晝，江關雪際春。無論去與住，總是未歸人。

黄州謁東坡祠

二月過黄子，孤舟繫客亭。江平舒凍柳，石險礙春星。芳草淮西綠，群山夏口青。子瞻祠尚在，應爲叩巖扃。

答李玄同建武舟中同吴去塵諸君之什

前後離家晦朔過，客懷官況兩蹉跎。登山只慮晴明少，入坐奚妨伴侣多。欸乃數聲回旅夢，石尤無計敵詩魔。滕王閣上應攜手，郢雪湘雲奈別何。

偕同社遊麻姑山

未觀雙瀑勝，數里已先聞。高下各因勢，雌雄誰爲分。杖頭皆濺沫，衣上有浮雲。稍霽來攀陟，聊紓夢想勤。

寄兒 按，此詩乃公在粤西寄兒詩。公曾孫岱華重刻公詩，多就舊板補綴，故此詩重見。

席間衆客坐，一人適先行。叢詬互及之，用以佐杯觥。世俗固常態，吾閩斯已甚。但有鄉紳發，動必遭貝錦。或言其覆溺，死亡與僥幸。群囂聞若新，靜觀付一哂。稍俟旬夕間，其説漸消寖。東山志不堅，此咎余當引。

金仲粟、洪汝如、林異卿過集浮山堂，分得古體

卜居務卜鄰，卜鄰虚無人。無人誰與處，與處惟一身。匿藏非不固，聞見亦懷新。薰風自南來，好我有嘉賓。

春日蔣國平使君偕王粹夫、徐興公、鄭思闇、高景倩諸子集城西小園

城西小圃足幽偏，不到論文有幾年。若借鶯聲來舊好，從知柳色妒新篇。林間禮數渾忘却，酒裏春寒尚宛然。必定山公扶上馬，銅鞮一曲始堪傳。

洪汝含攜具同羨長白叔、青甫登妙峰寺

予家青山下，有寺共兹山。非伴客登眺，好看僧往還。徑惟松石際，村雜水雲間。惆悵斜陽暮，疏鐘又閉關。

端陽苦漲

聞道水來急，棲遑免此身。琴書皆累念，鳥雀倍依人。豈羨樓居好，難周巷泣貧。不知造物者，何意困斯民。

水退後登長至臺即事

予家到園纔數武，一日迴環有四五。奈何世事不可料，溪流暴漲成乖阻。狂濤怒沫幾千

丈，天地蒼茫迷所向。兀坐空然作遐想，咫尺江神不相讓，妻孥跼蹐愁共眠，山池寂歷限各天。今朝水退若寇退，便覺登臺如登仙。此臺最高不易擬，漲痕幾欲嚙其趾。周旋檢點花卉間，溺者悲傷生者喜。松聲謖謖差自雄，八牕洞達吹長風。登臨謾誇身力健，來日還憑造化功。

七夕荔閣上聽施長卿彈琴，文娟、玉翰、小雙三姬度曲

理曲復鳴琴，無非寫此心。橋邊波澹澹，閣上荔陰陰。向夕乍云淺，入秋如已深。天孫渡河急，那意聆清音。

陳汝翔、謝在杭、徐興公到園内

選勝如談藝，天然趣較饒。水聲難在樹，月色盡於橋。信宿朋來樂，淹留隱可招。請看松菊意，秋老肯蕭條。

聽泉閣成留僧住持，時四月八日

高閣聞泉落，泉聲入夜虛。月隨佳客話，僧作主人居。暗谷天光末，明燈佛誕初。昔時曾供養，今日敢云疏。

送孫子長北上

里内多民部，紛紛使扺家。以君偏好我，室邇奈人遐。對酒蓬俱轉，開籬菊正花。徘徊不忍别，端只戀烟霞。

宿相公石隱山房

按，相公，葉臺山也，石隱山房在福廬山。

浮海徒虚歎，開山有宿緣。居然采芝操，勝讀養生篇。夜雨棊將罷，春雲榻更連。朝來遊歷處，尚繞夢魂邊。

福唐相公初度奉贈一律

相公年六十，致政五年餘。不問世間事，惟看方外書。野人爭坐席，海氣結成廬。最羨登山興，翩翩鳥不如。

十四夜同陳振狂山堂望月

今夜月當早，山深出較遲。銜盃猶可待，兀坐即相思。巖罅已虛白，松林復蔽虧。此中幽絶處，何減習家池。

寄送謝在杭之滇

萬里滇南國，迢迢使節臨。親朋稀見面，夷漢共傾心。有水皆稱海，無花不作林。碧鷄金馬跡，到日一披尋。

同一齋上人到絓月蘭若

入寺更逢寺，同僧來訪僧。巖分牆一段，月掛樹千層。古意幸無恙，幽居誰最能。安心如有法，何苦復攀藤。

雨中王玉生、康仙客招集洋尾園

亭臺掩映柳垂絲，堤畔開尊欲暮時。雖獲野情還傍郭，待占山色倒看池。青苔白鶴行偏慣，片雨疏鐘到每遲。檀板底須催客散，西牕剪燭坐談詩。

曾用晦工部招同陳泰始侍御、王永啓督學、鄭汝交孝廉、徐興公諸子登平遠臺

臺成朋侶數招尋，喜在城中愜遠臨。觴妓登山安石興，江湖戀闕子牟心。流鶯碧草原同候，落日歸雲共一林。遼左干戈猶未息，東望滄海氣陰陰。

送董崇相廷尉還京

廷尉舊知名，隆中比孔明。匡時須妙略，冒暑亦當行。感憤遼西將，親隨帳下兵。胡人應破膽，從此慰蒼生。

立秋日汎池上喜叔度至

秋來氣足悲，宋玉已先知。鷁汎清涼境，蟬吟斷續時。薄雲長掛樹，幽磬曲通池。有客何云暮，忻然到不期。

同孟膺過謝在杭署中按，鄭邦祥字孟膺。

衙齋不數武，相過夜生涼。明月此同照，幽林多幾行。羈愁消粤酒，逸興倚胡牀。仰視星河出，秋期滯一方。

送王玉生之柳城

相留衙舍内，不復住經旬。更作他方客，可知余宦貧。地偏居柳宿，江險出龍津。爲拜羅池廟，歌迎太守神。

桂州風謡

不住檳榔嚼，相傳好辟嵐。喉干如轉磨，葉響似餵蠶。棄地皆脂澤，逢人若醉酣。生年無半百，黄面老瞿曇。

雪中舒延年夜談

忽覩盈階雪，言開小瓮甕。深杯寒色破，殘燭夜談親。子也稱縫掖，余其返角巾。聊將千古意，商榷一番新。

聞報量移備兵秦州

看山興未了，聞報轉秦州。不憚之官遠，堪尋古跡遊。隗囂宮作寺，諸葛壘成邱。故郡名天水，湖光在上頭。

登柳州城樓

象郡遥連一大都，春城雨過長蘼蕪。蒼蒼山色平如几，疊疊江流曲似壺。夾道煙光猶不散，羅池月影已模糊。東亭徙倚林邱上，得覓河東舊碣無。

同喻宣仲、陶穉行、滕伯掄、吕仲吉、何瑞之雉巖登高

桂州巖洞插亭皋，又可乘舟恣所遭。籬下黄花開曉露，江間白羽湧秋濤。雁行銜峽來聲斷，雉尾凌雲作勢高。僻地了無纓組累，偕遊縫掖與方袍。

送叔度還閩

坐看諸客去，始信一官非。道固憂將喪，時猶不任譏。瘴煙歌站站，雨意歎霏霏。那得從商綺，西山賦采薇。

送莊景説翰撰使畢還閩

君向時見訪石倉，共坐森軒觀荷，故及之。按，景説，際昌字。

雨急灕江漲遶城，杖藜猶未快遊情。何當初霽催人别，獨有前星傍使明。綵筆傳宣黄紙重，輶軒問俗皂囊輕。因君却憶池頭月，正照新荷出水平。

雨途雜興

宦情等嚼蠟，留戀實無因。未遑遂初服，猶作祇候人。况兹暑雨月，出門猶苦辛。耳目幸清曠，禾稼亦懷新。松根蟠瀑布，長短遶車輪。烏鵲弄晴喜，飛鳴如索群。白雲亘山帶，皎潔無纖塵。潭邊立問渡，浩然非舊津。

過靈鷲廢庵按，在福州郡治烏石山。

石山不宜樹，古語豈誠然。此際松林密，覆於庵地前。層階橫壑斷，荒沼臥城偏。捨宅爲蘭若，空聞往代賢。

華嚴院觀李陽冰篆刻按，在福州郡治烏石山。

當塗稱四絶，巖頂蹟蕭疏。雖勒唐人筆，實爲秦代書。完全無斧鑿，密邇有禪居。珍重山靈意，寧愁蘚剝餘。

雷擘巖爲林守勅茂才新建大士閣按，在福州郡治烏石山。

巖曾經霹靂，閣自俯嶙峋。古相甚完好，良工無損真。奉持安一衆，眼界歷由旬。作意爲興剏，於兹有夙因。

到湧泉寺呈博山無異大師

此山每一上，輒勝昔來時。泉石欣留客，僧徒慶得師。鐘催深谷暝，梅覺下方遲。屢欲酬高唱，當仁不讓誰。

全閩明詩傳　卷三十五　萬曆朝六

侯官　郭柏蒼　楊浚　錄

曹學佺

送陳幼孺之蕪湖

出京去他邑，百里亦難同。日落三山外，河明七夕中。秋花應帶露，夜竹自吟風。未是還家路，相思淮水東。

題三友墓

按，在福州湯門金鷄山麓。

桑溪流水遶林皋，同穴三君意氣豪。修禊更多人酹酒，采風應有史爲曹。不同秦穆歌黄鳥，詎比齊嬰殺二桃。玉盌朱襦何處所，西鳳回首戀綈袍。

吴元翰見寄詩，謂余難後少憩潯陽，久之始知其誤。頃自莆來訪，仍錄舊作見示，次韻答之

嶺表炎蒸天雨霜，數應逢九厄居陽。傳來消息渾如夢，博得生還賴彼蒼。淨業難消文字債，閒情猶寄水雲莊。可憐同難諸君子，優郵徒聞姓字香。

送元翰歸

暫遊時見訪，歸臥老能堅。世趣澹無味，詩情深入禪。芳春漾柳月，異代宿松煙。漫叩吴公隱，無名應更玄。

陳更生招集鱗次山房，爲吴海布衣隱處按，在福州郡治烏石山。

片石崔嵬足嘯歌，布衣微尚慰蹉跎。時當變革賢人隱，日後登臨感慨多。遺韻詎因弦柱促，頹顔寧惜酒杯酡。青山無恙韶光好，生計依然在薜蘿。

過文山橋，爲隱士鄭育所居，前太守黄裳時步訪之

年年上塚過文山，誰識遺賢此閉關。五馬過橋看冉冉，孤雲隨步去閑閑。已無野鳥窺行跡，尚有江潮認往還。久矣緇衣違此好，高風千載杳難攀。

龔克廣招遊槎園按，克廣，殿撰用卿子。

夏日尋瀟爽，無如此際多。近堤花蘸影，對鏡鳥酣歌。四面臺俱露，無時水不波。東山新雨後，翠色滿庭柯。

贈陳泰始京兆

山齋無所事，漱石且吟詩。淡泊堪明志，風流尚畫眉。鐘傳南澗近，席對北牕宜。明主還求舊，寧須讀楚辭。

同徐興公、倪柯古、龔克廣、林懋禮、林異卿登于山避暑

日色非不盛，陰廊自有苔。城頭銷暑地，木末避風臺。傍舍朝朝上，攜壺款款來。東南山闕處，縱目馬江迴。

福唐吴几峰先生以十月之誕爲百歲，其孫孝廉履卿索贈

青山如几日當門，皓首龐眉齒德尊。金帛例聞頒大内，瓊枝喜見發諸孫。遺榮末俗應難老，滿百昌期正紀元。歲歲稱觴寒信至，釀開花蕊小春繁。

移居西峰社有述時崇禎辛未，予乞休得請。

昔慕林野曠，卜築依巖耕。衰齡懼風露，攜孥入嚴城。漁釣屏不事，詩書閲餘生。雖在窮巷内，尚得西峰名。露臺峙物表，平地爲再成。登覽周四極，翠微列前楹。花卉既雜藝，梅柳冬春榮。游魚逝梁内，數尾縰縰輕。友朋日相過，室邇易合并。末學免孤陋，閒居荷聖明。豈待投荒苦，始鑒止足情。媿非謝安石，雅望誰爲傾。

送林益謙給諫還朝

三山文運半興衰，猶喜垣中兩拾遺。國是至今難畫一，交情從古樂新知。梅風直送回青瑣，葵日常薰在赤墀。别後漫增離索感，封章傳到是丰儀。

鼓山上院法堂臺前登高同興公、汝交、懋禮、器之、履徵上人

籬菊初含野菊開，天風祇隔石門隈。客嘲老友攜孫至，按，器之，興公孫，名鍾震。人憶參軍落帽回。海島此時看去淨，沙門若個辯爲才。憑君借得如椽筆，記取同登般若臺。

答周章甫興復天寧寺事

天寧名勝占江山，弔古尋幽趣亦閑。尊甫晚年曾自號，御題當日豈私頒。風吹香片和梅塢，月湧潮聲上竹關。忠定至今靈爽在，肯將胡騎動愁顏。宋紹興初，忠定李公謫居於此，有海月、來薰二亭，松風堂故址。時正虜警，故末及之。

題吴中秘册諱懷賢，休寧人，以楊都憲漣劾魏璫二十四罪疏大爲稱賞且加旁註，下獄，拷死。

縉紳奇禍起貂璫，事後纔知隔死生。君作杜郵新鬼伯，予慚玄晏古先生。時予爲序野史紀略被譴幾殆。彼時尚覺批鱗易，何日能教觸角平。肯把丹心託青史，應看千載有芳名。

送許玉史北上按，玉史，豸字。

主聖時危局屢新，知君百爾慎持身。居官似覺難今日，將母猶然勝昔人。鴻藻千秋郎署業，鶯花三月禁城春。茂陵封禪原無草，敢道相如四壁貧。

宿金山禪房次日招城中客。

客散弈方休，僧貧榻僅留。語於禪處寂，坐比臥時幽。圓溜雜飛雨，對江迷古洲。明晨開霽好，勿再不成遊。

七月朔日徐興公直社九仙觀，賦得定光塔，興公誕辰也

于山東南勝，寺觀亦縱横。際此新秋候，來詢古塔名。千花朝影合，片雨晚涼生。社酒原無禁，長歌介壽傾。

寄崔徵仲按，征仲，世召字。

鹺署多羶爾獨清，寄銜惟在武林城。賜環未見優强項，前席虚勞問賈生。三竺每聽僧梵

遠，孤山時看鶴來輕。浮沉吏隱猶堪樂，漫道閑居遂稱情。

浮山堂社集

八月十五日宴集浮山堂。是夕也，桂魄初升，微雲點綴；蓮花漏動，泰宇澄清。皎然金鏡之懸，遮遍畫欄之照。長廊似水，促席生寒。對客圍棋，界路有如白日；倩人分韻，機關微露紅妝。

月出初看翳未收，若爲辜負此中秋。天應有意驅雲淨，山似無根向水浮。鏡面圍棋空秉燭，袖中分韻戲藏鈎。美人但怯通宵會，檀板聲敲爲阿侯。

題許湘畹香雪齋夢研圖

大中丞湘畹許公守越州時，夢蘇文忠與語良久。輟寐而起，命僮子治圃，舉鍤而獲一研，天然石質，玲瓏飛動，不事人工，而覆其背視之，則有「東坡小像」四字，衣冠鬚眉儼然坡公也。因憶公年譜有「十二歲，自紗縠市宅内掘地而得一研」者，豈即其故物耶？於是四方之詞人銘而贊之者，積帙幾寸。乃匯成册，刻畫精婉，爲余年家子張葆生手也。余僻處海濱，聞之頗後，又以循例起家，爲公屬吏，疾疢在躬，而不克赴。既捧侍之無緣，徒嘆羡之不已。謹拈一律，以志神往。

天然介石貌玲瓏，付與名賢醉墨中。昔日遊山尋許掾，清宵夢研授坡公。千言賦就磨礱熟，六出香飄點綴工。遠近詞人傳韻事，媿余頑質尚塵蒙。

西湖二周祠落成，陳泰始直社，與客憑而吊之，各賦二律

精忠聞徹九閽呼，司理當年子大夫。嘉石平反猶見肺，斷金良友可捐軀。澄湖水面雙清似，大夢山前一覺無。正氣自應垂宇宙，漫分靈爽自姑蘇。右忠介周公。

開府東吴似庾公，頻將白簡動宸聰。不愁闕下刑書濫，衹恐江南杼軸空。漢室幾成朋黨禍，熙朝尤數中興功。易名重典今雖缺，一體猶看秩祀崇。右棉貞周公。

黄元常、徐興公見過因游西湖

兀坐齋頭對此君，閑遊率爾便爲群。許多烟景隨鶯住，强半春光與客分。久雨乍晴花盡放，易寒成暖酒微醺。墨池何處尋遺跡，大夢山前雜暮雲。

贈徐興公

天將成就聘君賢，游道難分考室便。但有好緣俱讚歎，更無名士不周旋。詩歌七月爲衣始，郡仰高風下榻前。老眼看書真不厭，竹牕燈火尚蒼然。

林守易以新舫載予同遊鼓山

木蘭舟既成，圖書載亦備。匪資登山興，疇信涉川利。渚花垂岸榮，沙鳥近灣戲。浪洶峽門束，帆側巖影墜。密林屢易郵，疏鐘遥傍寺。微月出浦口，澹然見遊思。

出郭别陳振狂，將以暮潮解纜發之九龍

翩翩雙黄鵠，矯矯雲中飛。疾風一相失，奄忽東西馳。眷此同袍友，恩義無乖疑。春華不久榮，秋葉乃多萎。念當展行役，攬涕從此辭。往路何浩浩，乃在瘴海涯。答言别故林，與子同一時。方舟夙已戒，利涉臨余斯。斟酌盈觴酒，各致平生私。景光不相戀，良駟終難追。攜手念已遠，出門視多歧。凡影但俯刑，一失俱相離。幸言懷明德，有如渴與飢。心爲道路樞，安得不自知。慎哉各努力，勿負歲暮期。終當續古懽，爲樂猶未遲。

峽口逢陳幼孺

出門識别苦，登車愁路長。峽口斷地脈，南北遥相望。僕夫停其綏，川廣恨無梁。仰視浮雲馳，鴻雁同翱翔。方舟未云涉，矚險先傍徨。道逢相識人，乃爲心所當。上言長相

思，下言適何方。屏營周路側，原野何茫茫。安得盈觴酒，與子同酌嘗。大義亮金石，俛仰鬱中腸。吾欲展此曲，列坐無高倡。執手惜欲别，險阻誰相將。此水淺且涸，離憂方可量。命不與願俱，悲爲參與商。羨歎雲中鵠，比翼歸故鄉。

夜宿迎仙館

扶策入名山，幽奇恣心賞。嶺路鬱且紆，投林日已曭。修渚留餘光，玄廬此開敞。止宿無别驂，烟霞集吾黨。以兹流水喧，遂致衆山響。明月襲其輝，盈盈照帷幌。幽人有遐夢，夢到羲皇上。金鷄遶樹號，東方色微朗。晨起不及炊，浩然乃長往。

雨中過柳陳父看杏花，陳父時有檇李之遊

君家住近瓦官寺，金陵城中最僻地。向來名作杏花村，花開始有遊人至。此時結伴過君家，歲歲年年成故事。花枝雖不用錢買，濁酒應賒爲客醉。客醉看花倒接䍦，瀟瀟微雨踏成泥。枝頭莫惜終零落，明日東君渡浙西。

棲霞寺

入山已深邃，初地化爲城。古塔無全影，疏鐘尚舊聲。佛龕沿嶺鑿，僧舍傍泉成。怪昔梁江總，幽居斷送迎。

得張林宗書

三秋望不見，此日寄來書。簡略無餘字，蕭條慰索居。何嫌知我少，惟恨與君疏。安得秦淮水，能通浪蕩渠。

山路雜興

瓦井尋何處，沙溝苦欲崩。斷碑猶有寺，乞食即無僧。山勢開仍闔，天光降遞升。平生懷勝癖，遇此乃飛騰。

木瀆過黄伯傳宅

已失横塘路，仍逢木瀆橋。夕陽湖正滿，春草岸俱遥。餉客煩鷄黍，呼童灌藥苗。由來故人宅，相過意偏饒。

歸宗巖道中

輿步行相半，山迴徑轉幽。野亭漁並席，官渡馬同舟。樹古根盤道，橋崩石咽流。日斜人境寂，谷鳥囀啾啾。

温　陵

驛路連山路，城門控海門。島船秋更急，沙鳥暮能喧。落葉樵蘇逕，刺桐風雨邨。素衣塵變盡，聊以濯清源。

登塗山絶頂

百折來峰頂，三巴此地尊。層城如在水，裂石即爲門。澗以高逾疾，松因怪得存。瑶階金翠色，人世已黄昏。

沙溪別東生

幾夜舟中語，沙溪便有程。忍將離別淚，一灑合州城。小雨入江暮，微陽穿樹明。曰歸何不得，歲晚事孤征。

寄信

家居閩海上，寄信兩都中。道里雖然隔，逶迤或一通。人生皆逆旅，歸念甚兒童。無計堪相慰，淒其落葉風。

寄關中張太守

關西遥望路漫漫，泰華峰陰日夜寒。長樂故宫秦輦絶，未央前殿漢鐘殘。月明渭水浮三輔，花發驪山繡七盤。京兆風流誰不羡，時從閨閣畫眉看。

雄縣

燕南趙北易西京，此地猶傳避世名。河向瓦橋關外轉，樓聞鼓角地中鳴。雄山警蹕留行殿，亞谷降王有故城。幸沐聖朝無外化，宋遼何事日尋盟。

武　夷

丹邱遺蜕不知年，方外尋真思渺然。仙橋堂空棊撤局，御茶園廢竈無煙。峰頭亂插虹橋板，渡口難移架壑船。忽聽玉笙聲縹緲，步虚已近大羅天。

湖間即事

仙源迢遞杳無涯，拂樹齊開十月花。半壁莓苔千古色，一邨鷄犬幾人家。珠簾暮挂峰頭雨，玉箸晴餐洞口霞。世路不堪回首望，成田滄海日將斜。

送戚山人之内黄兼寄鄧遠游明府

三月鶯聲别故山，萋萋芳草照離顔。春光白下無多日，夜月黄河第幾灣。置驛正當賓客盛，弄琴遥識使君閑。閨中易作刀頭夢，珍重休過博望關。

送李玄白擢淮揚運長

東南財賦困征求，轉運今須第一流。際海金錢輸九塞，隔江歌吹是揚州。春風芍藥堂前宴，夜月瓊花觀裏遊。舊治如皋行部處，冰弦猶自韻高秋。

送茅止生北征

中原兵氣亂成群，流寇流民兩不分。背水孰能韓氏陣，撼山難動岳家軍。衝邊慣戰方良將，側席憂居有聖君。七尺男兒三尺劍，笑人毫楮立功勳。

松梯

身入蒼翠中，落日無人影。步步踏松根，不覺到前嶺。

清溪朱邑宰，里人也，以荔支名「綠扶包」者見餉

三灣亭子寄山坳，夾樹人家似鳥巢。謾說故鄉相見好，荔支先餉綠扶包。

泊舟大湘 按，大湘，灘名，俗呼南蛇，離延平府城十八里。

停掉投漁火，人烟自一區。遠山銜月淺，隔水度螢孤。夕露無聲墜，寒猿有淚呼。臨流歸夢促，安得涉江湖。

大田驛訪陳伯孺，時伯孺客越未歸

斜陽繫馬訪幽棲，古驛門前渡小溪。鬼火漸明青嶂裏，人烟猶隔翠微西。涼生遠樹鳴蟬斷，秋老平沙落雁低。何事王孫歸未得，松雲蘿月思淒淒。

清源絶頂

重重磵道入雲登，忽接空香最上層。松下輕煙埋斷碣，塔中殘照送歸僧。遠江蛟吹千帆雨，絶壑狐餐一片冰。衣帶天風吹落盡，危闌蕭瑟不堪憑。

白 門

微月斜陽影已低，霜風四起夕淒淒。烏生兩翼不飛去，只在白門城上啼。

蔡復一

字敬夫，用明子，同安人。萬曆二十三年進士。除刑部主事，歷員外、郎中，出爲湖廣參政，遷按察使，歷官兵部右侍郎。謚「清憲」。有遯庵詩集。

靜志居詩話：景陵之邪説行，率先倒戈者，蔡敬夫也。其駢體亦不屑猶人，亡友漢陽王亦世最賞之。然以詩論，寧取彼而舍此矣。

閩中錄：竟陵譚友夏别立門户，務於雕刻。要其學問不厚，失之陋；才情不奇，失之纖；風雅不遒，失之鄙；總之不讀書之病也。吾閩自十子以後詩派，歷歷未改。獨敬夫宦遊楚中，召友夏致門下，盡棄所學而學焉。有云「花心猶怯怯，鶯語乍生生」、「未見胡然夢，其占曰得書」、「以日爲昏旦，其雲無古今」、「居之僧尚髮，來者客能琴」，何庸劣乃爾，真所謂不善變也。按，復一天啓壬戌嘗主曹能始石園。曹能始有送蔡敬夫方伯之晉詩，是復一曾爲晉藩。

秋坐

夕陽盡歸水，秋聲半在林。飛蟬過别樹，未斷曳來一作「舊枝」音。

夕陽

夕陽欲下山，一半戀流水。短笛牛羊歸，餘光照童子。

閏六月望立秋集張園玩月，時積雨新霽

素練垂風展，鮫珠片片虛。金精秋欲盛，水氣雨之餘。

林秉漢

字伯昭，又字聚五，長泰人。萬曆二十三年進士。選庶吉士，改浙江道御史，巡按廣東，貶貴州按察司檢校。天啓間贈太僕寺少卿，謚「文端」。有尚友堂文集。

柳湄詩傳：秉漢母葉氏感異夢，得靈芝數本，而生秉漢。爲御史，多所建白，剛直不阿，陳奏一持大體，如：「大臣引疾，請決其去留，以開積滯；九塞待哺，請振其虛弱，以壯兵威；宗室繁多，請從四民之業。恩而閑之以法，義乃以成其仁。」皆救時碩畫，鑿鑿可行者。如播寧倭退善後事宜及薊鎮請復昂酋撫賞二議，尤通澈可採。熹宗即位，檢諫疏，憫其忠懇，贈銜賜謚。文集一册，乾隆十五年玄孫生員高攀重刊。

端午吊屈原

天中逢令節，投黍弔靈均。當日魂歸楚，他年地入秦。江流千古淚，魚葬此生身。誰反離騷賦，寧知獨醒人。

送祝大尹歸里

長沙屈賈誼，賢者忌胡多。豈負齎裘謗，空留棠芾歌。民間含雨澤，仕路驟風波。共灑攀轅淚，其如去轍何。

送佴雲岳按廣西

東觀西臺同受事，春風落日別行人。花驄曾避中朝路，繡斧新開百粵塵。君志澄清方攬轡，我慚局促未埋輪。莫言萬里君門遠，封事隨時叩紫宸。

送吴太史册封楚藩歸省墓

爲結諸姬白馬盟，暫辭簪筆出西清。輶軒捧册臨三户，醴酒開尊洽兩情。黄鶴樓呈江月色，高唐賦就郢歌聲。更將紫誥歸枌里，原草欣欣亦向榮。

鄭懷魁

字輅思，龍溪人。萬曆二十三年進士。官浙江副使。有葵圃集、渡江小草、農臣暇筆、蓮城紀詠。

柳湄詩傳：懷魁過目成誦，家貧，借鈔經籍百數十種讀之。居官耿介，中飛語歸。結吟社，築葵圃，著述其中。萬曆間漳州有七才子之稱，蔣孟育、高克正、林茂桂、王志遠、張燮、陳翼飛，懷魁居其一。

盤山

塞近春遲得，寒輕酒自堪。狐狸藏佛座，蝙蝠撲禪龕。翠鬱松多偃，紅殷杏欲酣。怪來窮髮地，偶亦似江南。

俞維宇

字憲喬，一字如愚，紹子，莆田人。萬曆二十三年進士。歷官湖廣左布政。

蘭陔詩話：如愚以忤魏璫罷歸。闢古意亭，日與諸名流觴詠爲樂，淡素如經生。詩亦遒勁，惜少流傳。

題岳武穆廟

廊廟成和議，疆場失虎臣。三軍空裂眥，二聖竟蒙塵。對簿臨天日，班師泣鬼神。不辭身一死，興復寄何人。

蘭陔詩話：岳武穆獄辭惟大書「天日昭昭，天日昭昭」八字。罪案乃細書，筆跡不類，藏吾莆陳魯公家。事載曾三異同話錄。此詩所謂「對簿臨天日」是也。蒼按，興、漳、泉岳氏，多武穆後。閩書：秦檜既殺岳氏父子，其子孫皆徙重湖、閩嶺，日賑米錢以活其命。紹興間，有知漳州者建言：「畔逆之後不應留，乞絶其給，使盡殘年。」秦得其牘，令劄付岳民而已。士大夫爲官爵所鉤，用心至是，可謂「狗彘不食其餘」矣。

黄槐開

字子虛，寧化人。萬曆二十二年舉人。官青州府推官。著有在齋草。

南嶺秋清

南嶺秋風一夜清，芙蓉卓秀對孤城。山深霧豹文將變，天淨霜鷹眼倍明。萬里京華勤北望，千家禾黍樂西成。憑高謾笑雕鳩輩，躑躅蓬蒿過一生。

張燮

字紹和，廷榜子，廷棟從子，于壘父，見下。龍溪人。萬曆二十二年舉人。有霏雲居集、霏雲居續集。

龍溪縣誌：張燮性聰敏，博極群書，結社芝山之麓，與蔣孟育、高克進一作「正」、林茂桂、王志遠、鄭懷魁、陳翼飛稱七才子。漳浦黃石齋先生雅重之，嘗云：「文章不如張燮」，一時遠近諸公咸造廬式訪。校書萬石山中，著有霏雲居集蒼按，霏雲居續集二十四卷。國朝黃宗羲稱爲「萬曆間作手。」及所刻七十二家文選、東西洋考、閩中記行世。蒼按，燮，萬曆二十二年舉人，天啓改元，猶公車三上。見石倉集。

西山同孟旋、長蘅小酌

並馬投初地，山光入幾重。泉聲下寒澗，日影過長松。不辨來時路，徐聞靜裏鐘。村醪難可口，取醉轉從容。

偕聞子將、方孟旋、鍾伯敬游韋園，飲山寺

芳晨並轡過名園，花信風催第幾番。閑裏光陰皆酒趣，雨餘春色是苔痕。溪山意遠雲長在，梵唄聲聞鳥不喧。隱隱佛燈照寥寂，夜深主客亦忘言。

馬孟復

字見心，長汀人。萬曆間歲貢。官婺源丞。

悼孟養浩、鄒元標二先生鄒、孟二公論寵妃及建皇儲，言甚不諱。孟遂蒙酷典，幾夷九族；鄒謫峽口驛丞，蓋幸免哉。不佞輒淚簌簌下，爲死者悼，而於謫者仍有冀也。

慷慨安劉當四皓，從容授命結三仁。九重快意瞑眩藥，百世悲歌諫議臣。果是國危身合死，幾乎家破族同淪。何年直道伸公論，蕉荔春秋楚水濱。

許樵

字巖長，莆田人。萬曆中布衣。

姚園客云：巖長詩酸楚流利，雖少含蓄，不失爲雍門鼓琴。

蘭陔詩話：巖長與同里吴元翰、張隆父、林希萬、黄漢表、盧元禮、高彦升、陳肩之、林彦式諸君結北山詩社，其社草佳句如閏三月留春詩「勝日重來修竹裏，東風不放落花飛」，希萬句也；北原寒望詩「絶憐秋盡芙蓉老，欲采何由寄遠情」，漢表句也；春閨詩「縱令妾貌花相似，保得春花不落時」，彦升句也；春閨詩「殘花未解愁人意，不肯風前住少時」，肩之句也；落花詩「花開不厭早，花落不厭遲」，彦式句也。今諸君之名，里中鮮有知之者，况其詩乎？兵燹之後，載籍淪失。予生也晚，不獲盡搜而傳，深足惜也。

送吴元翰之蜀

西去蠶叢路八千，送君能不淚潸然。秋江疏雨孤舟裏，客舍寒風落葉前。渺渺峨眉凌雪起，蒼蒼劍道與雲連。從知别後空相憶，握手應須待隔年。

聽鶯送林彦式

楊柳毵毵黄鳥鳴，春風送客不勝情。尊前似解分離苦，故作關關唤友聲。

郭天親

字聖胎，莆田人。萬曆中國子監生。

蘭陔詩話：聖胎縱遊湖海，晚始歸莆。彭讓木侍郎贈以詩云：「囊空尚有詩腸富，道拙終嗟世眼違。」姚園客稱其長安詩「如遠客逢故人，言皆肝膈。」惜集已不傳，僅從頤社草中録得二首，非其至者。

佛日得晴

西方此日聖人生，居士今看在化城。每向松牕來舊雨，因來蓮社快新晴。短牆樹密煙猶滿，一盞燈懸月共明。行上三峰拜奇石，鶯聲纔聽又鐘聲。

連雲閣

柴門邊翠微，幽人自高閣。不知何處雲，片片當牕落。

郭天中

字聖僕，莆田人。萬曆中布衣。

錢受之云：聖僕母誕聖僕時，夢一道人雙髻曳杖，從山巔下直入其室。其生也，頂髮截分以徵異焉。聖僕以五日生，早失父，性至孝，孤情絶照，迥出流俗。購畜古法書名畫，不事生産，專精篆隸之學，窮崖斷碑，搜訪摹搨，閉户探討，寢食都廢。晚年隸書益進，師法秦漢，最爲逼古。母没，權厝於城東郊，僦居其側，風雨蕭然，終不肯去。人欲爲卜居，以癖耽山水爲辭，竟不欲明言廬墓以市名也。故人泰和楊嘉祚守維揚，延致聖僕，贈遺數千金，悉以買歌姬數人，購書畫古物，並散給諸貧交，緣手立盡。嘉祚嘆曰：「此吾所以友聖僕也。」諸姬中有朱玉耶工山水，師董北苑；李柁那工水仙，直逼趙子固。疏牕棐几，菜羹疏食，談諧既暢，出二姬，清歌以娱客。或邀高人程孟陽輩流覽點染，指授筆法。鍾伯敬贈詩曰：「姬妾道人侶，敦彝貧士家。」亦實録也。按，天中在金陵時，與吴縣詩人葛一龍唱和。

姚園客云：聖僕詩如秋柳蟬聲，聽者疏耳，而惜其稀。

石鼓詩

鼓非石，贋者星。文非鼓，勒者銘。焚外書，删外經。經雅頌，書典型。隸秦漢，徑眹庭。篆龍鳥，溲藍青。臼謝忤，春戳停。嵌辭金，波畫零。我拜手，神之聽。

洪寬

字仲韋，莆田人。萬曆中布衣。

蘭陔詩話：仲韋僑寓白下，狎遊曲中，後娶名姬劉二，閉門謝客。秦比部訪之不見，作詩嘲之云：「豈是安劉故避秦。」嘗語吳元翰曰：「爾詩晚唐耳，予蓋三百篇也。」又謂姚園客曰：「杜詩可厭，正在首首憂國。」園客笑曰：「怪仲尼不删變雅。」觀仲韋詩品，當在元翰、園客之下，其言如此，抑何誕耶？

夏日同徐茂吾、臧晉叔、錢尗達遊西湖分賦

丹嶂看疑畫，平湖望若空。層巒青靄外，古刹白雲中。水淨菰蒲綠，林幽木槿紅。風光已可樂，况復故人同。

鷲嶺懸青漢，龍宮入翠微。梵連天籟響，香雜野煙飛。蘿牖籠寒霧，松門挂夕暉。老僧猶許飲，月出未言歸。

陳詞

字墨林，莆田人。萬曆中布衣。

癸亥元日

光陰宛似下灘船，宿酒纔醒已隔年。滿地落梅風走雪，半隄新柳日生煙。若無凡鳥誰知鶴，縱有高山不及天。眼底衣冠非故故，狂呼阿堵買神仙。

陳天敘

字元達，莆田人。萬曆中布衣。

林雨可云：元達以吾鄉利病，徒步叩閽，一時便之。

奏疏稿定

書成燈影薄，如見流亡魂。日近八千里，天卑十萬言。哭嘗思賈誼，死亦見監門。得罪逢明聖，民愚仗主恩。

薛希元

字景登，莆田人。萬曆中布衣。

壬寅書事

丞相方捐舍館初，即逢夜詔建皇儲。九原若遇留侯問，夜悔無招四皓書。萬斛千艘蔽五湖，二京九塞足軍需。年來瀚海傳烽燧，曾見臨戎一矢無。

張士昌

字隆甫，莆田人。萬曆中布衣。

蘭陔詩話：徐興公書目載山人有聽雪二賦，感懷詩一卷，惜已不傳。

柳湄詩傳：士昌有觀宣鑪歌載在帝京景物略中，採錄數語，以備稽古之用。觀宣德鑪歌：商彝周鼎無多讓，江鑄宋燒敢相抗。吁嗟乎此鑪不可狀，南鑄北鑄徒多樣。曰除獸面象面象鼻與分襠，戟耳魚耳斯爲上。建寧郡多古銅器，蒼得宣德鑪，形如圓盂而殺其下，左右隆起銜兩環，即此詩所謂「分襠」也。色如漆，中隱桔皮斑，金精銅液，光彩耀目，非經十二鑪燒灼鍛鍊不克至此。近來蘇鑄巧益精，終焉北鑄稱良匠。據此可知萬曆間江南尚鑄新樣。無怪南北真贋相溷，果宣德時宫中製者，與民間自然迥別。不能以獸面、象鼻而忽視之。

三月三日同林仲宣雨花臺修禊

登臺藉草尚微醺，何待流觴向水濱。山遠孤城江似帶，天低近野樹如雲。三春烟景同爲客，六代風流獨對君。遊興未窮仍極目，一彎新月促斜曛。

盧伯宗

字元禮，莆田人。萬曆中布衣。

落花

萬點從風東復西，三春媚景散平隄。斜飄妝閣欺殘粉，亂並漁舟出舊溪。華表柱空仙鶴怨，黃陵廟冷鷓鴣啼。不知何處猶堪賞，斗酒明朝與客攜。

懶策孤筇向小園，武陵何處復尋源。遊絲猶繞開時樹，啼鳥如招别去魂。流出御溝閑白晝，飄從永巷伴黄昏。低回不省春歸路，草色青青合閉門。

惜春何處不心傷，佳麗江南亦自荒。貼席香參荀令坐，飄簷瓣點壽陽妝。數聲鵖鳩青林晚，滿院蘼蕪白日長。爲語長門休買賦，黄金好换駐顔方。

周藎卿

字爾修，莆田人，俅曾孫，宣孫，鯤子。俱見上。萬曆中國子生。有章林巖閏草。

黄若木云：爾修詩如青陽吐榮，斜月挂樹，樨香遠送，撫劍乍迴，才若趣殆兼有之。

春日雜興和韻

翹首看黄鵠，高飛不可攀。幽心依白社，託興在青山。草閣溪聲細，松門鶴夢閑。微吟向林薄，妨損石苔斑。

信杖逢僧處，空林古刹前。掬泉看洗鉢，掃石共譚禪。燈影千山夕，鐘聲一壑煙。悠然息煩想，欲借上方眠。

春日湖上

花信年年迴不違，園林取次鬬芳菲。數番紅雨波流急，幾處香泥燕語微。枕石橋邊魚乍出，開籠松際鶴初飛。布袍亦漫從風舞，笑指垂楊異昔圍。

侯官　郭柏蒼　楊浚　錄

陳薦夫

名邦藻，字幼孺，輔之子，价夫弟，見上。閩縣人，萬曆二十二年舉人。有水明樓集。按，薦夫居福州南門下渡，其所營招隱樓今入民居。

曹學佺水明樓詩序：水明樓者，取杜少陵「四更山吐月，殘夜水明樓」之句也。少陵棲止夔峽，無人晤語，中夜懷歸，展轉不寐。嘗曰：「客睡何曾著，秋天不肯明。」忽然而現此境，成此句，不知其所以然，似鬼似仙，又有似於禪，在人遇之耳。東坡曰：「精氣爲魄，魄爲鬼；志氣爲魂，魂爲神。」衆人之志，不出於飲食男女之間與凡養生之資。其資厚者其氣張，其資約者其氣微，故氣勝志而爲魄。聖賢則不然，以志一氣，清明在躬，志氣如神。雖祿之以天下，窮至於匹夫，無所損益也。故志勝氣而爲魂。試論子美當日之受用，其爲飲食男女乎？其養生之資，厚且約乎？其所以祿之窮之者，有損益乎？「四更山吐月，殘夜水明樓」之句，似抑怨爲鬼乎，亦清揚爲仙乎？至今千百世而下，信體魄之凝滯於物乎，亦吟魂之虚明無寄乎？故余亦曰：子美之詩非有異於人，其所以爲志者異也。然子美自言「入夔之後，於律轉細。」子美平生雖不談禪，而詩不窮不工，禪不窮不精，詩不涉議論則細，禪不著見聞則圓。其關捩殆有合焉。人之一身，志與氣恒相勝，魂與魄若遞换，而以達者論之，一身而有二物，無是理也。故人不深乎禪理者，未有知詩者也。予友陳幼孺，少孤而貧，三十始爲諸生，領鄉書應試南宫，不第而歸。貧益甚，至喪厥明。末年病嘔而死。其所爲養生之資，飲食男女之欲，約而且廢矣。獨於詩之道，負俊才而專一志。質癯而腹腴，語險而法中。雖目不涉詩書、跡不交山水者十有餘載，然下帷之夫駭其博雅，好遊之士推其韻致矣。倘所謂閉門造車，出門合轍者耶？幼孺臨終時謂王粹夫曰：「若能始者，吾死後魂魄猶依此君也。」噫，吾友之魂魄豈能舍是詩？予今爲之序如此，亦足以復幼孺矣。

竹窓雜錄：陳幼孺既舉孝廉，貧日益甚。偶謁一當道，令其咏點額盆魚，幼孺云：「盆池影裏波紋下，一片朱砂鶴頂圓。爲是龍門掙不上，至今摇尾乞人憐。」

小草齋詩話：陳幼孺工麗宛至，却自中、晚得來，與徐惟和、鄧汝高皆巨擘也，相次夭折。悲夫。

閩中錄：幼孺三上春官不第，病目雙瞽。蒼按，薦夫病瞽，禱於善溪白馬王曰：「枯眸雙翳，空繙三載醫方；朽質僅存，何補九年賢籍。」按，薦夫卒年五十一，生於嘉靖庚申，卒於萬曆庚戌。兄弟自相酬倡。桐城阮自華贈詩曰：「孝廉宿憤世，遁景棲深宫。親朋希得見，杯酒將誰同。」

擬古怨

涉江采蘅杜，出江思君子。既無歡愛情，空然抱心素。蘼蕪晚失時，紈扇秋如水。促織鳴牀前，螻蛄哀砌底。寒霜凋空林，涼月皎沙渚。遺思結寒燈，淫魂亂秋杵。失意既無當，惠姸良獻醜。

秋夜遲友人不至

秋宵何沉沉，松陰落寒瓦。蟋蟀喧中堂，繁蟲泣深夜。素月清以娟，白露杳然下。之子望不來，但恐秋風謝。

映水曲

舞鸞出匣迎春風，柳絲妬綠桃嬌紅。顧影低鬟曲塘上，金渠裏外雙芙蓉。繡領斜明酥頸皙，澄波對射眩空碧。冰盤不漾粉紅香，一團春水桃花色。

石竹山按，在福清縣。

古洞紫雲扃，荒臺閣摘星。月高牕湧白，樹密檻流青。竈冷丹砂候，山餘赤鯉形。由來塵土夢，那許接仙靈。

春日雨中屠田叔使君招集鄰霄臺同錢叔達、徐惟和、惟起、王粹夫

仄徑蹋香泥，蘼蕪一望齊。臺登疏雨背，塔拄亂雲西。却蓋依松色，停騶讓鳥啼。山公新理詠，不唱白銅鞮。

夜投瑞巖寺按，在福清縣。

海色蒼蒼白露寒，征途初倦叩禪關。似聞僧語青冥上，忽見牕開黄葉間。清梵聽來山月曉，荷衣溼盡嶺雲還。心知淨境難留滯，坐向繩牀一夕閑。

海口城晚望按，在福清縣。

蒹葭靄靄樹蒼蒼，平楚閑看益渺茫。驛路遶山多落木，孤城臨水易斜陽。潮回近浦寒生雨，雁度遥天夜帶霜。蹔息征鞍溟海上，烟波千里斷人腸。

漁梁道中懷鄧汝高民部，徐惟和、曹能始二孝廉

梅花松影兩參差，不見前村賣酒旗。馬嚙雪殘將盡草，猿啼霜後最枯枝。幾家山館迎春早，萬里王程到日遲。雖是別離腸欲斷，却憐京國有新知。

伯孺兄之吴興寄謝在杭

郡志載：謝在杭性吝嗇，陳价夫往姑蘇，告行於徐惟和，和作詩書箋贈之兼柬在杭。囑云：「若告歸日，行囊蕭瑟，取吾箋令見之。」詩云：「離筵酒盡即他鄉，豈爲分攜始斷腸。失路客身輕似葉，倚門親鬢白於霜。歸裝不望中人産，内顧先營百日糧。未必綈袍能解贈，秋風先囑寄衣裳。」及往，果如言。在杭挈而觀之，曰：「惟和㞞我，我適有不及矣。」留伯孺數時，厚禮而歸之。

苕霅東來繞郡城，碧流雙照使君清。公庭事向湖間了，澤國春惟水畔行。桑翳人烟蠶有禁，樹涼官閣鳥無聲。夢中遠道青青草，去傍君家池上生。

送温永叔郡丞擢守南寧

清朝早郡十年時，千里專城去有期。洞裏匏笙蠻部落，雲邊銅鼓漢官儀。江祠驗歲憑鷄

卜，野館行春借鹿隨。幸與交州山色近，知君到日去襜帷。

送李伯韡孝廉之蘇州

君去長洲綠漸繁，憑將往事吊空門。虎邱不散黄金氣，鶴市還歸紫玉魂。柳絮輕煙迷社燕，荻芽新水上河豚。館娃宫畔梨花月，更與東風倒一樽。

聞雁懷陳汝大

水國秋風霜葉飛，忽聞南雁一聲歸。知君此夜頭應白，無數啼痕上客衣。

晚次白沙驛懷諸同社

蹔落孤帆夕照斜，八千里路遠辭家。故人相送各歸去，只有寒潮到白沙。

陳汝大

按，汝大名椿。

汝大本修能，姱節復無比。握手見丹衷，微言動傾耳。麗藻掞春華，清心映秋水。刻意絶陳言，虚懷故開美。以兹富奇辭，往往絶常理。青鳥有遺經，頗暢幽玄旨。博物非外求，聊以觀吾始。

陳汝翔 按，汝翔名鳴鶴。

汝翔倜儻士，結屋柯山麓。希範上世人，形骸皆土木。著書摛窮愁，因之廢櫛沐。既推孟嘗産，應甘仲由菽。憤世日放懷，時時見衷曲。能爲魏晉言，詞林競推服。屈首諸生間，顧影良已促。懷哉捧檄心，俛仰豈所欲。

徐惟和 按，惟和名熥。

大徐吾同調，蚤歲禀英特。居常好遨遊，一一窮阡陌。探討了不聞，迺反富經籍。既解匡生詩，亦善梁丘易。起家應孝廉，徒步射奇策。魚目混隨珠，高雲綴長翮。齊瑟不爲竽，荆山豈終石。物固有推移，君情無怵迫。

徐惟起 按，惟起名𤊹。

徐生抱壯圖，體質何獨變。退若不勝衣，允矣明時彦。擁書數萬卷，何假百城面。探賾詎言疲，登臨不知倦。析理采腴辭，論交存片善。直是清虚來，非與紛華戰。勉旃賦子虚，還期漢廷薦。

平夫兄 按，平夫名邦注。

大兄性豪爽，不滓泥與淖。平生群從中，束髪頗同調。孱然五尺軀，矜莊成峻峭。應對時復忘，瞪目但清嘯。才思顧便捷，神情亦要妙。映竹洛中吟，臨流東海釣。永言遺世心，豈恤俗士笑。

伯孺兄 按，伯孺名价夫。

天乎余何辜，少小遭閔凶。寡母提二孤，慟絶無生容。伯也有至性，鞠子哀余躬。勞苦每獨先，饑寒時與同。弱冠涉文藝，名理豁然通。聲詩有頓悟，掃素無良工。曰余駑鈍資，諄諄爲發蒙。行誼日提挈，名節相磨礲。嗟哉吾何執，奉以慎厥終。

司命問答

問司命：身是鷦偃群，所願固不長。願得二頃田，兼有百樹桑。草屋廣一區，乃在溪澗傍。比鄰五六賢，合志復同方。伏臘無杯盤，漉酒烹肥羊。一童給薪水，一婢御厨房。

晚行當巾車，無病足力强。圖書三萬卷，妻妾慎閉藏。大兒能力田，中兒能文章。復有最少兒，嬌笑嬉中堂。監司不多事，縣令復循良。詔書間歲下，强半蠲租糧。最上比胥轂，卻下無黄唐。逍遥七十年，還歸無何鄉。在我固不泰，於君亦無妨。司命答：君情何太癡，樂事安可全。生角不復齒，高飛那得蠉。有手不能行，有足不能拳。造物非不厚，賦命當自偏。季子列侯相，留情負郭田。沮溺才耦耕，那得比鄰賢。淵明五男兒，長幼誰可憐。犢牧歎雙雉，琴瑟無復緣。殤子困朝菌，豈不願永年。唐虞去不返，何啻天與淵。君懷如可畢，君願如可兼。司命請自行，高賢莫垂涎。

桑溪修禊詩有引

桑溪在閩郡東，故王無諸禊飲之所。惟和考郡志得之。日在上巳，約同社流觴，遠循舊事，人賦四、五言各一章，爲圖而繫之。

東風扇陽和，景物相鮮新。緬想修禊期，往跡今已陳。東郊有遺址，張飲傳甌閩。如何千載後，寥寥無斯人。伊余異代士，攬古披荆榛。言尋二三子，卻過桑溪濱。飛觴汎流花，傍巖鋪苔茵。盤開漾輕舄，杯行雜游鱗。稍覺俯仰闊，漸與形骸親。沂上服已裁，滄浪纓未塵。念兹足奇勝，千古當斯辰。

北邙行

洛陽城東北邙路，纍纍白骨多於土。今人塚壓古人墳，富貴豪華不可聞。素車白馬賓從散，螻蟻烏鳶分强半。寒狐盗著塚中衣，飢鶻搏將盂裏飯。白楊蕭颯風霜老，旒旐飄零棄衰草。野鳥諳歌薤露聲，寧知此曲傷懷抱。何年碑字尚熒熒，磨與新墳改勒銘。山鬼讀碑剔燐火，漆燈歲久那能明。城中居人聚如蟻，十九身歸北邙裏。今人爭吊昔時人，昔人昔日曾如此。北邙抔土無寸閑，得葬北邙人亦難。君不見腥風血雨沙場客，欲向此中那可得。

山行懷汝翔

鳥道勢盤空，林疏葉墮紅。客行山色裏，路入水聲中。畬火燒殘雪，人烟背北風。所嗟丘壑興，不得與君同。

同王震父熙工舅遊名山室按，在永福縣。

蘿徑繞孤峰，珠林隱梵宫。路尋白雲處，人在翠濤中。古洞閉殘雪，水簾開晚風。共將真妄理，閒坐叩支公。

村居寄徐大惟和

幽居水石中，漸與野人同。竹密齋長掩，溪迴路不窮。愁成耽酒癖，病減讀書功。爲問山陰侶，何時向剡東。

同汝翔興公訪振狂吸江亭

花暗竹青青，來過江上亭。酒非尋白社，書正搨黄庭。蚤韭和雲翦，新鶯過雨聽。君看今夜聚，莫是少微星。

江北旅情

薊北三春望，江南萬里愁。隴雲凝馬足，林雪澀鶯喉。野曠天垂驛，更寒月墜樓。長江將客淚，日夜向東流。

訪王百谷不值晚歸舟中遇雪

三徑蓬蒿外，蕭然是履痕。寂寥齋自掩，磨滅刺空存。暮雨河流急，孤舟雪影繁。翻憐戴安道，興盡子猷門。

下第後呈徐惟和、文夢珠、鄧太素

寥落三春暮，飄零萬里餘。殘兵歸磧日，去婦下堂初。對客羞言命，逢人懶寄書。與君俱未悟，儒術是謀疏。

謁高賢祠按，在福州郡治烏石山。詳徐熥傳中。

祠壇一片地，千古聚精英。墓朽孤吟骨，碑鐫大雅名。神應通後死，業不負前生。想到清宵裏，泠泠白雪聲。

哭王三少文按，王叔魯字少文。

淒淒風雨冶城邊，往事傷心最可憐。文酒相驩才幾日，乾坤此別又千年。重泉不掩慈烏恨，綺帳應乖卜鳳緣。莫謂空山可埋玉，殘珠斷璧世爭傳。按，叔魯未娶卒。

送王少文入城西殯宮

薤露歌成不可留，長辭華屋向山邱。人隨白馬如雲散，兆有青烏計日求。暮雨寒狐依繐帳，夕陽山鬼弔松楸。縱然相送知何處，門掩荒郊水亂流。

哭陳汝大

詩懷瀟灑酒腸寬，忽爾霜摧楚澤蘭。別館夜譚違碣石，空庭秋色夢邯鄲。新阡自相青郊塚，故里誰登白社壇。不爲詞林公議在，幾人罇俎祀儒冠。據此，則陳椿亦隨祠烏石山高賢祠。

哭徐惟和 按，徐熥遊古田，交林春秀，卒於古田。

別去家山隔數旬，重來應似夢中身。殘魂幾日相尋我，遺囑先時轉付人。抱女哀號青鬢妾，呼兒酸楚白頭親。斷腸引壟孤燈下，不得留君四十春。聞說羸軀向玉田，長親瘴霧與嵐煙。文窮孝里千秋筆，詩絕香閨七弔篇。嶽秀降來終入地，長庚謫去竟歸天。可憐十子登壇後，一死身關二百年。玉田有林孝子，惟和爲之立傳，又作香閨七吊詩寄余，皆絶筆也。

吴門懷古

香徑春風碧草萋，東門雙袂淚痕啼。千秋故國頻歸越，百里高城只望齊。紅粉不如臺上鹿，錦衣曾破水邊犀。兩山翠色年年在，猶自含顰震澤西。

金陵懷古

庭花玉樹幾經秋，一片平湖只莫愁。西晉長江無鐵鎖，南朝舊國有金甌。樓臺處處横天末，潮水年年打石頭。千載真人還定鼎，莫言王氣黯然收。

九日書懷東泰始

按，陳一元字泰始。

海國風高白雁斜，城南微漲尚涵沙。鄉心不敢羹蒪菜，蓬鬢那勝插菊花。只有扁舟堪避世，更無長鋏可爲家。桓公門客多輕薄，敢把文章誚孟嘉。

己酉初度

吴越歸人感路歧，行人五十數偏奇。浮生强半神情減，來日無多意興知。自笑桑蓬懸季月，正當蒲柳望秋時。坐中莫更歌眉壽，逼坼傷心久廢詩。

過王總管故居

故元總管王翰，字用文。元滅，念無子，未即死，退居永福山中十年，生三子。太祖聞而聘之。翰與友人吴海謀，遂自經。吴爲撫其孤，即孟敭太史也。

龍湖西去一荒邨，滿目荆榛繞敗垣。勝國河山非故主，明時溝瀆有忠魂。桃源豈識秦頒朔，栗里終無宋紀元。今日相過誰舊侶，數聲鄰笛叫霜猿。

陳嘉義

字未詳，漳平人。萬曆二十二年廪貢。官金堂知縣。

何舅悌邀諸友遊東山寺按，何九雲字舅悌。

渺渺山城一抹煙，舄前無地逼諸天。雲霞齊擁孤僧出，日月雙擎石塔懸。突放毫光開寶地，時聞法鼓奏金仙。紅塵十丈無人醒，且結禪棲百日緣。

董應舉

字崇相，一字見龍，閩縣人。萬曆二十六年進士。授廣州府教授，陞南京國子博士，擢吏部文選郎中，陞南京大理寺丞、太常少卿、太僕卿、工部右侍郎，卒年八十餘。有董崇相集。

烏石山志：董應舉字崇相，閩縣龍塘鄉人，今稱亭頭。萬曆戊戌進士，予告歸。起南京大理丞。萬曆末，遼東撫順已失，應舉條上方略，帝置不省。天啓改元，再遷太常少卿。二年春，廣寧告警，京師悚懼，朝士有託故移家者，應舉請斬之，且陳急務數事。尋以工部右侍郎兼户部侍郎並理鹽政，疏請釐正鹽規，爲魏閹所中，落職。歸於連江館頭，闢百洞山，築室其中，即今青芝寺也。又於烏石山之陰太虚庵舊址建太虚亭，授徒講學，公記瓚變云：「萬曆四十二年，太監高寀毒虐，民變。時予在烏石山太虚庵讀書。」是公建太虚亭在萬曆中葉，互見三十九卷王宇傳中。郡賢士多出其門。崇禎初復官。應舉好學善文，居官慷慨任事，在鄉里好興利捍患。閩詩傳稱：崇相所歷之任，執法廉平，考禮正樂，興廢舉墜，而北屯南插錢鹽無不飭弊更新，盡關國計。因立綱取鑄，勢不並全，乞罷歸里，家居海上，貧素自甘。正理學而疏海禁，策倭患，爲閭望所依。操履端潔，始終無瑕，而學問經濟自明興三百餘年鮮其比者。卒，郡人於郡學射圃祠祀之，入祀鄉賢。福州郡治于山九仙觀右廊二像，左即崇相先生，右御史林之蕃也。著有崇相詩文集十八卷行世。按，公將詩文授鍾竟陵選刻，竟陵爲序，後又重刻一次。今公後衰微，其文有關世道人心，不可湮沒。

竹牕筆記：萬壽橋下大江，舊名南臺江，今名投金渚，以明侍郎侯官董崇相先生得名也。先生諱應舉，號見龍，閩安鎮外塘頭人。爲諸生時，有書田與兩廣總督陳瑞子尚書長祚毗連，長祚以厚值延至家，强立券焉。先生袖歸，至萬壽橋，悉投江中。

丙寅聞邊報

出山已辦沙場骨，今日生還亦主恩。忽報奴酋飛騎近，白頭垂泣向江門。

送練生赴闕行

北風吹裂金陵水，一龍飛去一龍起。耿耿中丞舌向天，白日黄塵滿西市。井裏沉煙二百年，獨留一綫人千里。乾坤依舊氣長存，日月雖蝕光不死。我欲爲君扣九閽，千世萬世扶天紀。

洗竹按，太虛亭在福州郡治烏石山。

太虛之亭竹四圍，繁枝歲久遮光輝。當中取勝翦其蕪，千山萬山揖吾廬。疏密得理雲往來，横翠交加遠眸開。遠山如欲上青天，近山蹲伏墜階前。延延野緑平如掌，疏簾日入蒼苔上。無那高枝不肯降，拂拂雲中作清響。

甲辰成均官舍初就喜而有作按，此詩教授廣州時作。

一氈自喜得婆娑，小搆纔成四月過。舍下人情看乳燕，堂前物色長新荷。當牕且放青山入，夾路無嫌緑樹多。卻笑廣文能幾日，欲將處處著煙蘿。

送楊德秀下香山

十日不了香山寺，有客來分半榻雲。泉響高從松頂落，鐘聲多在月中聞。誰言秋色能欺病，早放黄花爲送君。此去都門何所見，孤鴻天畔入斜曛。

出山遊武夷

俯視雲鳥低，仰見日月側。石磬下青冥，千山飛翠色。四月巖際眠，半生夢中境。卻羡深山人，不識深山靜。此山已三遊，初如不相識。不是境難窮，匆匆無所得。

抱膝亭

上有崔嵬山，下有沿洄谷。溪水深且清，曲曲森古木。天晴理釣絲，天陰歸茅屋。抱膝時一吟，千山萬山瀑。

戲贈曹能始生日

按，能始生日爲十二月望日。見陳衎元永集詩自注。

曹生今年三十幾，骨如束玉眼如水。隨世應同白雪來，詩名故得陽春比。潞河邂逅已十年，南中廷尉復兩遷。除書數上不見報，屐齒處處題風烟。縱云歲星亦何有，何曾日給數升酒。枯管空吟白下梅，瘦馬長隨山郎後。曹生曹生汝勿愁，尚有諸生坐白頭。

送俞心虚之薊門

俞將軍，横戈立馬别我向燕雲。我有倚天長劍持贈公，雪花照臘雙龍文。精光翕忽凌紫空，燕雲劍客能有幾，長纓短後徒紛紛。憶昔都公拔劍起，一擲金門行萬里。手出偏厢制虜驕，心輕衛霍誰能比。東南天地盛妖祲，一劍横芟成海水。西平百粤東三吴，半壁清寧日月孤。壯心終欲死西北，自恨不得與太公中令並駕而齊驅。君今此行何所圖，圖忠圖孝圖丈夫。乾坤社稷三尺裏，裂土封侯何有無。

金　山

挾水山多壯，浮天寺更清。塔將波共躍，潮與梵齊鳴。江鶻窺盤下，春帆掠岸行。只貪人境别，風浪數能輕。
突然一片石，孤峙亂流中。不見風濤壯，惟知天地空。日光摇水府，梵響隱龍宫。豈謂人間近，江流天外通。

游焦山

南界多奇勝，焦山獨曠清。孤根當海立，萬水接潮平。遂見扶桑影，時聞鼉鼓鳴。吾游今始得，鷗鳥亦輕輕。

看瘞鶴銘

破浪下滄溟，來看瘞鶴銘。苔文三石偃，風色一江青。月出海門靜，潮生水氣腥。因知古人意，毛骨惜仙靈。

游小雲居

萬山東赴海，一壑轉藏雲。樹裏石爭出，巖頭水逕分。低枝猶乳鵲，高枕易成曛。寂靜無過此，潮聲天外聞。

辛亥冬請假歸，念里中諸勝得償宿遊有作

十年怨別太虛臺，歸去柴門得自開。臥竹無人應塞徑，亂蒲恣水定侵苔。潛夫論著猶多

事，求仲過從或見猜。獨許西山相對語，白雲飛去又飛來。

梅嶼臨江壓海潮，孟溪東下白迢迢。千山四入如窺鏡，片石三分自作橋。趁水魚蝦時復上，近人鷗鷺不相招。江風似喜歸逋客，故遣漁歌入酒瓢。

孟溪溪水帶茅堂，蓮岳爐峰接翠長。素几雲霞時五色，小橋風月亦多方。書橱大半供殘蠹，蠟屐多應閣短牆。所喜十年歸夢後，滿園朱實吐瓊芳。

丁未送陳元凱之揚州

石城門外送行舟，柳色鶯聲相對愁。歸到清涼山上望，蒼茫一點是揚州。

厨娘

宋高宗失一玉孩兒有年矣。張循王厨娘剖黄瓜魚腹，得之以獻。高宗大喜，以爲舊物復還之兆。因封厨娘。

玉孩兒，出魚腹。夕作厨娘朝華屋。金世界，臨可復。吁嗟可憐岳武穆。循王一言丞相喜，九廟含悲二帝哭。

秋日上遂有亭别鄭歸德

十日不到山，乃見山容老。日挂松上枝，雲棲隴頭道。短草忽凄凄，長空徒皓皓。此已不堪居，況復别同好。

過釣臺作

避秦入桃源，避漢乃在此。桃源不可尋，釣臺水之涘。釣臺不在魚，一竿聊寄耳。漢鼎還故人，高尚救風靡。孔光附莽，頌莽功德至數十萬人，因以亡漢。

過謝皋羽葬處

釣臺南畔白雲源，皋羽當年許劍存。生氣不隨天地盡，清風千古對忠魂。皋羽有許劍録誌此山所自得。

枯木庵按，在侯官雪峰寺前。

存公闡大教，乃在枯木中。白日雪花墜，千年梵刹同。無枝不礙月，有穴自成風。試問檀那者，空虚何所窮。

百洞 按，百洞山爲崇相手辟。王宇宿董崇相山居：「百洞風生馴虎至，半空雲起老龍吟。」即指此。

山川到海别生奇，洞壑連天今始知。未有蓬萊能得似，直疑人世少安期。

同林清海飲建寧陸羽泉

山泉本自清，虚蒙陸羽名。不盈知上善，静鑒澹空明。林隙溪摇白，亭秋天漏晴。翛然同一酌，可似錫山行。

馬上吟 天啓二年正月

馬上欲看山，風霾山不見。豈無日行天，隱隱雲中現。雲開尚有時，風霾不可辨。可惜此山川，都被風霾遍。

三友墓在桑溪。成化間郡人吴叔厚築以葬其友徐振聲、林世和，而與之同葬也。林已無後，吴、徐子孫春秋上塚不輟按，三友墓在福州湯門金鷄山。

生爲三益死三良，蜕骨同歸地下藏。宰木總成連理樹，夜臺亦是締心堂。友猶同穴嗟兄弟，事出奇聞合典常。嘆息延陵能掛劍，可曾千載共烝嘗。

黄起龍

字應興，一字雨石，希英曾孫，見上。莆田人。萬曆二十六年進士。官南京吏科給事中。世系詳上黄希英傳中。

蘭陔詩話：雨石在諫垣，請復建文位號，恤靖難仗節諸臣，又請鄉先正彭惠安改謚，及黄鞏、馬思聰易名，復梓鄭山齋莆陽文獻以永其傳。表章先哲，扶植名教，可謂賢矣。

清凉寺謁鄉先輩介公祠

伏臘崇祠傍化城，鳥歌僧磬若相迎。當年誰識憂時淚，異代猶傳抗疏名。野暗雁鴻迷故國，天低雷雨鑒丹情。祇今松柏深秋夜，長作狂濤氣不平。

山行

錦樹霜凋楓葉斜，赤城霞氣武陵花。沿溪行到無人處，翡翠銜魚上淺沙。

林恭章

字爾肅，又字貞憲，萬里子，莆田人。萬曆二十六年進士。官湖廣右布政，贈右副都御史。有靜宇逸藁。

蘭陔詩話：爾肅飲冰茹檗，嘗過嶺北，見界亭題句「過來共飲虔南水，歸去咸攜嶺北雲」，感而賦詩云：「上流一水靜，界嶺衆山低。赤手捧天去，白雲也不攜。」清介之志，已可見矣。

夜泊

溪山寂寞夜如何，秋水灘頭月色多。何處孤燈人語靜，獨聞飛雁數聲過。

李春熙

字皞如，一字泰階，建寧人。萬曆二十六年進士。初任太平司理，陞户部主事。有彭城草、金陵旅言、燕遊草、白門草、鄴中集。

柳湄詩傳：春熙歷任太平、肇慶、彰德三郡節推，北刑、南户二部主政。在太平時，安徽寧、池、廣之冤抑者皆來就讞。築楊家壩、梅塘圩，護民田數千畝。在部曹時，奏逮王鼒匀父子一案，其正典禮、明彝倫、存國是，疏雖留中，而直聲振天下。以是謫彰德，稍遷南户部。竟以名高取忌，乞終養歸。萬曆四十八年卒，年五十八。閩縣董侍郎應舉爲撰墓誌銘，入祀鄉賢。崇禎四年，子嗣元合諸集而選刻之，名玄居集。乾隆十六年，邑人徐時作重刊。按，嗣元，郡諸生，入太學，能詩。著有息軒詩文集。

劉　生

五陵鶩遊俠，千載慕劉生。片言不自食，一劍無留行。許史不足齒，金張猶借名。但令意氣愜，何論身命傾。九京如可作，感憤自能平。

渡京口

萬里開天塹，三山砥末流。毒龍貪作窟，奔馬妒行舟。有客懷宗慤，乘風謝石尤。欣逢天已霽，瞬息度瓜州。

癸卯九日同行何武莪登匡廬宿天池寺

涼月紛紛山溜稀，禪樓寂寂佛燈微。半生幻境身如墮，一夜空門夢暫歸。陰磵松風侵客枕，曉鐘僧梵發清機。峰頭獨倚觀東旭，光散烟雲滿地飛。

同陳季立、董崇相、謝志尹集鷄鳴寺

宦味羈情兩渺茫，登高懷古盡壺觴。臺城好佛終爲寺，芳草知春自滿塘。新植松陰當日午，舊時蘿月吐湖光。朝昏變幻成今昔，醉到斜暉不厭狂。

望夜集碧浮亭

徑入蘭皋地自偏，小亭浮碧鏡中懸。芙蓉隔岸寒秋色，篠簜環邱澹夕烟。舟載蘋風湖水白，杯承葭露月華鮮。憑欄共醉清虚境，遮莫更籌已四傳。

桂林李懋若别駕原爲徐州司馬，余謫籍，共事至歡也。别三年，會羊城，往事驚心，賦贈志感

寒風吹劍别河濱，欻忽三年夢裏身。月到雲龍尋放鶴，波横汴泗記迷津。羈圖共弔千秋淚，薄宦猶憐五嶺春。三峽九疑君莫倦，武夷應笑未歸人。

京口驛

京口津塗接大川，藏春舊塢望中妍。金山鼇峙三都地，鐵甕城分萬井煙。月冷驛樓淒別恨，風柔歌管沸新年。明朝始盡江南路，信是長安在日邊。

初秋奉檄紀功，從事欽、廉，賦征南歌

炎海西風動客槎，龍門消息隔天涯。南征不是勤荒遠，銅柱分茅屬漢家。銅鼓風傳海國秋，星門劍氣夜沖牛。懸知南海氛消後，明月清尊上庾樓。

周如磐

字聖培，一字鎮庵，如砥兄，霑父，俱見下。莆田人。萬曆二十六年進士。改庶吉士，授檢討，歷少詹事兼侍讀學士，擢禮部侍郎，調吏部左侍郎，陞禮部尚書，拜東閣大學士，晉太子太保、文淵閣大學士，致仕，未出都卒。贈少保，謚「文懿」。有澹志齋集。

柳湄詩傳：如磐，萬曆四十年江西正考官，四十三年應天副考官。鄭蘭陔稱其古體雅澹，遠希陶韋，律亦華整，依然十子之派，不染當時習氣。

過分水關

嶺雲開峭壁，躡履駐斜曛。形勝東西坼，風烟吴楚分。半山泉落澗，平野樹生雲，不是棄繻者，休教關吏聞。

吴城懷古

姑蘇城下刺蘭橈，卻憶吴王古市朝。香輦路邊春寂寂，館娃宫外草蕭蕭。千年往事空啼鳥，半夜疏鐘自落潮。明發不堪回首處，暝煙秋雨過楓橋。

采　菊

高秋凛風色，百草遞萎黄。嘉彼東籬姿，臨寒裛露光。采之不盈掬，可以傾我觴。杖策寄事外，仰視歸鳥翔。會心南山下，獨坐以徜徉。

方承郁

字伯文，一字衷素，叔猷孫，沆從子，俱見上。莆田人。萬曆二十六年進士。授歙縣知縣，擢南京兵部主事，轉工部主事。有關洛紀遊草。

謁樊將軍廟

殘碑荒廟側，向晚偶經過。風卷黄河暗，雲埋白骨多。笳聲悲草木，劍氣滿山河。烈烈將軍節，未應讓酇何。

灞橋感懷

馬首寒山夕照摇，天涯盼望一身遥。疏煙孤柳咸陽道，暮雨西風灞水橋。曼倩宦情原自薄，仲宣客思轉無聊。浪遊不待移文誚，好向青山理釣樵。

方承褒

字伯諫，一字懷魯，莆田人。萬曆中諸生。以子元會贈山東道監察御史。有遊燕、河堤、武夷、江楓、紀言諸草。蒼按，方承笏，沆子，承褒當是承笏兄弟。

蘭陔詩話：伯諫屢躓文場，遂作汗漫之遊，遍歷燕趙、楚粤諸勝，題詠甚富，散佚不傳。僅存數作，亦見清綺。

長安燈市同兄伯恢、伯書疑即承芴字和謝在杭虞部

秦虢油車晝錦香，飛樓十里駐斜陽。裁將霓羽成春服，剪得宮花試曉妝。百子浴池穿地窖，九枝罡火照天閶。占星入望紛奎璧，紫氣長環北斗傍。小隊輕軺次第分，錦棚東去鬬連雲。飛揚武庫雙龍氣，簇落詞壇五鳳文。金屋貯花朝尚暖，銀箏彈月夜微曛。帝城戲落人間別，燕趙風流自古聞。

曾熙丙

字用晦，一字儆炫，士迪子，廷龍父，應銓、燦坦祖，見下。孫枝、孫潤曾祖，侯官人。萬曆二十五年舉人。惠安、晉江教諭，後令新會，擢南京御史。

柳湄詩傳：熙丙七世祖孟寧，由江右入籍侯官之洪塘。熙丙與林夷侯、王永啓輩皆尚氣節。初爲晉江學官，晉江駱日升集有贈學博曾用晦射策南宮序云：「用晦之署吾邑庠也，節交遊，務沉靜，四壁蓬蒿，幾不蔽風雨，而益發憤焚枯，達曙夜不厭。藝業之會，唱和于喁，温辭醇色，承接初機，芟薙潤澤，壹歸大雅。」是熙丙曾爲晉江學官，郡志不載。後擢御史。天啓初指陳時事，累上十餘疏皆不發，遂以母老乞歸。甲申闖賊陷，持哭不食，憂憤卒。新會士民祠祀之。事見明史、郡志、洪塘志、閩會水利故。嘉慶間曾孝廉奮春五子登科，進士暉春，皆熙丙後。墓在福州南門上渡長池，牌載「儆炫」

是也。

衙齋坐雨喜龔克廣至按，克廣，殿撰用卿子。

海氣腥三日，牆蕉響浹旬。客忻冒雨至，花爲入春新。世事多嘅歎，文章共屈伸。一樽甘寂寞，門外盡烟塵。

葉時新

字蒼竹，漳平人。萬曆二十七年貢生。柳湄詩傳：時新，居仁里人。年四十，盡焚少年所作，與陳文溪、蔣蘭居二先生善，講明窮理致知之學。晚乃隱居，教授里中。人稱泰裔先生。其講學要語，可分宋人一席。蒼遊漳平，知其子孫尚藏遺書。

次陳文溪偕曾五溪遊龍亭寺此詩由家譜錄出，與縣誌不同。

老經時事愛清閒，不落風塵主宰間。每泛輕舟過碧水，偶因佳節上名山。人情到處非爲是，世運從來往復還。再到當年讀書地，依然清氣滿林關。

周如砥

字聖坦，如磐弟，見上。莆田人。萬曆中布衣。以嗣子霑贈内閣中書舍人。有西皋集。

蘭陔詩話：周方叔卮林云：「五仄五平，六朝詩多有之。顧亦永言所至，不覺有合。非作意爲之。」「至唐皮陸，屢以全篇鬬勝。宋梅聖俞亦間爲之。」

訪鄧氏山莊

少已厭俗韻，卜宅傍五瀨。壁取赤石疊，瓦伐紫竹蓋。探討得月窟，賦詠叶地籟。尚素著卉服，用壯繫革帶。近世遁跡士，抱守爾獨大。全生逃喧卑，修真欣幽深。桃花沿清溪，漁人穿長林。牀攤餐霞書，爐烹還童金。回郎常鸞棲，環階增龍吟。嵇康如猶存，當來談遐心。青巾棲山陽，白板掩澗涘。開簾謄毛詩，斵硯注老子。孤雲酬無言，獨鶴伴久視。清高於陵仲，朴野鄭圃擬。庭除鳴黄牛，不飲洗耳水。避俗欲返樸，真從蒼林居。適意撫臥鹿，忘形觀游魚。斗竭靖節酒，毫揮王猷書。一劍氣閃爍，三花枝扶疏。紫霧滿户外，人行求茅廬。

周如埍

字所諧，莆田人。萬曆中隱者。

徐熥周所諧詩序：周所諧，困於布衣稱山人者也。然意氣高邁，骯髒不阿。年五十，丘園自賁，未嘗妄與貴顯者遊，即其里中縉紳學士，非雅相知者亦罕識其面。故其詩亦抒所自得，温厚雅馴如明珠湛露，不墜烟火食氣也。

錢受之云：所諧隱士也，足跡不出户庭，苦吟不輟，未嘗與顯者遊，人罕識其面。其詩有「風生極浦潮常白，霜冷空林草變衰」，「萬里寒山横積雪，半汀衰草隱斜陽」，「百花潭上魚竿在，五柳門前鶴徑荒」，「仍嫌城市非吾土，卻傍漁家作比鄰」，「牆壓花枝妨客過，泥深苔徑唤人扶」，徐興公採入詩話中，皆可誦也。

田家吟

不識市朝車馬喧，殘蓑弱笠老田園。柴門去郭無多路，野竹臨流自一邨。春雨桑麻終歲足，清時鷄犬幾家存。兒孫牧畜南山下，爲道須防猛虎繁。

訪佘宗漢歸自大梁 按，佘翔字宗漢。

憐君短髮染秋霜，幾載飄零道路長。公子何人能執轡，醉侯無處不爲鄉。百花潭上魚竿在，五柳門前鶴徑荒。此日偏宜河朔飲，已知司馬倦遊梁。

漫成

疏懶幽居愜素心，青松短壑晝常陰。風飄何處山陽笛，月照誰家少婦砧。凋敝中原横白骨，逋逃滿地索黄金。緘書魏闕無媒久，磨滅懷中直到今。

侯官　郭柏蒼　楊浚　錄

許獬

字子遜，人稱鍾斗先生，同安人。萬曆二十九年會元，以傳臚授吏部主事，改庶吉士，授編修。有叢青軒集。

柳湄詩傳：閩縣鄭燿署同安教諭，於諸生中獨識許獬。獬，同安浯州人，以傳臚觀政吏部。後改庶吉士，授編修。性至孝，遘危疾，以養母歸。萬曆丙午六月望日卒，年三十七。所著九九草、存笥草集板漫滅。崇禎庚辰季子鏞搜增雜著，刻成六卷，名叢青軒集，邑人池顯方爲之傳。

遊碧雲寺

微雨青槐道，風裾度石梁。泉清魚動日，柏密鳥爭涼。古洞盤雲暗，野花和露香。且辭塵網累，一夢近禪堂。

送邵太史使東藩

四明才子舊群空，濡轡馳驅濟漯東。桐葉於今承湛露，馬蹄常覺帶春風。書繙古壁窺恭宅，樂奏雅音近獻宮。此去寄聲吴季子，謾誇上國姓名通。

題曾封君册葉

翩翩白髮照黄流，楚楚軒裳恣遠遊。卻憶平生無限恨，當年獻策不曾收。

陳一元

字泰始，又字四游，志子，亨祖。萬曆二十九年進士。知嘉定、南海、四會三縣，擢御史，巡按江西，引疾歸。天啓初起應天府丞，落職歸。崇禎初復官。著有漱石山房集。

林慎云：泰始詩文若秋高氣爽，風靜波恬，發響必動金石之音，奏刀輒中大觚之窾，卓爾傳世。

柳湄詩傳：一元，歲貢生志子，進士亨祖，知四會縣，擢御史，巡按江右，以忤時宰，移疾去。天啓初起應天府丞。御史余文縉劾葉向高及一元，遂落職歸。崇禎初復官，不出。於福州郡治烏石山南營漱石山房習靜，終其身。互見烏石山志。自一元曾祖諲以下，五世同居福州郡治衣錦坊，俗稱陳大花宅，一元善昆曲，人呼陳大花。即其第也。天啓壬戌，年五十，曹能始贈詩云：「但能聞道早，寧悔入官遲。」墓在福州北郊銅盤山。一元好施僧，嘗與曹學佺、徐𤊹倡修神光寺絓月蘭若。寺中放生池，乃一元捐砌。今三人功德主猶在神光寺後。近移入瓣香堂。

過漱石山房

春事已闌珊，風日快暄霽。步入城南園，三徑破蒙翳。鬱鬱巖下松，森森檻前桂。撫之心泠然，不覺蠲幽滯。少坐呼丈亭，八牕臨睥睨。清風拂面來，四周密山荔。扶笻步層巔，垂蘿罥衣袂。縱目望潮峰，按，石上鐫「望潮峰」三字。江天杳無際。飢鷹搶天飛，矯矯摩空勢。嗤彼塵中人，徒爲名利制。咄咄歎窮愁，日月倏云逝。何如物外遊，觀空證玄契。

清明日曹能始同薛君和、陳軒伯登道山絶頂，余以足疾止於大秀庵

突兀凌霄臺，據茲全山勝。滄海自南來，浮雲從北亘。有客禦寇流，乘風陟危磴。忽聞長嘯聲，峰谷皆響應。余以足力疲，負此登臨興。野叟款荆扉，坐我於松徑。堂宇初經營，主僧亦歸定。略與數衰榮，天光倏已暝。潦倒理前杯，寒林落清磬。

遊石林 按，石林，許豸讀書處，在福州郡治烏石山。

讀書昔年此山下，古桂秋風幾開謝。碧蘚曾磨亂石題，清泠臺上頻銷夏。隱隱峰巒盡入城，登臨宜雨復宜晴。微涼每向尊前度，空翠都從屐底生。長日相過探舊址，種樹成林丘壑美。高閣淩虛十二欄，幽池照月一泓水。啼鳥聲殘坐不歸，主人與客已忘機。僧鐘卻聽祇園近，俗轍應知委巷稀。我欲城南縮芳墅，斗酒時時爲君貯。市朝從此有雲林，不須更入深山處。

過洪汝含半嶺園 按，在福州郡治烏石山，即屠隆寓處。附見四十一卷洪士玉傳中。

偶憩聞鶯館，婆娑生隱心。穿巖防石徑，坐閣見重林。煙暝群峰失，花陰一鳥吟。但期頻把臂，何必入山深。

懷徐惟起社丈

高士讀書處，山光落几前。竹縈三徑雨，香吐一絲煙。書著頭將白，人嘲草尚玄。知交星散後，誰和四愁篇。

獨坐蒹葭亭聞書聲

少憩成真適，偏多獨往時。草橋斜度圃，竹閣半吞池。靄靄山光斂，微微月影移。夜深林火見，應照讀書帷。

同范穆其、曹能始、陳振狂、徐惟起、陳軒伯諸仝社集鄭吉甫齋頭小飲，遲小雙不至

城西陶令宅，遥與竹俱斜。草榻聽疏雨，幽窓伴豔花。杯中詞客共，天際美人賒。興劇頻歌嘯，庭昏起暮鴉。

暮春集安蓋卿將軍草堂按，國賢字蓋卿。

共試登山屐，偏宜霽色高。朝曦升遠岫，積溜浸空濠。火已變新柳，花猶舒晚桃。閒心付觴咏，風雅屬吾曹。

夜　坐

竟夕龍潭上，船頭收夜凉。露增荷葉氣，風襲稻花香。最愛江天闊，還貪水月光。清陰

何處就，別岸有垂楊。

曹能始觀察、徐惟起山人、鄭汝交孝廉、鄭孟麐文學芋江話別賦謝

幾年蹤跡半漁竿，秋月春花共倚欄。不謂一官叨粉署，遂令萬里策雕鞍。畫船載酒潮初落，古驛銜杯夜已闌。明發分攜足惆悵，烽烟滿目路漫漫。

秋集平遠臺，時楚孝廉、米良崑入社按，此則明季即有平遠詩社之稱，不始於雍正間矣。

秋滿高臺上，登臨思渺然。襟披九霄外，目縱萬峰巔。半暝林過雨，輕陰石抹煙。蟬聲催落日，雁影寫遥天。騷雅千秋業，江山兩屐緣。深林傾桂醑，玅舞墮花鈿。倚馬將軍賦，雕蟲楚客篇。淹留見新月，耿耿照尊前。

除夕前一日南思受中丞招集薛老莊，惠潄石山房詩，予將之金陵，賦此留別按，南居益字思受。

薛老峰高不可攀，一尊開向石林間。飄殘白雪歲行盡，題遍青山官亦閑。天遠扶桑兵氣淨，雨滋芳蘚字痕斑。江雲渭樹長相憶，賸有離魂繞故關。

小暑平遠臺納涼

謖謖松風六月濤，于山最上一峰高。樽開炎暑追河朔，人集東南擅楚騷。風遞疏鐘來近寺，雲拖涼雨過平皋。披襟仰視青霄近，徙倚巖頭首重搔。

送茅止生歸吴興

城外江光澹欲浮，俄看鄉國趣歸舟。千林落木催行色，一抹斜陽照别愁。海内論文悲楚佩，座中説劍泣吴鈎。傳來烽火甘泉急，誰解君王社稷憂。

釣龍臺懷古

白龍江上釣龍臺，龍去臺荒古廟開。山拱虎頭沉暮靄，潮經馬瀆響春雷。衣冠遺像猶香火，劍戟空廊自蘚苔。千載霸圖銷歇盡，風帆雨棹重徘徊。

安亭勘荒

半廢菩提寺，柴門不正開。僧猶擁經臥，官爲踏荒來。深樹鳥能語，當風蟬轉哀。傷心原野外，處處是蒿萊。

陳勳

字元凱，以字行，又字景雲，銑曾孫，樂子，閩縣人。萬曆二十九年進士。授南京武學教授，轉南京國子助教，遷南京户部主事，陞郎中，以疾告歸。起紹興府，未任卒。有元凱集。

柳湄詩傳：福清葉文忠向高撰勳墓誌云：「入明壽官珪遷藤山，珪生銑，乾隆府志誤「閩清」。弘治乙丑進士，官太倉守，生道沂，娶吏部郎鄭善夫女，生樂，隆慶丁卯舉人。即君父。君書畫皆精絕，求者屨滿户外，得之若重寶。有元凱集四十卷行於世。按，原刻元凱集楷書四十卷。康熙二十二年，勳曾孫官鄜州名湉者，偕其弟進士瀚、舉人淮重刻宋體，僅存十四卷。湉兄弟三人，通志、郡志皆不載。生於嘉靖三十九年，卒年五十八。墓在侯官縣三十七都之嶺坑山。子維城，邑庠生；維垣，恩貢生。勳没未幾，學使者岳公檄祀公於學宮。」墓誌又稱勳「榷廣陵關時蠲豁甚多，而歲課溢額。繼差水兑，莞浦口倉，皆有善政。」當時士大夫多樹黨援。勳特立孤行，好靜避俗，轉郎中，託疾歸，足不出户庭。又按，湧幢小品：「陳勳，閩縣人，魁庚子、辛丑鄉、會榜，歷文學博士，户部郎，謝病歸。終日扃户卻掃，嘗一至烏石山，聞客聲驚走。談佳山水，心輒動，畏客輒不往。其友董見龍嘲曰：『世皆如子，直須以環堵爲天地，即日月山川皆爲空談矣。』大笑不爲意，指庭間花石瓦水盆曰：『此非吾之五嶽江湖耶？』其意趣如此。」

讀外祖鄭少谷詩

風騷久不作，大雅日已斁。聖代儲元精，含輝鬱未吐。自從洪永來，作者紛塵騖。體裁非正始，色澤勞雕塑。皇皇成弘日，輝輝奎壁聚。北地抗前旌，信陽繼高步。鄭公參其間，同聲乃向赴。公也東南英，道真夙所悟。七星羅心胸，明月間寶璐。古意逼鼎彝，正音發韶護。二十登省郎，蒿目籌世務。豈繄驚俗文，緬懷濟時具。皇圖值中微，國事方多故。欃槍直紫清，九土風塵暮。公時諫羽獵，抗疏天爲怒。且辭北闕雲，歸卧南山霧。波濤憂國淚，一一沾毫素。千秋杜陵老，餘子不足數。性本愛名山，靈境窮杖屨。萬一遇安期，白日生毛羽。長卿苦抱疾，向平須畢娶。服食願多違，徵書飛已屢。終懷子牟戀，敢忝南陽顧。病纏劍水舟，劍瘗城西墓。文章滿穹壤，鬼物亦呵護。麒麟翳鳳凰，有識誰不慕。如何蜉蝣者，乃欲撼大樹。萬古江河流，徒嗤爾曹誤。小孫抱微尚，燥髮誦佳句。懷公青野堂，頻望南湖路。斯人今代無，天地莽回互。

東勝亭小集

東郊幽絶處，傳是古禪扉。萬竹清三徑，千峰碧四圍。白雲留盡醉，細雨送遲歸。客有陽春調，應憐和者稀。

曉泊錢塘江口

客路入吴天，沙頭曉泊船。夢回鳴櫓外，愁散落帆前。越女無勞粉，江魚不用錢。春游何處好，楊柳六橋煙。

山居和韻

石自玲瓏水自潺，高齋不與俗相關。掌心取食幽禽熟，墨汁翻書稚子頑。雨韭新香宜夜翦，煙蒲老緑及秋删。雖然小事皆清事，人道山翁解住山。

泉邊山閣坐潺湲，不是枯禪亦掩關。映水窺人憐鶴静，俯巢探鳥笑童頑。殘編擬向閑中了，纍句頻於枕上删。昨日晚晴教洗竹，喜當缺處露春山。

垂蘿欲壓角巾低，石勢參差到者迷。只許閑雲隨意住，最憐幽鳥稱情啼。殘碁斂局還尋刼，險韻成詩卻貼題。拈取南華讀秋水，頓令坐客欲忘蹏。

舟次北新關，微雨悒悒竟日，即事遣懷

水國春寒雨未休，隔江漁火照停舟。客愁無盡如春草，悔別青山作遠遊。

晚涼

火輪薄崦嵫，溽暑方一息。返照下山微，迴飆排闥入。長空歸鳥遲，獨樹鳴蟬急。坐久不覺冥，衣間露華濕。

冬夜送客南還

北山風雨夜，孤坐方愁劇。墜葉間疏鐘，殘燈憶歸客。問家指滄海，首途淩震澤。依微列岫翠，淼漫寒濤白。風期未云邈，語笑當此隔。林暝溪雪深，誰尋戴逵宅。

鄭仲恒過山齋坐月

積疴倦炎燠，閑齋謝過從。相與解薜衣，坐對前峰松。崇蘭泫宵露，空香澹溶溶。喜見西崦月，復聞南陵春。一辭白社客，十載金門蹤。歸來此尊酒，相顧驚衰容。自勉聊復

爾，競時良以慵。方事東皋耘，吾其師老農。

方山草堂歌贈林隱君

吁嗟乎，方山之高壁立而崔嵬。五丁羅列揮鬼斧，削成錦屏五片參差開。倚天拔地幾千丈，深谷白日鳴風雷。大江浩蕩走其下，遠勢欲倒滄溟迴。蘿蔭冥冥覆青壁，飛瀑如珠濺相射。巖前松檜參天長，石徑窈窕開茅堂。堂中主人太古士，巾服瀟灑眉髮蒼。向來公府無徵辟，自言素有烟霞癖。一卷黄庭倚石牀，盡日看山愛山碧。山蔬自摘蕨芽長，山酒初漉松花香。北窓高臥稱羲皇，下視塵土何茫茫。有時興逸發高詠，秀句往往窺三唐。谷口雲深樂盤澗，洲前月白歌滄浪。古來靈岳多棲逸，亦有終南與少室。誰作移文下草堂，坐令猿鶴聲蕭瑟。惟見漢陰蘇門之山清且高，箕山商嶺爭秋毫。吁嗟乎，方山豈其冥然第獨契，一寄新詩問叢桂。

湖上飲

新秋西堠路，粉堞映平湖。曉露滋紅蓼，晴波墜紫菰。目隨汀雁遠，心與浦雲孤。傾倒情何極，如澠在玉壺。選二

毘陵舟夜

極浦暮揚舲，雲天入杳冥。人烟浮野水，漁火亂春星。越客路方永，吴歈愁忍聽。還同北雁去，相伴宿沙汀。

泊邵伯湖

邵伯湖邊驛，扁舟宿柳陰。遠鷄亂鄉夢，曉雨滴愁心。蝦菜荒年少，萑苻大澤深。畏途殊未已，凄斷學吴吟。

山東道中

魯嶂長淮北，齊州碣石東。行人看落日，征馬背孤鴻。塞警烽烟直，年荒井邑空。徘徊形勝地，今古幾豪雄。

鳳山寺晚眺

祇園生暮色，塔日斂餘暉。繞殿鴿初合，隔雲僧未歸。罘罳動海月，鐘磬出煙霏。寂寂留孤賞，壺山橫翠微。

宿忍公禪房

梵室掩空翠，鐘消山寂然。人依雙樹宿，佛對一燈懸。花外隱明月，松間流暗泉。不須求淨域，此地即安禪。

送趙駕部使歸衡陽

中年多惜別，歧路若爲分。客散城頭雨，人歸岳嶺雲。帆檣拂曙發，鐃吹隔江聞。遠道勞相憶，峰前數雁群。

同楊元重、曹能始對月

解帶坐微鐘，蕭然野客蹤。妙香仍獨夜，心地憶諸峰。鶴靜忽驚露，蟾涼深度松。誰期簪組集，翻以愜疏慵。選二

贈友人

晤語杳如夢，卻思初別時。年華萬事過，客況二毛知。海雨翦秋燭，竹窓留夜碁。風帆無遽發，迢遞故山期。

袁無競過飲環碧亭，因懷鄭君弼承武

孤亭映竹掩柴扉，鳥外微微見夕暉。對酒聊爲今日醉，懷人已似隔年違。疏林雨過蟬初咽，獨樹風回葉自飛。每到秋時倍惆悵，求羊底事往來稀。

福清新城

層城突兀壓邊陲，截海雄於百萬師。星漢低垂窺北户，波濤蹙沓渺東夷。秋風粉堞飄清角，落日朱樓照大旗。更倚胡牀俯南國，絃歌當在月明時。

登烏石同無競作

南國鴻飛天雨霜，登臺雲木俯蒼蒼。江聲東去過螺女，山色西來繞越王。濁酒尚留萸菊意，秋衣新换芰荷裳。更須峰頂邀明月，遮莫前山下夕陽。

北上留别徐惟和、惟起

劍花襟淚共斑斑，誰唱離歌慰别顔。同調一時淩白雪，相思明日隔青山。客心迢遞浮雲外，官道逶迤落照間。中歲爲儒堪自笑，獨將短策叩燕關。選二

登揚州文峰寺浮屠

寶刹淩空尚可憑，經行艤棹此攀登。標連元氣懸滄海，鈴雜濤聲出廣陵。揚子江光惟去鳥，隋家苑路獨歸僧。倚欄莫問前朝事，今古愁多恐不勝。

寺夜聞鐘

酒醒孤館罷鳴琴，露滴高松鶴在林。下界人烟秋寂寂，上方臺殿月沉沉。數聲風外和僧梵，萬事燈前到客心。舊隱江南多近寺，碧山無盡白雲深。

午日秦淮即事

南國江山入煖烟，青溪東畔雀航前。人家樓榭都臨水，法部笙歌半在船。楊柳堤平驕玉勒，榴花簾亞簇金鈿。江南自古多離恨，流盡繁華是逝川。

王子衡先生讀書草堂

王子衡事詳鄭善夫詩傳。

舊傳少谷山人句，海内談詩王子衡。碧落星辰隨劍履，青山蘿月掩柴荆。墨花雲染池痕黑，書帶春抽徑草晴。惟有詩人李供奉，謝公古宅不勝情。此首與原刻稍異。

病　起

門前苔徑緑於莎，盡日無人掩薜蘿。不信病來春欲暮，落花飛絮卷簾多。

入分水關

暮入關門見水流，廿年三度此登樓。諸峰不换青青色，應笑歸人是白頭。

溪山窈窕閉茅堂，雜樹蕭蕭秋自涼。獨客微吟向遥夜，渚禽歸盡月蒼蒼。

題　畫

陳訏謨

字以弼，長樂人。萬曆二十九年進士。官廣西副使。有蓮湖集。

通志：訏謨歷刑、户二部，出守蘇州，力抗大璫與均禮，開滸墅小港，以便舟楫。有豪猾逞淫，殲貞婦於江，陷其夫以盗，獄成。訏謨鞫白之，抵豪於辟。擢廣西副使，卒。孫達，有逸才，隱白雲山不仕。

曉　發

候曉開青雀，雙帆興不孤。驛分榕地盡，水接劍津紆。樹色煙中古，山光雨後癯。客懷隨處好，且醉酒家胡。

别陶同府

奏績承明出帝都，隼旟熊軾又長驅。籌安海島交閩粤，秀出南昌帶楚吴。衙署柳青傳靖節，堂前屣倒愧潛夫。河梁杯酒難爲別，馬首淒淒聽鷓鴣。

林之翰

字爾憲，莆田平海衛人。萬曆二十八年應天舉人。官寧州知州。通志作瀚，誤。

蘭陔詩話：爾憲潛心理學，居官清介，守刁頑之地，當凋憊之秋，不廢嘯歌。著作散佚，僅存此詩，讀之猶如茹檗。

豫章道中

只道披星慣，仍來帶雨行。山楓遥送冷，潦水亂爭程。百感隨湍咽，諸艱遇坎生。北山原盡瘁，遑問旅魂驚。

姚旅

初名鼎梅，字園客，莆田人。萬曆中布衣。

曹能始云：園客遊四方，卒於燕，愛苦吟，詩不多作。

靜志居詩話：園客放浪江湖，綴拾舊聞。露書一編，頗存軼事。其評隲一時詩家，遠比敖器之，近續王元美。

送游元封 按，元封，及遠字。

相知不相見，相見即離歌。欲吐別來事，逢君醉日多。嚴霜束高樹，落日捲寒波。況此送歸客，其如鄉思何。

諸朋好郊餞作

平生不喜飲，今日醉尊前。別意無濃淡，臨歧共黯然。草頭魚子雨，花外鷓鴣天。莫道辭家苦，難消是此筵。

辟支巖

選勝藤蘿更上攀，龕巖一點翠微間。江城作斗蹲平地，海水如雲貼遠山。茶竈堪消今日福，酒杯仍值野僧閑。雲遊幽僻同猿鳥，不到昏鐘不肯還。

郭良翰

字道憲，一字朗山，淵孫，應聘子，俱見上。莆田人。萬曆中以廕補都察院照磨，轉本院都事，陞太僕寺丞，出知黎平府。有瑞芝堂摘藁。

蘭陔詩話：朗山因天變建言，有「元氣日索，國家坐削」語，時論韙之。歸田後築萬卷書堂，丹鉛不輟。所著有周禮訂注、按，即周禮古本訂註。忠義類編、問奇類林、皇明謚紀、象賢錄等書，尚有南華經註未刻，可謂有功藝苑矣。

和薛山人幽居雜興

雲深鳥不到，有客叩柴關。罷櫛先沽酒，擕琴共看山。愁談當世事，贏得半生閑。拙宦安仁賦，休論兩鬢斑。

陳爾鑑、黄維聚、俞忠伯、鄭仲穎重集齋頭觀菊

滿地飆霜晚色侵，落英猶自鬬芳林。人從五斗分賢聖，月到三更問古今。隱隱禁鐘懸笑語，星星華鬢伴沉吟。知君愛與孤芳侶，願結東籬晚歲心。

何　璧

字玉長，福清人。萬曆中布衣。有逋客集。

柳湄詩傳：璧任俠好客，武斷鄉里。中年以事亡命，匿清流王若家，盡讀其書。往金陵，依林古

度、曹能始。後游鄂，作黄鶴樓記，見賞於時。開府黄陂張濤憐其才，延爲上賓，贈以千金，將廢某寺爲共學書院，置書萬卷，令璧接禮名下士。濤死，不果。璧旋卒。濤門人胡汝淳榷荆州，爲葬之沙市，立石曰：「閩俠士何璧墓。」静志居詩話：「璧寄友詩云：『士到出山誰不賤，術惟遊世最難工。』足當阮生之泣。

舟　次

旅懷何以寫，移棹入澄灣。衆雪擁危石，殘雲續斷山。潮來歸思急，風止客愁閑。誰謂家千里，中宵夢兩還。

西湖尋曹能始廷尉

垂楊漠漠荇田田，何處東風十四絃。放鶴僧歸三竺雨，聽鶯人過六橋煙。詩題蘿薜誰邊寺，酒載桃花第幾船。遊子天涯魂易斷，非關春樹有啼鵑。

贈　妓

流蘇百結怨黄昏，紅褪櫻唇盡别樽。君子夢隨桃葉渡，美人家住苧蘿村。一天春雨紅中淚，萬里青山黛上痕。莫向臨歧歌折柳，章臺零落易銷魂。

吴　彬

字文中，一字枝隱，莆田人。萬曆中布衣。以畫授中書舍人。蘭陔詩話：文中精畫理，神宗時入爲供奉。詔乘傳入蜀，觀劍閣、峨嵋之勝，下筆益奇。姚園客嘗言：莆中有四絶：吴文中山水，曾波臣小照，洪仲韋小楷，黄允修篆石。其詩亦清勁，特爲畫所掩耳。

秋山圖

草閣無塵秋正深，客來款坐且閑吟。煮茶旋掃山間葉，時有流泉漱玉琴。

陳宏己

字振狂，閩縣人。萬曆中諸生。有蘆中、馬東諸集。柳湄詩傳：宏己隱於福州南臺之倉下洲，築三棄堂、吸江亭，與陳椿、葉向高、徐熥、徐𤊹、曹學佺多有贈答，琤琤自好，人品、詩品爲名公所推重。題無諸王廟楹帖云：「犄漢角秦，逐鹿中原餘舊址；封閩霸越，釣龍千古有高臺。」其扁至今尚存。

烏泥坂

男兒志四方，苦樂安得常。朝躋烏泥坂，暮陟黄泥岡。黄泥没我骭，烏泥緇我裳。棘刺鋭匪矜，石稜銛非鋼。圓暉一不耀，陰雲四彌茫。鴟鳶啼豈休，豺虎横固當。土語豈侏㒧，所遇誰故鄉。故鄉渺何許，益覺去路長。遥遥度千山，兀兀望五羊。跋涉豈吾意，感嘆情懷傷。

之粤别劉博士

憐君閩海滯，送我粤鄉遊。去住俱成恨，烽烟豈敢愁。鶴聲官舍冷，雁影客帆秋。南北同回首，相思但倚樓。

三河逢故人

古樹三河口，浮萍萬里身。那知此地客，得遇故鄉人。孤劍寒爲伴，方舟夜作鄰。殷勤問閭井，差免旅愁新。

送張叔弢之官海南

一官如逐客，萬里獨投荒。路出珠崖盡，山過鐵嶺長。瘴煙沉騎黑，毒霧著衣黄。稍喜青氈冷，窮冬免雪霜。

登五層樓

炎海高樓切太清，遠標五嶺控三城。地雄粵嶠千峰出，江合扶胥百派明。古堞煙收鑾省闊，空山木落漢臺平。無邊風景無窮思，目送歸鴻又北征。

巢雲巖訪派上人不遇

别久隔烟雲，相尋到林樾。持鉢下春城，禪扉掩山月。

清溪曲

何處白石郎，來唱清溪曲。借問小姑祠，青青在叢竹。

苦竹派

明月沙頭苦竹青，鷓鴣啼罷水冥冥。嶺南行客腸休斷，不似黄陵廟裏聽。

謁韓昌黎祠

一官遠謫海西軍，千古荒祠寄水濆。佛國尚傳龍象教，蠻方猶誦鰐魚文。按，某國有韓文公廟。鰐魚至，誦昌黎文，鰐魚隨遯。門屏夜寂來山月，檐樹秋深宿嶺雲。莽莽風塵勞頓者，不堪下馬拜斜曛。

和王半刺登無諸城

海上高城接絳霞，登臨誰駐五雲車。中原殘日看歸馬，故國春風憶落花。萬里烽烟愁作郡，五陵荒草豈無家。不堪吟罷增惆悵，樓閣嗚嗚起暮笳。

全閩明詩傳　卷三十八　萬曆朝九

侯官　郭柏蒼　楊浚　錄

王若

字相如，蓋君父，清流人。有文園集。

柳湄詩傳：閩縣林光宇，游九龍，九龍初屬清流縣。主若家，遨入三山，遍交諸名士，陳勳、康彥登、曹學佺、鄭琰、徐熥、徐𤊹、王宇諸人多與酬唱。故陳元凱稱其「非盡友天下士，則猶不止；非歷覽方輿之勝，則猶不愜也」。萬曆時閩中七子所刻詩文等書，多與參定。福清何璧以事亡命，匿若家，盡讀其書。若性任俠，棄捐家産，日以遊覽結契爲事，亦豪士也。

同翰卿、興公過能始園林按，鄭琰字翰卿。

異書滿石倉，名輩日登堂。風月長無恙，歲時共舉觴。山情過嶺翠，水氣到門涼。時有校讎樂，鄉心因以忘。

陳振狂吸江亭

亭據全臺勝，門開入海流。山川供醉眼，書卷對歸舟。話雨寒侵榻，烹櫧火着裘。藤山梅又放，吟篋定淹留。

王毓德

字粹夫，佐曾孫，杲孫，應山子。俱見上。萬曆間布衣。有浪遊稿。詳二十八卷王應山傳。

郡志：毓德老於布衣，里閈中稱長者。人有急難不平，不問識與不識，身爲奔救。遊金陵，主友人林古度家。其鄉有貴人招之，弗肯往，竟去。吟詩最苦，詩成不喜示人，故傳者絶少。

萬曆宮詞 按，宮詞六首，較高兆啓禎宮詞尤爲婉諷，惜不自注，讀者茫然。

晝長鸞鏡未安臺，宮女無端絮絮催。料得君王多夜宴，不愁行幸日中來。

良家三載閉長門，已爲青宮奏特婚。大禮至今猶寂寞，莫言賤妾未承恩。

彤庭罷御幾年餘，剩喜天顏大内居。昨日黄門催進鑛，花間連旨覓羊車。

一入深宮又十年，宮中元日也朝天。如今漸被人推長，羞押頭班立御前。

慈聖宮中每發心，幾將大藏供叢林。內人也自承風旨，捨與中宮安奉金。

聖節逢秋玉露寒，午門祇候立千官。官家未問東宮拜，欲上龍牀受賀難。

賦得何不秉燭遊

人生根蒂淺，飄若風吹塵。韶華不可駐，日月如飛輪。少壯匪遊豫，老大空酸辛。新人日以故，往事日以陳。秉燭亟爲樂，緬思良吉人。君看北邙上，白骨高嶙峋。不如且歡飲，載酒忘芳辰。

送徐興公之白下

西風匹馬向征途，霜冷楓江木葉枯。王氣千秋盤建業，鐘聲半夜響姑蘇。荒臺露草吴宮鹿，廢苑衰楊白下烏。懷古詩成何處所，景陽宮殿石城湖。

夜至新都客舍

歇馬古城隅，城陰噪夜烏。親闈思舊國，客舍問新都。寒杵傳聲切，殘燈照影孤。嚴更妨旅夢，不許向歸途。

涼州詞

風卷狼烟塞日曛，流泉愁向隴頭聞。玉門關外頻西望，一片黄沙接白雲。

渡錢塘江

一片吴山鳥外蒼，三年兩渡過錢塘。分明認得曾遊處，莫把扁舟當異鄉。

高唐觀送屠辰州之任按，屠本畯爲辰州守。

君不見襄王昔幸高唐觀，十二峰巒插霄漢。峰前雲氣黯千重，黛色須臾窮變幻。有情朝暮出陽臺，薦枕時聞神女來。環姿瑋態不可悉，宋玉作賦何奇哉。使君剖竹之荆楚，此地行春應弔古。朱輪曉入朝雲祠，畫軾宵過雲夢浦。雲影氤氳鬱不收，還知太守擅風流。筆端自有千秋賦，豈羡當年宋玉遊。

送徐惟和之京

遼薊愁烽燧，孤身北向燕。如雲車騎去，終日檄書傳。行色干戈外，鄉心鼓角邊。憂時條上策，不但賦甘泉。

將遊吴越留别故園諸子

車馬出城闉，言將送遠人。那堪逢歲晚，猶自逐風塵。孤枕連宵夢，扁舟一葉身。欲知臨别語，多爲白頭親。

賦得「花隱掖垣暮」送楊參知入賀聖節

千花開帝里，縈繞禁垣長。瑞色遮馳道，濃陰覆苑牆。龍爐分麝氣，鳳駕碾瓊芳。爛熳青柯綴，妖嬈綺樹妝。傍扉凝淡靄，沿砌亞斜陽。片落胭脂溼，叢深錦繡張。點來丹陛暈，流過御溝香。密處藏春晝，疏時漏曉光。宫鶯啣出易，夏蝶採歸忙。露浥黄金掌，風傳白玉堂。詞臣行夢筆，使者入稱觴。不用蟠桃薦，寧須巨棗嘗。萬年枝上影，歲歲奉君王。

江仲漁

崇安人。萬曆中諸生。有秋風懷友吟。

徐氏筆精：予從王粹夫識仲漁。乙未，予之武夷，仲漁導予遊三十六峰。仲漁雖經生，有碩人之致。武夷諸峰各置書帙筆硯，隨意所適，留連旬月。衣道衣，冠道冠，又儼然羽流也。善詩，不作人間語。未幾，仲漁逝矣，年僅三十也。蒼按，閩縣陳勳波餘集序：「庚戌春，予移病南旋，走建溪道。江仲譽來訪，翦燭讀筆花樓詩。仲譽尊人禹瀾先生，治行文采，有聞於世。仲譽夙秉家學，敏秀絶人，舉業暇，益治聲詩，筆花之外，復有波餘集。」徐興公遊武夷在萬曆二十三年，陳元凱過建在萬曆三十八年乙未之後。未幾仲漁即逝，則仲譽與仲漁似又非一人，惜不得筆花諸集，無從考究。

懷朱漁父

九溪清處似嚴灘，渺渺風塵白眼看。葉艇每隨幽嶂出，茅房孤掩落花殘。芙蓉衣上雲千片，楊柳磯頭月一竿。釣罷瓦缾曾共醉，滿身零露不知寒。

鄭琰

字翰卿，閩縣人。萬曆中布衣。有翰卿詩選。

榕陰詩話：鄭翰卿工七言。少遊邊疆，集中多悲壯語。如「馬邑吹笳烽子急，雁門獵火健兒歸」、「霜色欲將關樹折，河聲如帶戍樓奔」、「馬行空磧聞嘶斷，人度殘冰過語喧」、「沙磧到天歸馬小，朔雲連海遠潮低」、「劍戟已消兵後火，髑髏猶泣戰時瘡」、「回中曉竈炊霜飯，磧裏宵衣踏月行」、「磧上陰雲連塞黑，關前落葉帶沙黄」、「亂山獨馬嘶殘月，遠磧離鴻叫曙霜」、「胡騎分營來漢塚，蕃河流水到秦川」等句，令人讀之，有封狼居胥之志。

柳湄詩傳：鄭琰自稱其家世之盛，曰「七葉文儒，八代章服。群從十三魁，諸昆十一牧」，惜不可考。琰修眉白晳，十歲工文，婦早卒，娶繼妻，即棄業與兄震卿游吴越、燕趙，寄意青樓，怡情畫舫，故徐熥有代鄭翰卿妻寄夫詩。一時閩中詞館諸公爭延致之。後從絶塞回金陵，新安富人吴某以上客禮之。琰醉後嫚駡，爲吴所搆，捕置京兆獄，瘐死。其詩語意和雅，亹亹可誦。塞外諸作則悽愴動人。按，閩縣陳勳序鄭翰卿半生行云：「余讀翰卿半生行，遷之遊，騷之悲，國風之好色，靡所不有，而離合變幻，極七言長篇之致。駱丞、王子安外，近古鮮有臻斯境者。」又按，志載：琰有二陬詩稿。

和文太史江南春詞

晴日泥融茁新笋，門掩梨花春院静。寂寞深閨人晝眠，十二珠簾度花影。寒食無煙春樹冷，楊柳摇風籠萬井。誰家玉勒紫羅巾，陌頭遊冶逐芳塵。燕飛忙，鶯語急。落紅雨過胭脂溼。九十春光又將及，躑躅滿江亂山碧。油壁香車出城邑，銷魂遊子花間立。世事悠悠江上萍，笑人華髮空營營。

贈隴西達將軍

十載屯田塞下聞，虬鬚燕頷氣如雲。帳留猛士皆降虜，劍是癡龍亦報君。銀夏至今勞使者，玉門終古老將軍。高秋校獵歸殘照，衰草黄榆散馬群。

春日詹長卿兄弟邀同喻宣仲、何主臣東山觀妓並爲宣仲贈别

少年何地不淹留，載酒斜陽陌上遊。鳥向窗前窺荳蔻，客從花外聽箜篌。離顔對酒人寧醉，别恨關春柳亦愁。明日亂山江上路，鷓鴣聲裏繫孤舟。

寄　人

分袂當年待曉鷄，曲欄橋外錦堂西。鳧呑蓮子房房苦，蟬抱楊枝樹樹啼。深竹夢歸神女婿，暮花傷别隱郎妻。至今腸斷春風候，荳蔻初生槿葉齊。

贈林純卿

十載看花入醉鄉，燕姬招隱白雲莊。罷官卜宅思栽柳，垂老將身學買漿。夜月邀僧同鷁首，春湖供客典魚腸。孤山萬樹梅花發，翦燭裁詩夜未央。

春日西湖即事

蘇小門前柳帶煙，暖沙晴日水如天。杏糜供作宜春酒，榆筴分爲買笑錢。垂柳綠遮騎馬路，落花紅襯釣魚船。杜鵑不解遊人意，催盡韶光又一年。

寄薛素

野草城邊油壁車，海棠開盡燕飛初。愁深司馬舟中淚，夢逐蕭娘錦上書。一水雲陰桃葉渡，四橋春暗浣花居。傷心南陌垂楊月，夜夜香塵滿客裾。

黃山道中

微霜風物色淒淒，路入黃山是五谿。帝子不歸汾水上，行人愁過穆陵西。荒原曉露銅駝泣，古驛秋風鐵馬嘶。獨客傷神家萬里，斜陽征雁楚天低。

逢徐興公話舊

天涯離別九迴腸，今日逢君復異鄉。潞水聞猿雙涕夜，黑山歸馬五年霜。兵戈消息何須問，弟妹飄零且自傷。此會怱怱又分手，暮雲衰草更淒涼。

漢人墓

都護危阡野竹園，藤花葛蔓滿頹垣。千秋涕淚愁山鬼，萬古風烟弔戰魂。獨鳥夕陽依灌木，野人寒食奠芳蓀。窮秋獨客愁心折，更聽蕭蕭滝嶺猿。

月輪山即事

垂楊垂柳映郊原，二月春山啄木喧。騎馬人過蘿薜寺，賣花聲在鷓鴣村。江頭日日魚歸市，渡口家家潮到門。天際片帆何處去，西陵烟雨又黄昏。

古　意

今年拜秋月，月比去年好。去年秋月圓，郎在蕭關道。

交　河

交河四月未歸人，日暮鶯花傷客神。萬里故園何日到，無邊芳草向誰春。

懷徐興公

草色青青柳色柔，閉門樽酒强銷憂。天涯自覺餘雙鬢，故國誰登第一樓。亂後簡書聞戰伐，春來花鳥起邊愁。傷心最是南飛燕，日夜思君漢水流。

短歌行

君不見媧皇作天半是石，只今石罅胭脂跡。赤虹吐氣紅氍毹，斑騅女郎嫁河伯。掉尾掃卻秋空雲，錯落晨星墜空碧。又不見康王飲馬西天潢，羲和作馭朝紫皇。玉兔犂雲種金粟，曉華溼露凝清香。人間脈脈翠雲暮，王母塚前生悲涼。草澤生，短歌行。兩年騎馬薊門道，欲歸不歸愁兕觥。

泊淮安

漂母祠前淮水頭，千帆夜宿荻花秋。數聲寒角一聲雁，若個行人不淚流。

再送陸西

別酒重開上驛樓，驪歌聲裏看吴鈎。種魚有術龍君老，相馬無經驥子羞。疏雨過城槐葉暗，夕陽連水木奴秋。還家記與猿公語，不見書生萬户侯。

董養斌

字叔允，閩縣人。伯章孫，廷欽長子，俱見上。養河兄。見下。萬曆中監生。有董叔允詩。

節錄邑人陳薦夫董叔允詩序：董叔允生海上，居空明鏡淨之鄉，而習於風濤雲水之變，常登白雲山望初日，光怪晶熒，若有所得也。已又侍尊大人宦轍，涉吴楚，攬西粤，北遊太學，歷齊魯、燕趙之墟。故其詩沉鬱慷慨，豪宕遒麗，蓋得之其居與遊，神與境會，才與識融，非獨其學力勝也。憨者攘篇，瑣者攘語，而叔允獨以神會。躁者攘名，洿者攘利，而叔允獨以讓市。叔允之詩得正於澄波，而得變於怒濤；取情於風雲，而取采於朝旭。足半天下，而虛己以遊；胸貫百家，而迎刃以解。行當與前代作者揚鑣方駕。敝俗之習，蜾蠃螟蛉之夫，安足與叔允相軒輊哉？

同王粹夫白雲看日出歌寄曹能始廷尉

君不見天姥奇峰峭如壁，青蓮夢中看海日。又不見靈隱高樓古寺東，爭看滄海騰曈曨。二詩所説奇如此，未及身經恐漫語。我家海上白雲山，東溟萬頃皆狂瀾。朝曦半夜已出海，相與襆被來同看。天鷄喔喔波光赭，飛熛焕烣扶桑下。東方半壁天欲燃，欲出不出波喧闐。須臾銀濤變成雪，復有如朱赤綫相牽緣。波中烱爍朱輪走，鯤鵬入燒鯨鯢吼。爛如羽客破鼎流，神丹又若火珠燁燁吐出赤龍之餤口。朱霞滅没隱見互神怪，更疑羿射未落波中之烏尚有九。惟有夸父能逐之，若問謫仙徒想象，豈若我輩今日目擊其神奇。聞君去歲走泰岱，日觀中宵起相待。何時過我白雲山，試與東嶽峰頭鬭光怪。

送人之咸陽

茫茫何所適，鞍馬向關中。驛路三千遠，金城百二雄。月明秦廢苑，花落漢離宫。興廢無窮感，詩成渭水東。

秦中懷古

金城自古險，函谷况千層。烽火灰秦殿，樵蘇上漢陵。雲埋天府暗，雨宿雲臺崩。秋草銅駝臥，行人感廢興。

董養河

字叔會，一字漢橋，伯章孫，廷欽次子，養斌弟，俱見上。謙吉父，萬曆間閩縣人。崇禎十五年以歲貢生特賜進士。官工部司務，歷户部員外郎。

通志：養河少負殊質，博極群書，裹糧居鼓山。董侍郎應舉歎曰：「吾家復見一江都耶？」黄文焕自永福來，築室羅溪，傍養河居，相與切劘。崇禎間以歲貢被特旨賜進士，授工部司務，蒼按，崇禎十五年賜特用進士出身二百六十三人，養河與焉。與黄道周、黄景昉、倪元璐、蔣德璟爲金石交，相與憂憤時事，揣摩軍國。道周糾楊嗣昌奪情，忤旨，勘問詞連養河及編修黄文焕、吏部主事陳天定、中書舍人文震亨，並下獄，帝怒不測。養河處之泰然，日與道周唱和，爲西曹秋思集。後道周起用，養河亦還職，進户部主事，三疏自劾，語觸機臣。後密訪智勇俊傑、可爲疆場前驅者，得六十七人薦之。後遷員外郎，命下而養河卒。子謙吉，崇禎辛未進士，户部主事，歷官陝西副使，致仕歸。福王、唐王召，俱不起。爲僧，縱酒卒。

和陳元凱先生山居韻

小渠分瀑夜潺潺，片月窺牕不可關。煙水自來宜我輩，勳名終是屬癡頑。新松直上梢頻翦，叢菊孤寒蕊半删。卻笑謝公徒捉鼻，區區江左負東山。

西曹秋思次韻

雖然雲壑趣偏濃，蹐馬何關試蟻封。漫褺南冠悲夜柝，還驚北闕誤晨鐘。蛟龍浪闊魂頻度，虎兕風凄道自容。莫爲陸沉相對泣，芳園猶有未彫松。

拋卻漁竿蠣女磯，按，蠣女磯，海中石洞名。秋風誰爲擣寒衣。嗟予無死三年望，問客何來他日歸。松桂故山空埽跡，龍蛇大陸未藏機。纍臣賸有憂天淚，六月嚴霜已晝飛。

酒爲銷愁强入脣，醉鄉憐我果清醇。看呼五白賒豪客，聽撫孤桐見古人。半市半朝雜處地，亦僧亦梵苦吟身。若無鈴柝頻驚夢，何異秋江隱釣綸。

秋光無賴又平分，騎馬紅塵較易曛。羈客杯鐺空皓月，美人環佩隔高雲。牆蛩韻切猗蘭操，江雁聲回織錦文。歸夢欲成還坐起，貝龕添取百和薰。

滄洲吾道亦何尊，赤米白鹽晝復昏。鷗侶絶無峰對面，瓦衣何有雨傾盆。開籠放鶴憐垂翅，蕹圃分花欲醉魂。底事衰年輕一擲，挂冠不合舌猶存。萬國煙霾呼戰鬼，中原豺虎斷征鞍。便歸未卜歸何日，徒嘆梅真早挂冠。言愁我自經愁慣，破笑方知强笑難。海月遥憐兒女看，魚龍何夜不生瀾。名題虎觀新開典，官躐鳩曹獨領班。腰骨伸來仍傲菊，馬皮留得未慙山。祇能宵旰分鄉夢，時繞紅雲玉仗間。蕙合滋榮艾合删，主恩何敢怨投閑。煙迷鷓鴣春衫溼，雨聽瀟湘雪鬢加。漢女有魂皆藥草，漁人無夢不桃花。悲愁欲擬離騷怨，閣筆東鄰宋玉家。楚水扁舟更可嗟，巫雲三載斷天涯。但有畫龍難作雨，可令嘉穗失敷榮。人無按劍憐才命，天試傾軜識性情。東舍看花西舍酒，何知淒惻是秋聲。在山泉濁出山清，今古英雄每不平。腰下已無堪瘞劍，胸中空有未傳經。西園秋草傷蚨蝶，遠路涼風憶鶺鴒。戀主願聞頻送喜，捷書近報欲犂庭。勒移不待北山靈，皁帽今真愧管寧。罾蛟澗底鱗鱗動，石語峰頭片片堪。銀瀑洗毫穿海怒，綠蕉裁藁入霜酣。廿年復聽連牀雨，愁説雲深似舊庵。惟有溪山不厭貪，羅溪招友復攜男。虹板曾孫難度俗，蛾眉秦女不憂讒。種茶世改停龍餅，接笋人歸脱綠衫。雁過好傳仙侶道，驚波今喜得收帆。幔亭别後半雲衘，負郤層梯上碧巖。

魏憲詩持云：「辛巳春黄石齋先生以廷諍下錦衣，葉潤山先生以疏白同坐，董漢橋先生以宿好被織，皆於西曹倡和，各平韻三十章。至三先生賜環，倪鴻寶先生起少司馬，刊此詩於京師，漢橋先生令嗣耕伯重梓之。予次第選行，以見三先生心血云。」蒼按，魏憲字惟度，福清人，文焌孫，順治間庠生。爲人豪爽，刻苦問學，肆力於詩，嘗寓姑蘇、白下間，以詩交海内。選本朝百家詩，又選平日與己唱和者爲詩持三集。「詩持」者，持名教，持風雅也。董漢橋西曹唱和詩，亦忠臣孝子之遺，存之以扶名教是也。惟百家詩中入選者多顯宦，列己於末，而朱竹垞檢討不與焉。檢討有詩云：「近來論詩多序爵，不及歸田七品官。直待書坊有陳起，江湖諸集庶齊刊。」蓋指此也。

枯木庵 按，在侯官雪峰山下。

存公若何棲，枯木雪峰趾。空中不盈丈，法輪轉於此。紺殿有頹興，依然衆山峙。莫窺天地根，枯榮安足據。

康彦登

字元龍，彦揚兄，見下。侯官人，莆田籍。萬曆間庠生。有代奕編、朔方遊稿。

竹窗雜錄：友人康元龍、袁無競，少年負才，長於賦咏。康有咏柳詩，袁有落花詩，皆一時膾炙人口。康咏柳云：「照影盈盈拂自垂，受風縷縷弱還吹。關山笛裏思歸引，灞水橋邊恨别枝。翠黛莫因春去損，纖腰乍向月明移。可憐空傍章臺老，欲惜凋零更有誰。」袁落花云：「江南春信遞相催，片片輕紅委碧苔。雨暗妝樓和淚滴，風飄繡幙帶香來。綠珠掩袂辭金谷，妃子含哀葬馬嵬。怪底欄干長寂寞，曾無一片蝶飛來。」二君壽俱不永，相繼而歿。每誦其詩，不無山陽之淚耳。

柳湄詩傳：通志「康」誤「廖」。閩縣陳勳稱：「彦登善談兵，偶未得志於經生，即去家西入秦，出塞至賀蘭山下，東涉雲中、雁門、上谷，所出入塞垣將萬里。長劍截雲，虬鬚若戟，杯酒燕市中，爲予言山川扼塞、城堡堅瑕、士馬强弱與夫羌狄情形，戰守攻圍之略，芻挽之宜，甚具而悉。所歷既精，又身在利害之外，得以徐觀而深究其便。豪於詩，其塞上諸作皆古鐃歌鼓吹之遺聲。風高月明，據胡牀舞劍而奏之，如聽代馬之夜嘶，朔管之秋引也。」蒼按，他書稱彦登爲人慷慨負氣，一言不合，輒拂袖去。嘗遊歷邊塞，無所遇。年三十六，貧困以死。賦詩自改竄，不成篇輒棄去。閩縣陳薦夫康元龍像讚云：「經之笥，書之櫥，於戲通儒。南走粤，西走胡，於戲壯夫。康濟有術，任俠不拘。法究臨池，腕善操觚。詞之風爲西都，騷之風爲左徒。其粹然蒼然者，又爲大曆，爲黄初。胡然握瑜，胡然懷珠，胡然夭其軀。嗚呼。」

城西別友

驛樓重發不勝悲，執手難於乍別時。故國殘年人去遠，亂山疏雨馬行遲。青袍暗溼爲儒淚，綠酒愁聽送客詩。最是關門風雪惡，明朝吹盡鬢邊絲。

泛舟九曲放歌

武夷之山何崔嵬，武夷之水相縈洄。世人披圖得其概，安知神仙窟宅之奇如此哉。我今泛棹泝九曲，匝月登臨歎（武夷志作「歎」）。不足。呼吸應知帝座通，谽谺直訝神工劚。大王絶巘丹梯橫，玉女連雲彩幄生。桃源花逐漁郎去，蓮石峰裁仙掌平。洞天名居三十六，福宅靈皋鎮南服。霍童太姥難與伯仲稱，俯視石鼓鯉湖諸區真一掬。遊人若個是仙才，鼓枻中流思轉哀。瓊輪白馬空霄漢，玉鼎丹爐銷綠苔。浮生局促同蝸角，長夜漫漫誰獨覺。紅日西馳挽不回，百歲誰人肯行樂。酌君酒，爲君歌，武夷十載幾經過。仰天朗詠遊山曲，世路升沉竟若何。

長水寄謝伯元

歲晚懷人恨，中宵扣角歌。壯心同落拓，鄉夢久蹉跎。潮咽胥江盡，雲寒越嶠多。鄱湖南去路，之子愼風波。

秦中懷古

繫馬寒陽古戍郵，關河百二是秦州。天陰玉塞連雲慘，月冷金人泣露愁。廢寢變衰無草木，長城延亘自春秋。興亡千載誰堪問，日暮含情渭水流。

滕王閣晚眺

畫棟朱甍碧漢齊，憑欄極目大江西。千尋積翠匡廬遠，九派分流楚澤迷。柳暗官橋嘶騕褭，沙明漁火亂鳧鷖。豪華往事空銷歇，唯有王郎閣上題。

送王永啓之武林

送君南浦憶西湖，佳麗當年舊帝都。急管青絲遊客舫，靚妝紅袖酒家壚。潮頭勁弩英魂冷，松下輕舟艷骨枯。自是登臨堪弔古，不妨迢遞上征途。

銅雀臺

瓦落臺空野草愁，綺羅香輦但荒丘。二喬不鎖東風妒，遺恨漳河水自流。

靈武道中

作客經時未解鞍，塵沙障面朔風寒。西行重過靈州道，雲樹依稀漢壘殘。

塞上七夕

西樓夜色淨如銀，絶塞秋風慘客神。少婦停鍼心萬里，不知何處是三秦。

林雨潤

字浴蒼，連江鎮海衛人。萬曆三十二年進士。官兵科給事中。

武夷山

三十六峰秋氣清，翩然鸞鶴下寰聲。客留明月山中宿，人近白雲天半行。溪路碧桃深九曲，洞天瑶草問雙成。神仙有約不可到，更擬重來話此生。

柯　杲

字季和，一字和山，英玄孫，維騏曾孫，茂竹子，俱見上。莆田人。萬曆三十二年進士。授鄞縣知縣，遷南京户部主事，補河間知府，陞副使，擢尚寶司卿，移太僕少卿，改右通政，晉右僉都御史，巡撫山西，乞終養。有空齋詩草。

蘭陔詩話：和山以清節著，詩亦温厚馴雅，無蹶張叫囂之習。

送姚巽卿之楚

南浦尊前別，悲歌俱酒徒。秋風雙屐健，楚水片帆孤。陟峴碑存否，登樓賦有無。羨君貧到骨，猶自傲青鳧。

顔雲漢、戴玄趾二兄被謫，詩以慰之

仕路艱危甚，雙雙寶劍懸。含沙蟲屢射，入市虎爭傳。歲月窮難送，風波道未捐。平生慷慨意，知不受人憐。

冬日至泊頭，集飲盧子占別駕署中分韻

爲耽吏隱趣，促膝繞淪漪。秘論傳宛委，新詩出渼陂。樹深鷗欲下，禾熟蟹多肥。但得樽長滿，還能倒接䍦。

送吴元翰還閩

河梁樽酒暫徘徊，海子芙蓉望裏開。老去江淹才未盡，秋來庾信賦多哀。風吹短褐歌燕市，月照孤笻向越臺。早晚挂冠歸故國，與君乘興破蒼苔。

送陳伯安還閩

燕臺詠遍便南還，海上幽居第幾灣。木落霜飛侵古驛，橙黄橘緑近鄉關。愁聞世事頻扃户，愛宿僧房不買山。知爾苦吟頭欲白，好將詩句手中删。

魏　濬

字禹欽，松溪人。萬曆三十二年進士。除户部主事，歷員外、郎中，出爲廣西提學僉事，仕至右副

都御史，巡撫湖廣。有峽雲閣存草。

墟上詩

箬籃雙放壟頭安，卻坐林邊解竹簞。椶葉結衣慵避溼，青紗裹額不愁寒。蔞根對語時還嚼，車騎來過亦聚觀。此去茅村應未遠，滿溪澀勒翠團團。按，澀勒，竹名。蘇軾詩：「倦看澀勒暗蠻村。」

紆回巖徑轉嵯峨，笑問蠻家第幾窠。入市每衣芒木布，出門時唱浪花歌。峒丁慣筈殲狐矢，獠女能拋織貝梭。墟散盡投歸路去，斷煙半隴罥荒蘿。

黄鳴喬

字啓融，一字友寰，希濩孫，懋賓子，俱見上。起雒父，見下。莆田人。萬曆三十二年進士。官河南副使。有吟舫集。世系互詳卷十四希濩傳。

蘭陔詩話：友寰令番禺則全活饑黎，守袁州則力爭浮賦，不愧古之循吏。因修袁志，不爲嚴介溪立傳，忤御史李日宣意，竟中以「疏嬾」罷歸，與里中名流結社酬和。自擬挽句云：「一官每惹風波，骨不媚人，纔得早閑十畝；七襄儘邀造物，生如作客，何須占住多年。」可謂灑然於生死窮通之際矣。

雨中遊湖

湖景晴無盡，更宜帶雨遊。樹兼山隱見，雲與水沉浮。泥印苔邊屐，花低霧裏舟。傳杯猶未歇，林杪更鳴鳩。

南陽解組歸葺吟舫落成

印塘漫葺數椽居，仍是先人舊草廬。頻護當年親種樹，祗添近日帶來書。曲欄覓句花開候，高閣呼尊雨漲餘。物外閑身輕似葉，乾坤長嘯一舟虚。

周　賀

字伯尊，一字長吉，閩父，見下。莆田人。萬曆三十一年舉人。官羅定知州。

西　湖

秋光畫裏引蘭橈，雨過何山不可描。天外雲霞深渺渺，湖中烟景晚蕭蕭。六橋風冷芙蓉老，三竺煙收明月驕。零露滿山人不覺，馬蹄歸路踏寒潮。

柯憲世

字爾珍，莆田人。萬曆中諸生。官翰林待詔，以子士芳贈河南僉事。

蘭陔詩話：爾珍與陳爾鑑、彭伯棟、鄭舜儀、鄭元參、陳魯彦、王漢圖、黄啓融、林伯珪、柯無瑕、郭聖胎、許巖長結頭社，月必一會，分韻賦詩。可繼壺公、木蘭二社之盛云。

浮山舫

一舫湧山浮，乃在花深處。花深櫂不移，唯有鷗輕舉。

柯士璜

字無瑕，莆田人。萬曆中布衣。

蘭陔詩話：無瑕善畫花鳥，得動植生意。邊鸞、崔白不能過也。嘗有醉吟詩云：「未醒成酒鬼，不死是人奴。」曹能始極賞之。

孔雀

名從犀子喻佳禽，馴傍梵王雙樹林。文彩可移鸚鵡賦，品流當續鷓鴣吟。展舒正爾娱風日，顧盼多因惜翠金。毛羽欲新知節序，陽和已動百花心。

棹聲閣

野艇時去來，一刺復一撥。人在蘆花中，心知秋水闊。

張瑞圖

字二水，晉江人。萬曆三十五年進士，廷試第三人。

柳湄詩傳：瑞圖崇禎元年會試副考官。後以禮部尚書入閣，晉少師、建極殿大學士，迎合魏閹。閹建生祠，碑文多出其手。崇禎間定逆案，瑞圖與焉。工書法，與董其昌、邢侗、米萬鍾齊名。

戴文進他山圖

兹山胡不美，産金山乃童。他山倚天立，停停春晝中。僉云可爲錯，但以利百工。寰宇淨鋒鏑，鑿以紀豐功。

游伯槐

字登輔，日章子，莆田人。萬曆三十五年進士。官廣西按察使。

憶昔

憶昔探奇登華頂，步隨笻杖到天門。即今爲吏心先折，豈有驚人句尚存。仙掌似招曾識面，蓮花誰種再來根。夢魂猶繞三峰上，疑是當年染墨痕。

鄭懋華

字仲穎，寶元孫，莆田人。應天中式舉人，萬曆三十五年進士。歷官都察院右僉都御史，巡撫廣西。蘭陔詩話：公集不存，僅傳此作，深得風人規刺之體。公同年潘罔卿應龍亦能詩。姚旅露書載其遊木末亭句云：「故鼎由來非逐鹿，忠魂何必怨啼鵑。」可稱新警。今其集亦不傳，前輩佳篇日就湮没，不可不亟爲搜輯也。

番舶

海島諸番互市開，珊瑚萬樹夜光杯。請看銅柱征蠻府，多少材官戰不回。

柯重光

字振翰，一字心庵，莆田人。萬曆三十四年應天中式舉人。官臨高知縣。有遂園集。

秋懷

羈棲何日是歸期，擊筑狂歌有所思。江急潮聲楓落候，牕虚燈影月來時。千端難寫鍾儀恨，異代應同莊舄悲。風景忽驚吟蟋蟀，教人空賦式微詩。

招隱溪邊藉薜蘿，躊躇歲月病中過。非緣畏客門常閉，正見交情雀可羅。滿徑寒深驚露重，孤牕夜永覺愁多。誰憐扣角無知己，千載傷心一放歌。

林銘鼎

字玉鉉，一字自名，堯俞子，見上。莆田人。萬曆三十八年進士。授編修，出爲高郵州，歷官湖廣左布政，遷廣西蒼梧參政，擢南京光禄寺少卿，終户部右侍郎。

雨後泛舟北濠觀漲

新流漠漠欲平田，雀舫風斜薄暮天。螺黛千尖澄夕照，玻璃萬頃漾清漣。花潭繫纜觀垂釣，曲港聞歌識采蓮。詩思還從鯨飲劇，拚將襆被此中眠。

陳玄藻

字爾鑑，一字季琳，九德孫，莆田人。萬曆三十八年進士。授行人，陞禮部主事，歷官江西、廣東參政，擢貴州布政使，乞終養，召拜禮部右侍郎。有頤吟集。

蘭陔詩話：爾鑑在禮曹時，值日食，疏言陽掩於陰，刑餘之人豈可使預國家事。魏璫見之大恚，欲置之死。葉臺山力救乃免。晚結茅梅峰，以詩畫自娱。姚園客稱其詩如「虢國夫人不施脂粉，而色笑婉麗」，可謂知言矣。

漂母祠

漂母相憐日，王孫未遇時。英雄原自異，貧賤幾人知。一飯恩非淺，千金報亦宜。重瞳何不識，遺恨楚江湄。

彭城戲馬臺

旌旗閃日騁驊騮，逐鹿中原昔未休。對壘曾聞軍廣武，乞盟羞許割鴻溝。八千子弟空歸楚，四百山河已屬劉。惆悵高臺留舊址，年年苜蓿爲誰收。

姚園客過訪留酌

涵江碧水静娟娟，宅在橋西得趣偏。燕市悲歌纔一醉，龍潭修禊已三年。同袍與子秋初冷，乙夜留人月正圓。劇飲何須規厚祿，冷曹亦剩俸餘錢。

長至前二日綠雨軒探梅

煙籠古樹冷書帷，鳥爲銜花户外窺。寄語花開休對雪，詩人强半白鬚眉。

陳翼飛

字元朋，一字少翮，平和人。萬曆三十八年進士。除宜興知縣，被劾歸。有慧閣、長梧二集，己未、庚申、辛酉、壬戌行卷。入通志文苑傳。

静志居詩話：元朋牽絲百里，遽挂彈文，坎壈終身，賴詩篇以陶冶。集甚繁富，幾與明卿、伯玉爭多。史取一編，惜乎未就。觀其解組記自述，與韓求仲偕游金山，有詩僧慧秀攜沈孝廉臣虎札來謁韓，中稱引宜興吴徹如，觸韓怒，嫚駡吴不絶口，以慧秀詩挂松枝上，斥而遣之。慧秀訴之於吴。時沁水孫尚書居相，以御史督運漕，吴嗾孫劾之，代爲草奏，辭連鄒臣虎、湯嘉賓。黨禍既成，元朋一跌遂不復振矣。牧齋錢氏與求仲、臣虎、元朋皆同籍，而列朝詩概削去不録。嗚呼，桑海既遷，猿鶴沙蟲悉化，而雌黄藝苑者，黨論猶不釋於懷，可爲長太息也。

柳湄詩傳：翼飛少工詩文，除宜興令，被劾歸，與鄭懷魁、戴燝等稱位雲十三才子，又與惠安張燮等稱七才子。文采風流，當時推重。

遊山平寺

路入寒山霜正繁，沙頭落日暗平村。蕭條古寺荒苔裏，不見山僧只見猿。
千山繚繞一山開，昔日中公杖錫來。滿樹曇花供石塔，半山明月下香臺。

齋居

白水浮官舍，青山塞縣門。政閑僧退院，詩就月當軒。厨冷晨煙寂，庭空鳥語繁。相親祇書卷，宦況與誰論。

摇落

橘户貧於昔，楓江冷至今。紅酣萬木葉，青入故鄉岑。覽鏡朝朝改，開帆日日陰。國哀頻到耳，涕泗滿衣襟。

温陵道中

九日山前路，登臨病未能。煙蘿從晶晶，雲樹幾層層。豹犬柴門月，人魚海市燈。不堪聞杜宇，匹馬過温陵。

悵望

寂寂何多緒，憑高魂易銷。疏鐘蕭寺雨，遠樹海門潮。秋月七千里，春風廿五橋。愁來頻徙倚，踏破小山寮。

全閩明詩傳　卷三十九　萬曆朝十

侯官　郭柏蒼
楊　浚　錄

孫昌裔

字子長，又字鳳林，承謨子，學稼父，見下。侯官人。萬曆三十八年進士。掌吴興教授，擢户部主事，歷郎中，出爲杭州府，拜水利使者，改浙江提學副使，棄官歸。

烏石山志：昌裔父承謨，萬曆十一年進士。昌裔提學時，權貴關説，不從，中之，棄官歸。結石梁書屋於福州郡治烏石山天台橋側，題石曰「大明孫子長讀書處」。後又得閩山光祿吟臺地，子學稼、學圃讀書其中。詳四十八卷孫學稼傳。

謝西湖留别

南北高峰雨氣收，中流一舸獨夷猶。江山平淡無逾此，詩酒分攜易解愁。水利已經慚疏鑿，文場寧復畏誅求。良朋勝地緣終淺，歸去閩山未白頭。

王宇

字永啓，閩縣人。萬曆三十八年進士。官南京刑部主事，擢武選司員外，山東提學參議。有烏衣集。柳湄詩傳：宇嘗奏免南都武弁赴北襲職，弁德之，爲建生祠於雨花臺側。萬曆間，福建鎮守太監高寀虐民致變，宇率衆擊寀，寀逃入官署，越牆而走。林世卿以世家子，極力蔽之。事平，寀欲陷宇於法，宇逃北京。萬曆三十四年順天中式，成進士，後爲請謁不遂者所中傷。著有原齋集。烏衣集有傳本，原齋集未見。素善病，起户部員外郎，未任卒。

阮堅之招宴烏石山

夏火改桑柘，秋灰散葭莩。群英會高閣，浚旄集彼姝。清飆翔廣漢，初月垂座隅。檻外俯危岑，澗底攀高梧。地勝望自邈，灝景明飛廬。興酣日馭短，秉燭以爲娱。蹤跡嘆風馬，流光驚隙駒。閩國連吴越，齊盟狎魯邾。洋洋希大雅，彦俊揚八區。

上巳喻正之郡公招飲桑溪

睠此暮春候，幽賞山之阿。長林餘清音，和風遡迴波。因之澹俗慮，兼以解微痾。歡情未云歇，物感悽已多。賢王留勝跡，芃芃禾黍歌。時代倏已移，滄桑竟如何。

八月十八日錢塘江觀潮

長江界斷東西越，江水茫茫尾閭洩。濤頭一線挾天來，八月十八潮噴月。六和停停似欲動，雪山萬疊空中開。波神震怒氣鬱勃，海若叫嘯聲喧豗。月輪山下西陵口，白馬群奔羅刹走。巨鼇足折不敢伸，天吴膽落那能吼。伍相鴟夷浮水上，千秋萬歲猶靈爽。忠魂來往不忘吴，變作江心暮潮響。

中秋屠緯真招集西湖按，屠隆入閩，居烏石山半嶺園。

湖月閒心得，荷風酒興宜。五橋穿棹穩，一寺動鐘遲。水鳥聞歌起，村燈逐岸移。當頭有崔顥，追和可無詩。

秦嶼按，在福寧州。

跨海孤城合，衝潮兩嶼連。編籬通淤澤，掘井閉鹹泉。網曬初歸澳，燈懸各認船。村人誇地勝，碧水湧青蓮。

仁王寺送能始還大理

留署誰云冷，相傳吏是仙。鷄鳴後湖月，鶯唤故宫煙。刑法閒中志，山川静裏緣。同居無住界，何必悵雲天。

新秋西湖社集

秋色浸湖湄，秋聲衆木知。高峰雙菡萏，大地一琉璃。歌逐荷香度，舟尋柳影移。蟾蜍方弄水，烏鵲自棲枝。滿瀉青尊酒，齊徵白雪辭。遠鐘催暮景，天末起涼颸。

法雲别業

幾盤蘿磴綠陰迷，徑轉山門草樹齊。雲氣全收城内外，鐘聲難辨寺東西。風生古桂微香遠，月照疏松倒影低。最喜牆東居止近，相過時聽曉鶯啼。

中秋集在杭泊臺，分賦栢梁體

按，泊臺在福州郡治朱紫坊。

層臺出水涯，月色此先知。霜鏡懸澄徹，波金漾陸離。遠潮乘魄滿，玉兔搗香遲。氣引渠荷入，光催岸柳移。明年自南北，徒爾照離思。

平山看雪，夜過王申甫家

六花半夜散人間，匝地新梅月一彎。村舍鱗鱗疑素浪，江煙漠漠失青山。空林炫色鋪瓊滿，飛鳥驚寒帶絮還。誰似子猷容易返，更乘餘興訪柴關。

長干看春

不歸成底事，六度秣陵春。每感物華謝，翻驚世局新。青山如待客，白髮漸欺人。意懶徒思睡，非因病與貧。

宿唐宜之靈谷山房

半畝林亭小徑通，暗泉分澗入花叢。煮茶濤沸嵐煙外，洗硯雲浮水氣中。粉堞週遭牽翠薜，朱欄迴繞映丹楓。曲房借得經宵宿，纖月微霜叫斷鴻。

雨花臺春望

蒙茸草色繡層原，六代風流四望存。雨後泛舟桃葉渡，雪中騎馬杏花村。紅飛地地香游屐，綠覆家家韻夢魂。落照晚煙爭采罷，滿林鐘磬遞黄昏。

己未白門别鍾伯敬、文太青諸子

病深幾死訣，病起復生離。如此魂將絶，那堪淚自垂。相看無限念，重别莫爲期。回首長干寺，鐘鳴月落時。

同葛水鑑、譚友夏宿法相寺

入林數里轉縈紆，遠隔人烟近隔湖。蒽蒨繞籬藏小狗，蒙茸當路竄封狐。雪中掘筍燒蘆火，雨後收茶試焙爐。不用閉關尋入定，一潭寒水月明孤。

秋夜送林夷侯、曾用晦按，用晦，熙丙字。

病中聞别去，神魂忽飛越。露泣芙蓉江，風鳴芭蕉月。悲秋情自深，送遠愁轉發。空山後夜心，懸知堪白髮。

辛酉元日

泰昌頒朔幾何日，天啓今朝又改元。世態玄黄惟轉眼，物情新舊總銷魂。漫傷時事添愁病，且喜春風散淚痕。山館數枝寒色在，自攜筇杖踏荒園。

輓謝耳伯按，謝兆申字耳伯。

自厭爲斯世，還尋古人語。一棺韞萬卷，賢聖相爾汝。麻源聽松風，長疑讀書所。累累馬鬣封，繁華在何許。

送在杭之粤西

山勢嶙峋秀獨鍾，巖懸水月洞蟠龍。使君臢有幽探癖，作宦偏於勝地逢。樓訪逍遥顔字古，潭尋鈷鉧柳文封。干旄西指心隨往，桂海難忘舊日蹤。

薛老莊按，在福州郡治烏石山。

諸老開尊處，臨城結構新。石橋懸翠巘，草徑絶紅塵。谷口籟傳響，榕門竹作鄰。遲迴涼月上，露氣滿衣巾。

陳元凱病告感寄

千古引痾者，皆因世路難。峒蛇憑九折，山鬼踞千盤。披棘心肝碎，憂天骨髓乾。半畝閉門臥，乾坤莽莽寬。

丁巳白門别焦弱侯、蘇宏家諸相知

歷盡風波日，遊窮山水身。鄉心幾重老，柳色七回新。頻感曾經事，多逢堪戀人。眼前花鳥意，偏動别離晨。

問鍾伯敬病

病許將詩問，貧多與病鄰。如何四君子，偏疾兩閒人。缺陷當今世，艱難悟宿因。冷官稱藥裹，莫厭看題頻。

和茂之寄懷

日日惟山水，樵巾薜荔衣。每於迂得趣，自與世相違。累少能辭俗，時豐僅免飢。鬢斑心未老，時念故交稀。

送徐興公之海澄、曹能始之長泰

十日看山袂并聯，漳南遊騎各雲天。客知廷尉羅休設，人重徐卿榻久懸。瘴壓山城頻市酒，寒消海日少裝綿。堤頭賸有衰楊在，雙折殘枝作馬鞭。

送吴非熊歸白下

迢迢歸騎及春陽，風煖長途草樹香。白社幾回還送客，青樓何處更迎郎。曉登鐘阜雲陰溼，夜泊秦淮月影涼。莫謂羈魂從此慰，舊都猶自是他方。

送林茂之之金陵

人生何處不沾衣，二月津亭柳絮飛。久客還家真似夢，他鄉覓侶卻如歸。片帆夜渡龍江水，雙屐晴登燕子磯。欲慰北堂懷子意，好攜霜橘獻慈闈。

太姥山行

閩天遥控古温麻，太姥雲山接永嘉。度嶺僧歸松際月，搴帷人出海東霞。茫茫遠嶼防秋堡，黯黯疏籬賣酒家。三十六峰青縹緲，香風吹送木樨花。

龍井

按，在福寧州太姥山，即大龍井、小龍井也。

縹緲幢旛綠樹低，山門斜路夕陽西。古壇危跨千層嶂，細水遥通九曲溪。松際谷聲清磬合，竹間雲氣小樓迷。禪心已與塵緣斷，不礙孤猿午夜啼。

宿董崇相山居

聞説長安事已非，甘投海曲被蘿衣。村煙繚繞山城隱，海色蒼茫島嶼微。百洞風生馴虎至，半空雲起老龍歸。雖然倭舶時驚夢，猶喜門庭寇盜稀。

和譚友夏

一枝余不定，君此亦浮家。相視無能別，孤帆天外斜。

子陵釣臺

將星爭似客星明，草没雲臺瀨有聲。七里危峰高士志，一溪流水故人情。

送沈從先還姑蘇按，吴人沈野，字從先，曹能始石倉園客也。

尊酒邀君塔影中，離情況復值東風。池頭柳散千條綠，水面花飛一片紅。

崔世召

字徵仲，寧德人，萬曆三十七年舉人。天啓間授巴陵縣，下獄。崇禎初釋還，補桂東，遷浙江鹽運同知，晉連州知州。卒，祀連州四賢祠。有秋谷集、問月樓詩。

徐氏筆精：崔孝廉徵仲貽余新梓問月樓詩，中多雋語。贈州同王九皋云：「笑我無魚歌幸舍，憐君有蟹領監州。」送劉之罘將軍云：「射虎功高偏不賞，雕龍才老竟如斯。」贈陶嗣養云：「烏留書法皆成篆，龍是文身不用雕。」贈王藎卿再舉子云：「擣盡玄霜原得偶，捧來明月本成雙。」吊謝臯羽云：「魂隨宋寢冬青樹，墓傍嚴陵古釣磯。」煅煉工巧，詞壇射雕手也。

靜志居詩話：崔君令巴山，有爲魏璫祠請頌德詩者，峻拒之，遂被逮入都下獄。蒼按，崇禎二年，世召被逮。三年脱歸，復召對入都。俱見曹能始集。崇禎初釋還，補官桂東，尋司浙中鹺務。詩頗清徹，無塵坌氣。

重九章江門守風有賦時將被逮。

黑雲照空秋氣昏，章江城外逆水渾。封姨鼓浪掀江豚，招招舟子亦銷魂。酒罷問天天不言，野鷄午叫黄花村，誰家買醉登高原。我已掛冠君落帽，擢髮數罪難俱論。

支提寺按，在福寧州太姥山。

石門古路晝冥冥，萬壑松聲絶可聽。仙掌斜擎秋露白，佛頭爭向晚峰青。鐘虚樓影雲生袂，偈落簷光水在瓶。詞客勝遊原有數，題詩因以答山靈。

神仙領郡馬蹄間，地主河陽並轡看。萬片烟霞開寶刹，一時車馬駐雕鞍。任教度曲玄心澹，尤喜憐才禮數寬。更靜夜闌金磬冷，獨吟清唱紀盤桓。

金燈精舍呈天恩法師

亂雲堆裏擁浮屠，乞得黄金布給孤。遂有馬鳴來説法，即看龍刹隱跏趺。空林古木何年化，佛火神燈永夜俱。便欲辭家尋惠遠，寒潭聊作虎溪圖。

陳知占

字本容，一字春河，莆田人。萬曆中禮部儒士。

訪王百穀半偈齋

海天萬里泛孤槎，路入吴門處士家。木榻塵清時下客，筠簾煙裊晝烹茶。齋題半偈來玄度，壁掛千峰識永嘉。莫爲湖山耽久卧，才名今已著京華。

訪皇甫司勳

萬里空江水不揚，孤飄南下謁詞場。才名伯仲看龍劍，詩句曹劉數雁行。震澤風高菱葉露，洞庭雲盡杞花香。蒼松偃蹇虬龍態，著作何妨歲月長。

莊奇顯

敏玄孫，晉江人。萬曆四十一年廷試第二人，以榜眼授編修。

通志：奇顯授編修，官終南京國子司業，卒年三十五。周延儒見其絶命辭，哭曰：「世安得有此人也。」

絶命辭

非求生，求見老母一日。非憾死，憾虚父母此生。求者空求，憾者永憾。不忠不孝，誰結吾局。

朱之臣

字良獻，一字貞度，莆田人。萬曆四十一年進士。嘉定州知州，陞贑州知府。

己未感賦

賜出尚方有太阿，捧來誓欲挽銀河。將甘遺幗全無恙，師爲犂庭損更多。誰道風雲生指顧，翻令戰守具蹉跎。帳前經略大司馬，紀律其如將將何。調兵轉餉不辭勞，呼吸重驚烽燧高。朔騎驅馳同迅電，邊軍覆壓等燎毛。黄塵未掃横空彗，白氣曾懸午夜刀。安得至尊勤廟算，洗天風雨灑征袍。

王志道

字而弘，志遠弟，見上。漳浦人。萬曆四十一年進士。歷官大理寺少卿、左副都御史，以建言削籍。福王稱號南京，起刑部右侍郎，改吏部侍郎。唐王立，起故官，再疏辭以老病，致仕歸。卒年七十三。有如江集。

題張四竹園

有園何必如辟疆，修竹數竿便青蒼。有門何必有車轍，花徑苔封更殊絶。客來何須問主人，推門往入涼意發。孺子但煎竹間茶，先生莫結王生襪。世事紛紛終等閒，高軒幾輛耐人看。富貴勳名若非寄，君家留侯何以欲棄人間事。

曾楚卿

字元贊，一字喬雲，世衮、世爵父，俱見下。莆田平海衛人。萬曆四十一年進士。改庶吉士，除檢討，轉贊善，歷詹事，兼翰林學士，罷。崇禎改元，起北京禮部左侍郎，晉禮部尚書，致仕。有曾城集。

蘭陔詩話：喬雲幼恒夢入一寺，鐘聲如雷，輒驚寤，通體皆汗。有詩云：「九月庚寅吾以降，依稀尚記舊時鐘。一從名利紛相累，頓使仙凡隔幾重。」通籍後，惟與山林隱逸相往還，不避權貴。始以忤魏璫削籍，繼以忤烏程乞休。其灑落之致，恬介之操，可想見矣。集中警句如「半牀殘帙蟫魚飽，一雨疏簾燕子忙」，「驪黄馬上梅飛瓣，鴨緑江頭杏自花」，「杏陌鳩鳴春緩轡，苔階鹿臥晝垂簾」，「返照繞山紅入寺，飛嵐臨水白迷舟」，均饒清韻。曹能始云：「以喬雲吟詠有温厚和平之風。」

詠史

萬乘不足貴，力欲慕神仙。方士接踵去，茫茫歸何年。北歷五原頂，西踰遼海邊。海風吹山立，不得泛樓船。究竟無所見，周行萬八千。黄帝尚有塚，誰云是登天。迺知妖誕者，不獨文成然。雄心與幻想，膏火徒自煎。

送總河大司空劉半舫之任

金風擁傳出京華，赫赫玄圭護建牙。河伯無波侵瓠子，詩人有閣對梅花。川光錦纜澄秋水，風色牙檣落彩霞。忽漫論交又分手，念君何處賦蒹葭。

林齊聖

字司一，一字肩吾，富玄孫，見上。莆田人。萬曆四十年舉人。官蘇州同知。有閑有堂集。

蘭陔詩話：肩吾精於制義，殘膏賸馥，沾丐後人。其詩亦清越無俗韻。

客愁寄家兄弟

回首鄉關路幾千，天涯滯客思凄然。舞餘短劍狂如昨，曳罷長裾態可憐。病爲愁添時有淚，家緣夢到晝常眠。不知何處烏衣會，遥想看雲白日前。

康時

號易所，詒子，見上。長汀人。萬曆四十年順天中式舉人。有哀笥集。

南歸自警

飄零賸得老公車，岸幘青山問故廬。生計折來寧惜肋，驕氛辟卻且全樗。鳶鴟滿眼空相嚇，鷗鷺閒心總自如。國恤祇平何日事，可容吾道卷還舒。

游定應庵贈隱泉上人

竭來幽境足棲真，滿壑松泉爲瀉春。沙底浮鷗能結侶，枝頭啼鳥欲依人。慈雲飛錫千山轉，印月寒潭一鑑新。夜話得抽玄解理，虛名何事共紛綸。

林 釬

字實甫，同安籍，龍溪人。萬曆四十四年進士，廷試第三人，以探花授翰林編修。歷國子司業，署國子監事，鐫職。崇禎元年復官，累陞侍郎兼侍讀學士，拜東閣大學士，卒謚「文穆」。

柳湄詩志：龍溪縣誌：「國子監有銅鼎、銅缸，逆璫欲假鑄錢，釬不與。既而監生陸萬齡傳魏忠賢意，欲就太學中建生祠，祀魏閹及其父。釬持不可，萬齡就手中奪啓事以去。明日有旨責釬罷官。」

蒼按，明史：「陸萬齡欲建閹祠，具簿醵金，强釬爲倡。釬援筆塗抹，即夕挂冠欞星門，徑歸。忠賢矯旨削其籍。」

同劉子其忠錢陳閎文於飛鼂閣 按，其忠，龍溪進士。

萬樹齊下葉，群山皆向東。池明秋水裏，閣在夕陽中。一覽已如此，百年寧不同。無爲感摇落，天際有歸鴻。

彭汝楠

字伯棟，一字讓木，文質孫，士璜父，莆田人。萬曆四十四年進士。除會稽知縣，擢禮科給事中，以敢言忤旨，削籍。崇禎改元，累擢兵部右侍郎，乞休。卒贈尚書。

蘭陔詩話：讓木名列東林，疏劾魏璫，中引趙高鹿馬爲諭。忠賢大恚，矯制奪職。崇禎初起爲少司馬，以流寇猖獗，議剿，與當國者不合，乞歸。闢岸圃於南郊，有岸圃花志。柯無瑕爲寫生，極天然之趣。優遊綠野十餘年，先甲申一歲卒，不見逆闖之變。其子士璜，通志誤「瑛」。字粲斯，年甫總角，朱胤岡攻興化時，結壯士爲内應，斬關納之，爲山寇王士玉所戕。黄轂吊以詩云，「司馬有賢兒，功成灑碧血。」可謂不墜家聲矣。

集黄友寰花潭別業

繞座山迎客，過橋水麿門。潭光邀倦翮，林影飲清樽。草長迷花徑，沙崩出石痕。晚晴催句好，農務自村村。

題嶺上亭

孤亭縹緲與雲閑，客至披襟盡解顏。古木下臨千尺地，嚴城不隱萬重山。藜光出樹僧初定，海月窺牀鶴未還。始信丹青屏十幅，何如簡略屋三間。

讀黄維章辯疏有感

聞道欃槍未掩芒，驚看龍戰又玄黄。赤眉豈遂移炎漢，白馬還應鑒李唐。君子獨爲洵足恥，黨人不與亦何妨。聖明自是如天宥，黽勉同心定我王。

全閩明詩傳　卷四十　萬曆朝十一

侯官　郭柏蒼　楊浚　錄

徐𤊹

字惟起，一字興公，棉子，熥弟，俱見上。延壽父，鍾震祖，俱見下。閩縣人。萬曆間布衣。有鼇峰集。

小草齋詩話：嘉隆以來詩人，則有郭郡丞文涓、林明府鳳儀、袁太守表，皆余先輩。陳茂才椿、趙別駕世顯、林孝廉春元、鄧觀察原岳、陳山人仲溱、徐孝廉熥、熥弟𤊹、陳茂才价夫、孝廉薦夫、曹參知學佺、袁茂才敬烈、林茂才光宇、陳茂才鳴鶴、王山人毓德、馬茂才歘、陳山人宏已、鄭山人琰皆先後爲余友，俱有集行世。其中豪宕不羈，揮斥八極，則鳳儀爲之冠；秀潤細密，步趨不失，則袁、趙名其家；才情宏博，多多益善，則徐氏兄弟擅其場；其他諸子各成一家，瑕瑜不掩，然皆禘漢宗唐，間出中晚，彬彬皆正始之音也。南方精華盡於是矣。

明詩綜：興公聚書至數萬卷。所居鼇峰麓，客從竹間入，環堵蕭然，而牙籤四圍，縹緗之富，卿侯不能敵也。其考據精覈，詩自樂府、歌行及近體無所不備。

靜志居詩話：嚴儀卿論詩，謂「詩有別才，非關學也」，其言似是而實非。不學面牆，安能作詩？自公安、竟陵派行，空疏者得以藉口。果爾，則少陵何苦「讀書破萬卷」乎？興公藏書甚富，近已散佚。予嘗見其遺集，大半點墨施鉛，或題其端，或跋其尾。好學若是，故其詩典雅清穩，屏去𤷃浮淺俚之習，與惟和足稱二難。以此知興觀群怨，必學者而後工。今有稱詩者，問以七略、四部，茫然如墮雲霧，顧好坐壇坫説詩，其亦不自量矣。

柳湄詩傳：㷆少就童試，見唱名擁擠，即棄舉子業。善隸書，能山水。初與趙世顯、鄧原岳、謝肇淛、王宇、陳价夫、陳薦夫結社芝山。晚與曹學佺狎，主閩中詞壇，人稱「興公詩派」。學人、緇流，以徐先生稱許爲聲價。曹能始贈詩云：「應有好緣供讚嘆，更無名士不周旋。」乃實錄也。著榕陰新檢、榕陰詩話、徐氏筆精、續筆精、荔支譜、竹牕筆記、竹窓雜録、閩畫記、紅雨樓集、鼇峰集。所刻書如律髓、別紀、補遺、唐雅之類凡數十種。按，㷆能畫，徐熥有題興公山水詩。嘉慶間，侯官鄭茂才杰，將㷆手跋諸集，鈔刊二册，題曰紅雨樓題跋。所藏書多宋元秘本。有「宛羽樓」、「綠玉齋」、「汗竹巢」藏書印。興公所居紅雨樓、綠玉齋、汗竹巢、宛羽樓，皆在福州郡治九仙山麓。道光十九年，蒼得明鄭述天開圖畫樓並興公汗竹巢地，花木皆備，補之以蕉，曰補蕉山館。乃設主寄祀唐詩人周朴，配以鄭世美、徐興公二主，歲時祭焉。㷆有木像，道光間在鼇峰坊右委巷中，背雕「七月初一日生」，後被無賴子取去。曹能始寄興公詩：「余年差伯仲，一官猶偃蹇。」能始生於萬曆二年，興公生於隆慶四年，崇禎十年間結社。卒年無考。其題跋有至崇禎十三年者。

感秋

拔劍起深夜，風色淒以寒。澹月皎沙渚，哀雁翔雲端。明河影漸落，白露零溥溥。所思在美人，道路傷渺漫。欲託尺素書，惜哉無飛翰。感此不能寐，灑淚空汍瀾。俛仰若有失，天明復長嘆。

朝出北邙山，夜歸北邙路。北邙草芊芊，纍纍總丘墓。傷哉九泉人，一去無迴顧。往者既如斯，來者復如故。知愚雖異類，貍首只數步。貧賤何足悲，富貴何足慕。寄語賢哲士，令名自當務。

桑溪禊飲

按，閩縣桑溪有萬曆癸卯郡人趙世顯等修禊刻石，興公與焉。通志、郡志未收。

和氣滿六合，萬類敷春陽。時禽忽變聲，卉木柔且長。禊除出東郭，同志相攜將。茂林蔭長坂，喬松被崇岡。朝陽照我衣，惠風吹我裳。行行抵林麓，山水含蒼茫。桑溪夾叢薄，淺瀨鳴湯湯。奔泉漱石齒，殘溜衝溪光。細草承列坐，餘花逐浮觴。佳境暢幽懷，臨淵羡河梁。觀瀾恣逸樂，盥濯隨徜徉。嘯咏遵遺俗，游豫思先王。山川宛如昔，陵谷嗟靡常。古人不可作，俛仰成悲涼。寥寥千載外，誰當嗣其芳。蒼隸書鐫趙仁甫石旁，曰：「光緒戊寅上巳侯官郭柏蒼同廬山僧德明、姬巖羽人吉永，登提井山先塋，試茶於桑溪石上。」

鄴都引

鼎圖去盡英雄死，故都空對漳河水。墓田無主古城荒，慘淡斜陽照殘壘。文石遺宫鳥雀悲，飛雲古殿黍離離。西園明月依然在，不見詞人作賦時。銅雀臺傾鴛瓦碎，蛾眉無復喧歌吹。玉座空傳遺令開，繐帷不滴分香淚。君不見蜀國山河空屬劉，吴宫花草翳荒丘。悲風聲吼西陵樹，千古淒凉一樣秋。

築城怨

築城何太苦，百萬征夫淚如雨。年年勞役筋力盡，含涕猶添城上土。家家戍婦望夫還，不知已死長城間。長城一望白於雪，由來半是征夫骨。

棲雲寺

出自東郊門，蘿逕轉幽邃。刹影入層空，鷄聲落空翠。鐘響答松濤，爐煙和花氣。斜日下遥岑，殘僧獨歸寺。

送林叔度之甬東

春深柳可攀，送客出鄉關。不灑故人淚，恐傷遊子顔。潮聲兩浙水，雲影四明山。莫謂風塵隔，相思魂夢間。

送人戍邊

天涯秋氣深，行子別家林。客淚月中笛，邊愁馬上碪。風沙連朔漠，鼙鼓散窮陰。後夜相思處，空聞胡雁音。

送人謫巴蜀

謫居雖憚遠，萬里亦君恩。危棧通秦隴，高峰夾蜀門。秋霜巴水雁，夜雨劍州猿。自古難行路，兹行尤斷魂。

宿幼孺招隱樓 按，陳薦夫字幼孺。

林壑鬱重重，危欄俯萬松。亂花穿暗水，疏竹漏晴峰。遠火緣溪棹，斜陽過嶺鐘。招攜出蘿徑，踏破白雲蹤。

喜能始到家

廷尉官曹冷，三年寄秣陵。過家纔問寢，開社急邀朋。巷選窮中住，山尋僻處登。維桑壇坫在，雅道賴君興。

題鄰

草舍相鄰並，幽居隔短垣。山光齊列屋，樹蔭兩遮園。碧露篝燈影，香聞壓酒樽。花分黏户片，苔長過籬根。碩鼠均偷果，驕龍互守門。藝蔬先得種，蒔竹易移根。蛛網牽簷近，鷄群鬭栅緐。不窺家室好，時聽笑聲喧。賽社輪僮僕，摶沙狎子孫。杜華與王翰，朝夕往來煩。

筆精云：錢起贈鄰居齊六詩云：「鷄聲共林巷，燭影隔茅茨。」于鵠題鄰居云：「蒸梨常共竈，澆薤亦同渠。傳履朝尋藥，分燈夜讀書。」高季迪贈鄰友云：「林近書燈露，溪迴酒舫通。放梟長合隊，移竹每分叢。」傅木虛贈鄰人馬水蒲云：「樓迥常分月，牆低不隔花。」陳軒伯贈鄰友云：「夜泉皆屋後，曉塔共牕中。」趙仁甫題鄰舍云：「户外分垂柳，牆頭共落花。」又徐鎧喜李少保卜鄰云：「井泉分地脈，砧杵共秋聲。」梅堯臣贈鄰居云：「籬根分井口，壁隙透燈光。」皆能摹寫真切者也。予與鄰友吴元化交最密，戲題十韻云。

宿鄧汝高竹林山莊按，在福州東門竹嶼。

精廬遥結翠微間，借得雲牕一夕閑。流水斷橋通古路，斜陽殘磬下空山。犬聲似豹聞茅舍，螢火隨人入竹關。桑柘滿邨堪寄隱，與君吟卧却忘還。

旅次石頭岸

縹緲孤城見石頭，長淮雲水自悠悠。孤邨柳色連荒驛，兩岸蘆花隱釣舟。殘月微鐘京口夜，淡煙疏雨秣陵秋。客中不盡懷鄉感，南雁一聲雙淚流。

再送伯孺按，陳价夫字伯孺。

千里西吴一騎輕，君行應是我歸程。孤身漂泊辭知己，八口飢寒仗友生。繞澗松篁天竺路，滿湖菱芡下菰城。旅遊到處羞貧賤，好向人前諱姓名。

道場山拜孫太初墓

三尺孤墳土欲傾，却因詞賦拜先生。白楊夜雨墓門冷，青草暮雲山路平。半偈舊曾題歲月，一杯誰復奠清明。隔鄰石馬嘶風立，來往何人識姓名。

驛樓送惟和兄北遊

夜靜江空欲上潮，榜人催喚解蘭橈。離腸禁得幾回斷，別夢不辭千里遥。沙起交河陰漠漠，風吹易水冷蕭蕭。關山迢遞何時盡，此是他鄉第一宵。

會稽懷古

獨上高城問廢興，萬家鱗次暮煙凝。斷碑碧蘚曹娥廟，古木蒼山夏禹陵。剡雪霏微迴客棹，樵風來往送漁燈。越王霸業長消歇，極目荒臺感慨增。

巢雲院

石勢參差若累成，夕陽斜照海波平。苔封古路花深合，樹隱懸巖葉倒生。入院亂穿雲氣去，上山遥逐澗聲行。巢居隱士知何代，千古無人記姓名。

二月晦日同喻叔虞、張紹和、郭汝承集商孟和玄曠山房

春草芊芊緑未芟，别開芳墅隔塵凡。小樓斜倚將枯樹，絶磴旁通欲斷巖。寒信催花三月近，夕陽流影半峰銜。攜來茗椀堪供客，新啓旗槍白絹緘。

過閩王審知墓按，墓在侯官臙脂山。

八郡封疆一望遥，秋山松柏冷蕭蕭。宫車去國成千古，劍璽傳家歷五朝。石馬嘶風金盌出，野狐穿塚寶衣銷。斷碑猶識唐年月，春雨苔花字半凋。

煬帝行宫

維揚佳麗舊隋朝，萬樹垂楊十五橋。螢火光沉閶闔殿，龍舟聲斷廣陵潮。迷樓夜月烟花散，别院春風粉黛銷。玉輦翠華何處所，滿城荒草自蕭蕭。

旅次石頭岸

秣陵城外暫停橈，無那離心萬里遥。極浦蒹葭秋漠漠，隔淮烟雨夜瀟瀟。大江疊浪浮孤島，建業千峰鎖六朝。商女後庭花一曲，歌聲哀怨旅魂銷。

曹娥廟

寒江如練遠茫茫，秦望山高落木黄。古像有靈祠孝女，斷碑無字辨中郎。千年艷骨沉秋水，九死香魂哭夕陽。惆悵蛾眉招不起，西風下馬薦椒漿。

旗山過勾漏竹林

煙靄蒼茫翠幾重，泉流石罅響淙淙。山當曲塢蔽千竹，路入半林生一峰。蘿磴陰中寒葉積，松門深處冷雲封。千巖萬壑行應徧，斜日亂鳴孤寺鐘。

古靈廟

按，在侯官西湖西福頂山，其神曰正佑王，名姓無考。唐天祐三年降靈於義興社，後徙福頂。

古廟依山不記年，石巖斜對廟門前。瓦中碩鼠銜香灺，樹杪饑烏啄紙錢。百疊亂峰松塢雨，幾灣流水板橋煙。青莎滴酒神靈去，鐵騎無聲上九天。

通谷 按，在懷安舊縣。宋潘牥未第時，讀書於此。

石馬臥斜曛，松聲咽水濆。危橋斜度月，邃谷暗藏雲。骨自何年朽，名猶異代聞。豐碑頹折盡，留得掘餘墳。

過傅汝舟墓

大雅人何在，纍纍土一丘。有詩傳宇宙，無子祭春秋。樵採村童入，經過故老愁。泉臺鄰少谷，精爽可同遊。

遊昇山 按，在福州北郊，有任放飛昇臺。

雲端石磴萬峰迴，松竹陰中覺路開。江匯都從閩海去，山飛曾自會稽來。香燈供佛銷初地，丹藥昇仙没古臺。獨有昔賢遺刻在，年年秋雨長青苔。按：飛昇臺有程師孟、劉奕各石刻，志未收。

宿九峰寺按，福州九峰山。

遥望危峰九點蒼，寺門名額自殘唐。莊嚴佛相新蘭若，兹惠禪師古道場。風送茗花香半嶺，霧蒸松翠染空廊。東山月曉聲聞寂，臥聽鐘魚出上方。

壽山寺

寶界消沉不記春，禪燈無焰老僧貧。草侵故址拋殘礎，雨洗空山拾斷珉。龍象尚存諸佛地，鷄豚偏得數家鄰。萬峰深處經行少，信宿來遊有幾人。

芙蓉洞按，在壽山，舊産芙蓉石。

别是人間古洞天，不知湮塞是何年。蓬蒿滿目腰鐮劈，石竇摩肩秉炬穿。晝静只聞山鬼語，夜深常坐野狐禪。從來路絶無行跡，踏破蒼苔一片氊。

寄王百穀

吴門别後渺天涯，千里傳書客路賒。何日庵前談半偈，一瓶秋水白蓮花。

寄沈從先

我在閩南君在吴，尺書三載寄君無。愁來但灑相思淚，一夜風吹到五湖。

過鄭吏部墓按，少谷子墓在福州城西群鹿山。

昔賢寧復起，大雅久無聞。黄土空銷骨，青山不葬文。精靈沉夜月，吟咏冷秋雲。詞客應相識，詩成墓所焚。

寄曹能始廷尉

作吏年方少，南還亦主恩。明刑居棘寺，問法入桑門。襪結人爭集，堂開雀自喧。官閑慵束帶，騎馬杏花村。

駱賓王墓

文齊三傑擅名家，寂寂荒塘古路賒。先代蛾眉驚草檄，千秋馬鬣葬袈裟。螢飛遠火秋雲暗，蟬咽殘聲落日斜。荒塚無碑誰下馬，西風吹落老槐花。

過古靈陳先生故居

曾從册府見遺書，立馬西風問故居。草没龜趺眠石闕，屋頽鴟吻易門閭。英靈像設塵埃裏，零落孫枝喪亂餘。猶勝半山臺榭處，衹今猿鳥哭丘墟。

魏惟度詩持云：陳古靈先生在朝與荆公不合，累疏諫新法，功不在鄭介夫先生下。吾邑諸先生於舊京清涼臺下，就介夫讀書處爲立祠，歲祀弗替。而古靈不得匹享，未免憾事，蓋流民一圖在人耳目間也。予僑居祠旁，每爲惋嘆，存此詩以補缺典。

玉女峰

仙宫煙鎖鏡臺昏，瑶草春深抹黛痕。三十六峰秋雨過，半空翻倒洗頭盆。

雨憩萬年宫次謝在杭韻

溪聲雨色兩潺湲，暫駐玄都第一灣。新水漸平深澗曲，舊題猶在敗廊間。難攜蠟屐窮千嶂，惟識金丹煉九還。花落花開春不管，遊人容易鬢毛斑。

宿雪峰㞒翠庵

佛火冷無光，聞鐘宿上方。萬峰齊釀雪，一榻獨眠霜。入夢野泉亂，打牕山葉狂。擁衾那覺曉，銷盡定中香。

人日陳泰始開社，邀吴門顧君藥、薛楚材，四明周爰粲看水仙花，值嘉定諸舊好寄詩册爲泰始六十壽

新歲條風啓艷陽，客聯吴越遞飛觴。賸看勝裹金花巧，共賞筵前玉蕋香。馬齒獨慚詩社長，龍鍾難學酒人狂。杜陵野老聲名重，此日題詩到草堂。

春初楊南仲枉集山齋同林巽卿、林茂禮

不赴豪家玳瑁筵，春盤細菜坐欣然。高霞出海流光曙，新月斜牕送影偏。朋至喜添沽酒價，官貧愁乏買書錢。快聞永日談天口，疑是明河夜倒懸。

仲春五日同陳泰始、曹能始、林守易、陳叔度、林懋禮隨喜神光寺

寶幢高拂妙香焚，禪窟幽深入紫雲。拱手乞錢唐處士，周朴寓此寺，舊有三賢祠。皈心捨宅孟監軍。唐大中間孟彪南莊故址。石池漾碧浮花影，泰始捐金砌放生池成。巖壁題名蝕蘚紋。賴有宰官宏法力，樓頭鐘鼓遞相聞。能始捐金建二樓，守易踵成之。

茅止生別閩兩載以詩見寄，且云夢與諸客劇飲小齋，賦此奉答按，止生名元儀。

雙魚迢遞雪溪來，珍重緘書手自開。夢戀小隐三徑竹，情傳芳隴一枝梅。霜毫淡掃鍾山獻，雪調高推郢里才。伏櫪未應嗟老驥，黄金終自購龍媒。止生姬人楊宛詩集名鍾山獻。

癸酉花朝後一日曹能始招陪申憲伯集西峰草堂

春風强半過今朝，柳色參差拂石橋。禮數尊前寬主客，笑談花下狎漁樵。新翻樂府鶯喉轉，屢换賓筵鳳蠟燒。醉後山公扶上馬，銅鞮一曲聽歌謡。

初夏同文啓美集邵肇復治園按，邵捷春字肇復。

餉客王瓜正及生，榴花照眼漸分明。塘迴燕寢香凝在，門對鼇峰玉削成。鸜鵒見人應解語，鶬鶊求友亦多情。當杯細數吴都彦，詞苑爭高小陸名。

送邵武郡伯李玄白擢兩淮都運

棠樹新陰兩載餘，七臺山色送熊車。樵川飲水勞民事，淮海熬波裕國儲。柳拂商船煙歛處，梅開官閣雪晴初。漫云鄴架藏來富，又見桓寬有著書。

林茂之自秣陵歸里以詩見貽，次韻奉答

老去無營背負暄，桑榆猶幸此身存。舊交零落歸黄土，新事殷勤訊白門。言出足稱真長者，詩成寧愧令先尊。重逢莫問吾生計，空有青緗付子孫。

秋暮林茂之過宿山齋夜話次韻

燈前相對倒芳尊，松菊山中喜尚存。老大形容應各變，窮愁心事不堪言。欣來范式平生友，幸見羲之内外孫。何日移家歸故里，白頭爲伴話田園。

送林守易赴闕，與郎君孔碩會試同行

戀主鳴珂入帝畿，領兒簪筆赴春闈。醉眠雲錦郎官帳，賜出宫羅進士衣。左掖高梧猶掩映，上林垂柳正芳菲。今皇若問名臣後，父子同朝世所稀。

寄懷張昜之漳州人，名瑞鍾。

戰罷文場整去鞭，訪予繫馬蓽門前。翩翩不忝佳公子，濯濯元稱美少年。仲蔚居尋深隱地，靈均行賦遠遊篇。臥霞漱月名樓閣，抱膝長吟思入玄。

送葉機仲還松溪

别後驚看兩鬢絲，老來南北尚奔馳。甫因流落緣詩祟，廣不遭逢值數奇。橐裏更無錢子母，匣中空有劍雄雌。臘殘歸買松溪櫂，朔雪寒風上瀨遲。

陳玄度招同元者、柯古、景倩、叔度、茂禮集園中看梅

爲園不讓習家名，檻外池光一鏡明。怪石疊成青錦麗，靈禽披出縞衣輕。寒添桑落浮金液，香度梅梢點玉英。會比竹林賢有七，倡予和汝盡同聲。

送崔徵仲守連州按，徵仲，世召字。

新典名州到嶺西，參差五馬躍霜蹄。兩厓束峽危難櫂，四面環山峻可梯。前守風流追夢得，古碑零落問昌黎。此邦過化多詞客，公暇詩成處處題。

癸酉除夕

草堂不比浣花居，深愧中丞爲表廬。按，指南居益。才盡欲還江令筆，懶多應答巨源書。桑榆景迫年垂暮，椒柏香生歲又除。老去獨餘詩癖在，沉吟直到曉鐘初。

鄭汝交五十九初度正月十六日。

身是行春五馬侯，鬱林奇石載歸舟。松齡此日期千歲，花甲明年甫一周。文韫熙朝緗帙麗，酒傾香社紫霞流。沙門處處稱檀施，贏得雙全福慧修。

甲戌谷日立春社集泰始宅聽美人白璧度曲

百戲纔從九陌觀，今朝生菜薦春盤。晴占穀日熹微晅，信報花風次第寒。玉曆始看回帝朔，翠釵偏愛挂臣冠。歌聞子夜新聲變，香氣吹來更勝蘭。

答許玉史寄書並貽俸金，時榷税滸墅按，玉史，豸字。

仕路誰人念索居，八行千里寄雙魚。門臨流水新郎署，江抱嚴城古闔閭。口詠詩篇元不廢，心憂杼軸近何如。分來月俸窮檐下，賸買坊間未見書。

寄黃幼玄太史道周

故山何事乞閑身，人品從來貴有真。文本詞林皆吐鳳，職非言路亦批鱗。朝端日月違仙仗，海上烟波穩釣綸。江夏無雙名久著，漢家東觀待儒臣。

合餞陳元者於蒹葭堂

祖餞筵開集一堂，且拚聚首坐燈光。旅途寄食資毛穎，酒肆酣歌掛孔方。春雨暗催榆莢冷，晚風寧待荔枝香。閩南江右元相接，慎莫空迴遠客腸。

暮春同邵肇復諸君萬歲寺訪靜庵上人，隨過汝交別業小酌

招提頹廢歷年多，雙徑重開入古蘿。寶鐸戰風高窣堵，金經啐月習禪那。種蕉習字庵偏靜，剔蘚題名石可磨。花木幽深鄰鄭圃，一尊還喜客相過。

送蔣仲宣宇瀠還吳

尚未披緇已是僧，長齋持戒悟三乘。得錢盡作檀那施，躡屐頻尋佛窟登。九品香臺開白藕，半枝禪杖倚烏藤。經聲一轉鐘聲動，普度幽明願力宏。仲宣舍貲鑄鼓山寺洪鐘，環列法華經七卷。

答永覺禪師次韻按，永覺即元賢。詳蒼所刻林涵齋詩文集。

不諳靈性枉皮毛，空逐紅塵歎驛騷。緣負名山棲洞壑，身纏苦海犯波濤。難猜夢蝶常蘧栩，莫鎖心猿屢叫號。何似我師能出世，月明諸品上方高。

夏日柴吉民、劉魚公攜酌肇復園亭按，即今鼇峰書院。

莫道門閑雀可羅，攜尊問字客頻過。日當密樹炎威減，雲作奇峰變態多。黃鳥度枝嬌弱柳，紅鱗唼水戲新荷。高樓正對鼇峰近，黛色青青映翠蛾。時有二妓侑觴。

賀董叔允七十初度按，叔允，養斌字。

少年曾下董生帷，老去尤工鮑照詩。宰相山中真逸處，先生社裏醉吟時。琅琦露浥喬松色，滄海陽升若木枝。堂北慈顔臻上壽，彩衣猶自舞嬰兒。

賤生答邵肇復

懸弧又度一年秋，感歎韶光似水流。徐邈清修元自愧，馬遷貧賤亦堪羞。生無文彩空占雀，藏有篇章頗汗牛。閉户著書虞覆瓿，幸徼玄晏序前頭。予著筆精，肇復序而梓之。蒼按，徐氏筆精，乾隆間有邵氏子某剜去「徐」字，改作「邵氏筆精」。

黄帥先買武夷小桃源，招予偕隱，喜賦

不學巢由不買山，數椽新購入雲間。別開境界紅塵隔，巧闢巖扉白晝關。芝草採歸峰縹緲，桃花流出澗潺湲。可容結伴身偕隱，應笑求仙事等閒。

送黄太稺太史景昉還朝

冠佩遥趨五鳳城，玉堂摛藻邁西京。太丘世德卿慚長，小宋魁名弟先兄。紅藥當堦薰日麗，金蓮歸院徹宵明。閣開天祿書頻校，海内新傳外史成。

同能始帥先登鼓山宿湧泉方丈

半年兩度此山行，垂老居然負勝情。病葉經霜爭有色，野花含露不知名。詩題雲母屏雙扇，基辟天王殿數楹。細聽夜深敲磬板，枕邊兼咽湧泉聲。時能始舍財創天王殿。

曹能始捐貲助予構書樓，顔曰「宛羽」，取宛委、羽陵藏書之義，落成日感而答謝

片石孤峰削不如，仙臺一半入樓居。南牕穩臥邯鄲枕，東壁深藏宛羽書。舊種荔奴爭掩映，新分竹祖待扶疏。巢由豈必尋山隱，人境從來可結廬。老營書屋抑何癡，白首那能更下帷。八面登臨堪縱目，四時吟詠獨支頤。石燈照壁光遥射，寶塔窺牆影倒移。多謝錦江王録事，欣然先贈草堂貲。

訪商孟和山居，時初自嶺南歸，見示嶺南詩二卷

城裏移家遠入鄉，園林寧減輞川莊。雲山恰稱商琦畫，嶺海初歸陸賈裝。屋後翠濤松葉響，樓前紅錦荔枝香。新詩擬得南音好，不似風人祇面牆。

劍津夜泊

黄昏沙嘴繫孤篷，數點漁燈映水紅。山色半歸衾枕上，灘聲都入夢魂中。淒清榆莢吹涼雨，輕薄楊花逐晚風。僮僕相親兒侍側，旅遊應與在家同。

謁李建州廟按，在建寧郡治小梨山，即忠惠公廟。

生能造福歿神通，血食千秋廟貌崇。唐祚式微留惠政，宋碑森列表陰功。昔栽棠樹青垂郡，舊陟梨山翠接空。不朽更留詩兩卷，泱泱大雅見遺風。

七至武夷，同壽兒宿萬年宫感舊

奇峰崒嵂水瀠洄，四十年餘七度來。道藏經文多缺失，玄宫椽瓦漸傾頹。遊尋世外真堪樂，曲奏人間信可哀。我欲買山成小隱，春風長看碧桃開。

虎嘯巖憩鑑空禪室

萬仞峰高接昊穹，峰前新構法王宫。鉢中時見龍吟水，山下頻聞虎嘯風。五粒松摇仙梵響，半巖花隱佛燈紅。老僧久矣明心性，皓月無塵鑑碧空。

卜隱武夷，陳昌基以詩見促，次答

帶索行歌學啓期，峰巒六六盡相知。浮生但恐無常速，卜隱應慚有願遲。商嶺鴻冥師綺里，華山驢背穩希夷。青蚨買得巖居樂，數畝春田植杖耔。

送王右仲擢涪州刺史

巖邑鳴琴歷幾秋，車前新駕五騂騮。别成雙劍分延浦，夢叶三刀過益州。村聽蠻音沿路變，水看巴字接天流。荔枝昔重涪江種，可似閩中色味不。

春日同景倩、叔度、異卿、茂禮、昌基遊沖虚宫，道士曹斗玄留飲，次元人陳衆仲韻

彩雲高護上清宫，絳節飄颻拂遠空。禮斗壇開雙闕外，步虚聲徹九天中。相鄰鹿苑山光入，不見龜泉水脈通。千樹桃花人境别，流霞斟酌醉春風。

挽郭學皋兵憲

憲使巡邊志滅胡，艱危迎敵誓捐軀。忽傳驕虜烽烟急，親領殘兵戰陣孤。恨血化燐沾白草，歸魂度塞哭黄榆。睢陽厲鬼常山舌，褒卹還看帝寵殊。

文章解首重南閩，聖世居然見鳳麟。分署備兵臨五郡，籌邊輸餉歷三秦。建言屢下憂時淚，效死難留報國身。愁殺黑山天畔路，至今戎馬踐邊塵。

送周爰粲還四明，因憶舊遊

馬蹄南北盡閩疆，病裏聞君返故鄉。别路不堪歌折柳，窮途誰復念維桑。夢歸越嶠家千里，舟渡曹江水一方。憶昔鄮城曾作客，等閒三十二星霜。

申清門憲伯招同文啓美、曹能始集烏石山亭四月望日。

每接彭宣到後堂，更尋幽勝遞飛觴。麥秋届節南薰至，松月當空北牖涼。曲按九宫催玉板，客來千里話金昌。禮賢雅切緇衣好，艾綬歡聯薜荔裳。

寄潘昭度方伯

豫章行省甫年餘，又拜新恩左轄初。愛客無時皆下榻，在官何地不鈔書。豈嫌野性諧麋鹿，莫訝郵筒乏鯉魚。日切真人天際想，幾回魂夢到匡廬。

抱病初愈，喜文啓美見訪，兼憶夢珠孝謙長公，次來韻按，文震亨字啓美。

客來吴會越關河，往日曾窺著作多。對話始知諧曼倩，相憐肯問病維摩。鼎烹活火供仙茗，松長新枝施女蘿。尚憶碧梧陰裏坐，悠悠三十九年過。長公有碧梧齋詩集。

寄贈文湛持太史

白玉堂中第一仙，文章經世更光前。乍聞金殿傳臚日，即是彤墀抗疏年。韓子高名人仰斗，鄭公忠諫力回天。莫云時事江河變，砥柱還看障百川。

送趙餘不給諫左遷閩藩幕，仍還雲間。趙先爲閩邑令

目擊當年國步艱，獨攖鱗爪犯龍顔。遠投薇省清閒秩，暫輟梧垣侍從班。諫草盛傳驚四海，名花重看種三山。聖明在宥天威霽，一感風雷即召還。

送福清令公費闇如入覲

海濱劇邑理稱難，得衆爭傳美政寬。大易承家推費直，少年爲令羡潘安。琴調單父尊賢治，詩採唐人捐俸刊。時公捐俸刻閩南唐雅。按，唐雅與公校勘。謁帝端門聽曉漏，風吹馳道玉聲寒。

送文啓美歸吴門

西風吹動漸秋深，鱸膾蓴羹憶故林。到處王公爭晉接，無山仙侣不招尋。津頭佩覓張華劍，槖裏歸攜陸賈金。從此未能期一宿，空懷蘿徑候孤琴。

四明管羽卿過訪以詩見贈賦答按，管萬里字羽卿。

憶昔長遊客鄮城，託交詞苑盡豪英。流光別後逾三紀，往事談來念四明。易理淵深推管輅，賦才淹博羨張衡。江湖久矣聞名姓，莫道今朝蓋始傾。

晉陵葉長白見訪，貽閩游注、香草亭稿並舅氏鄒彦吉先生集，把臂未幾，忽動歸思，賦此奉送兼寄吴中趙靈均按，名白滋。

家在延陵第一泉，長遊迢遞歷閩天。華歆夙有如龍號，何忌從來似舅賢。到值荔枝紅海上，歸當香草緑亭前。吴都若遇寒山客，爲道衰翁雪滿顛。

送王蓋公還清流，乃亡友相如之子按，王若字相如。

追思莫逆友而翁，羡爾爲儒有父風。感舊畏聞鄰笛響，依人誰念客途窮。少年積學同王弼，奕世通家是孔融。五百高灘歸路遠，九龍吹浪雪漫空。

送陳昌基北上

高才弱冠領賢書，猶守雞牕十載餘。爭羡文孫繩祖武，又偕計吏赴公車。柳垂綠汁霑衣重，杏吐紅香錫宴初。莫似俗儒心易變，一從登第故交疏。

仲冬十日邀柴吉民、陳元者、葉機仲、林茂之於高景倩松雲館

遠客聯翩結駟來，松雲深處一尊開。芳晨偶會長談劇，至日將臨短景催。籬北馨香留晚菊，枝南消息問寒梅。炎方自少漫天雪，因借高吟郢里才。

得吴門趙靈均書寄答

寒山幽勝擅吴中，高隱真成太古風。卜築卻於支遁近，錫名偏與屈原同。字摹鳥跡啼新

鬼,書載牛腰繼阿翁。寄我一函如見面,更傳佳句冷江楓。

送陳元者還吴中,仍僑居豫章按,元者名善。

陳陶流寓隱洪都,君復僑居在蠡湖。鐵柱故宫尋晉代,錦帆春水聽吴趨。路旁弱柳垂千縷,堂上靈椿老一株。長向平沙看鳥跡,古文奇字日臨摹。

送林茂禮之吴中

彈劍原非爲食魚,名高應不借吹嘘。盡傾天下新交蓋,廣覓人間未見書。香徑蕙蘭春雨後,吴宫花草曉風初。江南處處堪遊冶,莫向東門弔子胥。

陳道掌見過留酌,因觀宋硯古墨

積雨連旬喜乍晴,綠陰清晝嫩涼生。茶瓜留客元無約,松竹迎人若有情。鄰圃近聞孤鶴唳,空林新送一蟬鳴。陳玄黝黑陶泓古,不習爲農藉筆耕。

送何典簿服闋赴京名九説，穉孝之子。

築就司空御葬墳，還朝爭羡小何君。太常鹵簿曾親典，奕世弓裘自少聞。萬里馬蹄追紫電，九重龍闕望彤雲。丹山一羽皆稱鳳，日耀輝煌五色文。

和元人詠淚

歧路窮途未得歸，秋波銀海墮珠璣。婕好掩泣悲團扇，戍婦含愁溼翠幃。楚雨滴分和氏璞，風沙吹上李陵衣。峴山屹立豐碑在，雙袖龍鍾過客揮。

送劉魚公同小姬遊吴中

何處侯門肯禮賓，翩翩裘馬不知貧。渡江桃葉相憐舊，載路梅花寄遠新。山水好尋茶磨去，形神相借酒杯親。慢聽子夜吴儂曲，障後清歌有麗人。

袁敬烈

字無競，表子，見上。閩縣人。萬曆中庠生。有臥雪齋集。

柳湄詩傳：按，無競家有開美堂，與趙仁甫結芝社，曹能始挽詩曰：「少小負詩名，才高阻一鳴。數符顔氏子，業止漢諸生。」是無競卒年三十二也。

車遥遥

君車出郭門，車聲遥遥去。寒蛩啼短牆，明月照孤樹。君行日以遠，妾腸日以斷。君歸應有時，妾貌須臾改。不若轍中泥，隨君各東西。不若轅中馬，時向車前嘶。王孫終不歸，芳草空萋萋。

邊上送故人

送君歸故國，我獨滯邊州。日落鄉心遠，猿啼關樹愁。秋風沙磧馬，夜月海西樓。羌笛數聲起，那禁雙淚流。

送李太守貶長沙

江干送客易銷魂，况值春明别故園。月滿衡陽空見雁，夜深楚岫厭聞猿。三湘東去皆離恨，萬里南遷亦主恩。漢室逐臣應不遠，可能弔古薦蘭蓀。

送客歸江州

楊柳依依拂去旌，秋風幾日豫章城。潯陽浪白潮初上，廬嶽山空月正明。客路天寒愁斷雁，江南春早聽啼鶯。可憐一曲驪歌遠，猶望音書寄友生。

送馬秀才落第歸江南

憐君失意復依依，江上秋風落葉飛。淚盡尊前千里別，月明淮口一人歸。客懷祇自同王粲，世路誰能薦陸機。莫向天涯歎離別，不如去采故山薇。

送人之蜀

霜落孤城夜柝哀，巴山楚水片帆開。傷心不獨衡陽雁，更有猿聲巫峽來。

游子騰

字勿畀，日益孫，及遠子，俱見上。莆田人。萬曆中布衣。有游子吟。

朱彝儀云：「游家多才士，然宗謙不如元封，元封不如勿畀。」

柳湄詩傳：按，曹能始天啓癸亥桂林集有游子騰字不畀，王門客也。是子騰曾入王府。「勿畀」作「不畀」。

洪江晚泊

繫纜江潭暮，飄然思欲飛。潮來喧出浦，酒退冷侵衣。苦霧寒山隱，疏林遠火微。忽聞歌欸乃，清夢戀漁磯。

寄姚園客

交道殊崇古，詩情每逐新。才高衆所駭，調合我能親。竹雨他鄉夢，汀煙兩地春。相看名下士，若箇得辭貧。

康彦揚

字季鷹，彦登弟，見上。侯官人，莆田籍。萬曆間布衣。有孤吟稿。

柳湄詩傳：康彦登早卒。其弟彦揚，萬曆三十一年與趙世顯、曹學佺輩在閩縣桑溪修禊。詳二十七卷趙世顯傳，遂入趙世顯芝社。閩縣陳薦夫序其詩，稱其「發語不乏藻繪，而一寫其性靈中所獨得，顧翩翩自喜，不受世人賞識也」。

送興公遊白下

白下春寒柳已絲，泛舟騎馬兩相宜。飽看山水忘頭白，吴郡歸時一卷詩。